蓝土地
林慷慨 主编

涛声上的
虎皮房

吴蓉辉 著

春风文艺出版社

·沈 阳·

图书在版编目（CIP）数据

涛声上的虎皮房 / 吴蓉辉著；林慷慨主编 . —沈
阳：春风文艺出版社，2023.11

ISBN 978-7-5313-6541-9

Ⅰ.①涛… Ⅱ.①吴… ②林… Ⅲ.①散文集—中国
—当代 Ⅳ.①I267

中国国家版本馆 CIP 数据核字（2023）第 181881 号

春风文艺出版社出版发行

沈阳市和平区十一纬路 25 号　邮编：110003

四川科德彩色数码科技有限公司印刷

责任编辑：韩　喆　孟芳芳		责任校对：张雨菲	
装帧设计：书香力扬		幅面尺寸：145mm×210mm	
字　　数：215 千字		印　　张：9.125	
版　　次：2024 年 3 月第 1 版		印　　次：2024 年 3 月第 1 次	
书　　号：ISBN 978-7-5313-6541-9		定　　价：50.00 元	

序

邱国鹰

　　从大年初二到十三，断断续续用了 10 多天时间，把北岙和东屏两个街道的 100 多个自然村走了个遍。哦，不是走，准确地说，是读了吴蓉辉老师 20 多万字的《涛声上的虎皮房》，把她写到的这些村岙浏览了一番。这次阅读，使得因受新冠疫情影响而不宜聚集不能外出的冷寂春节，变得十分欢快、充实，收获颇丰，心情大好。

　　很早就认识吴蓉辉老师。但谈得上略有了解，是 2012 年下半年。当时她任城关第一小学副校长，主持市级教学课题《话说洞头》的研究，邀请我对他们编写的《洞头非遗项目阅读》，一个供学生使用的读本，提提建议，这期间我真切感受到了她对乡土文化的热爱。所以，当她要我看一看《涛声上的虎皮房》并写点文字时，我欣然答应。

　　虎皮房是洞头独具特色的石头房，分布在洞头的村村岙岙。因房屋外墙色彩斑驳似老虎的皮毛，建筑专家雅称其为虎皮房。洞头有多少村岙？老祖宗传下一句话："洞头山七十二岙。"这句话，由来已久，流传甚广。

什么是岙？《辞海》的解释是："山深奥处。常用于地名。"百度的释义就显得泛化了一些："岙，浙江、福建等沿海一带称山间平地，多用于地名。"又补充了一句："山间平地或海边港湾。"按这么解释，洞头的村落，不管是位于海边港湾，还是地处山间平地，都可以称为"岙"。

从古时候的交通条件及人们的认知水平来分析，当时所讲的洞头山，指的应该是洞头本岛，没有包括洞头海域的其他岛屿。不过，如果要较真的话，试问：72个岙的讲法始于何时，这个数据准确吗？有没有人全部走过？有谁知道它们的前世今生？这些问题，多年来少有人关注，恐怕没人能全部完整地答上来。现在有了《涛声上的虎皮房》，这几个问号，就有了比较靠谱的答案。

作者之所以要行走村岙，源于职责，也源于热爱。作者担任过小学校长，在教育管理工作中，发现不少新洞头人的孩子和本地留守儿童甚至一些老师，对洞头的历史、人文知之甚少。"乡土空白，何以支撑爱乡爱国情怀？"于是她申报教科研课题，编写学生系列读本，开展乡土教育的探究与实践。她又兼一个班级的语文教学，为鼓励孩子们写好作文，她率先示范，自己每周必写一篇，每周与学生进行一次作文分享交流。她行走洞头村岙的系列作品，激发了孩子们写作文的兴趣，也增添了他们对洞头地域文化的了解。她还是洞头海霞散文社的成员，海霞散文社是一个在全省颇有名气的女性文学团体，写作氛围浓郁，成员们视写作为服务家乡、实现人生价值的又一途径。所以，于校长，有管理教育学生的职责；于语文教师，有作文试水做表率的要求；于文学爱好者，有为家乡立言的心愿。如此一来，行走村村岙岙，就不是简单意义的走路了。

从 2019 年至今,作者挤出双休日、节假日,走遍了北岙、东屏的所有自然村(大瞿、南策两岛未及),还走了霓屿、元觉、大门、鹿西的一部分村岙。这一路行走,有的村岙是车子可达后再以步行寻觅的,有的则需兵工铲、登山杖开道,拨荆棘,驱凶狗,涉溪沟。一路走下来,颇为不易。联想到从 1979 年开始,我曾连续多年牵头组织文学爱好者进行田野采风,搜集民间故事,声称要"走遍七十二岙,挖地三尺采宝"。后来算算,一二十名作者,忙忙碌碌,多年下来,也才走了洞头一半多的村岙。而如今,她一个女同志,凭一己之力,毕三年之功,走遍洞头本岛的105 个自然村,如果连同半屏和三盘两个岛 21 个自然村算在内,竟达到了 126 个村岙之多,大大超出了 72 个岙。这样的毅力,令人不由得心生敬意。

著名作家、文化学者冯骥才说,地名是一个地域文化的载体,一种特定文化的象征。不懂的人觉得生僻,懂的人才知道那是情怀和历史。是啊,听听洞头一些村岙的名称:冷清岙、风吹岙、瑞安寮、韭菜岙、擂网岙、乌贼岙、看牛鞍、后面厝、脚桶石,一个个铿锵有韵,个性十足,蕴含故事,让人浮想联翩。作者每走一个村岙,从探究地名入手,从史志、图鉴、民间传说中汲取营养,追寻洞头村岙发展的步履。于是我们看到,先辈们从闽南、温州周边来到洞头各个村岙,筚路蓝缕,勠力同心,从茅草寮到虎皮房,再到如今联建屋、高层楼宇甚至别墅;从无路可通到羊肠小道,再到眼下的水泥路、宽敞大道,集 300 年海岛发轫史于一书,令人感慨不已。

是的，这里的"每一条路，都充满悲欢离合的故事；每一块石头，都垒起发家致富的梦想；每一面墙，都见证沧桑变化的历史；每一片瓦，都顶起风调雨顺的蓝天"。即使一些村峇已经消逝，也还顽强地挺立着石墙、老树，显示曾经的存在。书中多处写到村峇的老屋、古树、古井，诚如所述："村庄，是中华传统文化的鲜活传承，承载的历史像是一本厚重的书。时间的河流带走无数悲欢离合，沉积下的伦理、规范、习俗，在记忆里物化为一座老屋、一棵古树、一口古井。"

作者不停地用脚步丈量历史，以发展的眼光观察事物，带着悲悯的心体悟文化。她赞叹村峇在改革开放后、在乡村振兴中翻天覆地的变化；她理解一些村峇的消失，"代表着人与社会、与自然关系的微妙改变，是人们追求美好生活的一种选择，和对未来的追求"，同时又对这些村落寄以希冀："在等待万物复苏的春天，等待溪水淙淙、鸟语花香的日子，等待从故乡走出的人来再续情思。"她呼吁：能借助美丽乡村建设，对闲置的虎皮房、校舍、老营房"进行修缮、复原，并收集相关老旧物件，留住美丽乡村记忆符号，成为小山村'记得住乡愁''留得住乡情'的有效载体"。

诚如著名诗人艾青所吟唱的："为什么我的眼里常含泪水？因为我对这土地爱得深沉……"是的，不是面觌其地其境，缺乏对家乡眷恋之情，难以能像作者，有如此深切的感悟、如此真挚的期待。

100多个村峇，石墙、石厝、石井，老树、老路、老庙，貌似相同，如何避免千部一腔，凸显每个村峇的各不相同，很重要的一点在于对村舍历史、文化的挖掘与展示。在这方面,作者已经做了不少的努力,不过似乎还有潜力可挖。如写小朴村,对小朴村白马寺和马灯习俗的由来,就挖得不够。写柴舍村,1950年"七七保卫战",人民解放军就是从村子舍底的沙滩乘坐小舢板突围出去的,村民还掩护了一位因负伤来不及撤退的我军战士;这个村还出过两任先锋女子民兵连连长,海防文化的底蕴很深厚,可惜文章没有写到。又如垄头村,写到了陈元光纪念馆,却漏了这个村的鱼灯习俗,垄头是洞头鱼灯非遗传承基地,鱼灯能列入省级非遗名录,垄头村起了很大作用。如能写到,垄头村的特色会更鲜活。

集子中有个别语焉不详的描写,让人读了感到不满足。如写顶后寮自然村:"解放前这里还是传播革命真理的地方呢!"就这么一句,没下文了。据我所知,洞头全境解放之前,传播革命真理的村舍并不多,这应该是顶后寮与别的村舍不一样的地方,红色文化啊,如果能展开一点点,多好!写东沙天后宫:"宫中有一副长联,把东沙妈祖宫的由来、发展的历史及重建后庙貌一新的景况概括得十分到位。"写到这里了,却未见对联。这副对联,是洞头著名的"墨鱼秀才"陈继虞撰写的。他热心公益,创办学校、反击海匪、修缮宫庙,是20世纪三四十年代洞头的有识之士。如果顺手带过一笔,东沙村的文化特色就更显明了。

很有意思的是,书里出现了不少可爱的鸟,粗略统计,约有20种。我是"鸟盲",除了知道海鸥、白鹭、斑鸠之外,别的那些连写名号都得查字典的鸟,如鹡鸰、鸬鹚、矶鹬、白头鹎、北红尾鸲等,闻所未闻,这次看到,真是长知识了。蓝天碧海,绿树金沙，百鸟来归，说明洞头空气清新，生态环境优美，这是洞头"海上花园"建设的成果。曾经在微信朋友圈里看到作者多篇写鸟的文章，假以时日，也许还能看到她描写鸟的集子出版。

脚下有路，心中有爱，笔下有情。吴蓉辉老师用60多篇有景有情有思考有展望的文章，构成一幅洞头村岙开发、拓展、远望的瑰丽长卷，弥足珍贵！也因为此，《涛声上的虎皮房》中的不少文章，被"温州古道"、《洞头新闻》等平台和报刊发表，受到读者的好评。因此我想，《涛声上的虎皮房》出版发行，也一定会受到读者欢迎的。

有点遗憾的是，受出版篇幅所限，作者在最后成书时，忍痛割爱删除了部分文章。好在如今有互联网，感兴趣的读者，还是能从其他渠道阅读到的。

是为序。

2023.6.6

目录
CONTENTS

岛上桃源白迭

　　沿环岛公路一路向西，沿海的秀丽风景不断后退，白迭村就藏在公路尽头。

　　关于白迭村村名的来历，有多种说法。一说，过去山上植被不多，人们远远就能看清楚山上石头叠堆似塔，特别是在阳光照耀下，显现白色，故以当地主要事物特征命名。二说，早年先辈来这里开荒，用海边的岩石叠墙体，因黏合力有限，受力差，辛辛苦苦叠好没几天便倒下。倒了再叠，叠了倒，总是白白叠，白白干，用本地方言讲，便是"白叠"。久而久之以事件"白叠"指代地名，后来谐音写成"白迭"。三说，过去出个门都得爬山，外出往返都得背东西，上山下山不易，人们经常跌倒，"背跌"难免。因"背跌"不吉利，演化为"白叠"，后简化为"白迭"。具体哪种说法有理，我无从考证，但我深感当年先辈的艰辛。

　　在我小时候，白迭村是大人们口中的洞头"西藏"。到 20 世纪 80 年代，白迭还是洞头四大贫困村之一，公路不通，水电不通，全村极贫人口甚至达到 85%。那时，人们若要去白迭，只能靠双腿走路，先到东郊村，再往下走。东郊村处在洞头岛最高处，而白迭村却在最低处。那时通往村庄唯一的路是一条蜿蜒的羊肠小道，是那种"走的人多了便有了路"。陡峭的地方，用石头砌几级台阶，走起来格外艰难。那时，一担菜、一头猪，都是或抬着或挑着走到北岙的。这一走，往往要走上一个多小时。那时，大人开玩笑地对我们说，不好好读书，将来去白迭过苦日子。

然而，眼前这番令人陶醉的乡村田园渔家景象，着实很难让人想象它以前破败的样子。瞧，村子入口处摆放着一条大木船，虽然它早已没了扬帆起航的动力，却承载着白迭村几代渔民辛勤劳碌的记忆。一进村，格桑花和不知名的小花在风中摇曳，大片大片青翠的绿直逼你的眼。加上干净的路面，整齐划一的虎皮石头老房子，咸咸的海风里夹杂着新翻的泥土气息，那感觉好极了。路边随处可闻到各种果树透着香气。地里一个大大的风车屋上风车悠悠地转动，使人忍不住哼起儿时的歌：大风车吱呀吱哟哟地转，这里的风景呀真好看，天好看，地好看，还有一起快乐的小伙伴……与此相呼应的，是山上高大的白色风力发电车优雅地转动着，犹如在轻哼田园牧歌。一切是那么旖旎、美妙，随手一拍都是一张超美的明信片。

村里小广场处大树下有个秋千，几位村民在树下谈天说地，一条小溪从村口绕过，让人不由得想起白迭村的悠悠往事。

白迭村的原住民以海为生，或出海捕捞，或居家在滩涂上养殖，但收入低，日子不好过。代代凡人，谁不渴望出将入相，列鼎而食；谁不希望现代生活的光芒照耀自身？于是在改革的浪潮中，年轻人奔赴各地经营铝合金窗安装，有点能耐的中年人也挡不住经济浪潮的汹涌冲刷，纷纷走出村庄到外面打拼。村里只剩老人和小孩。于是，石屋渐渐荒凉，乃至被遗弃。

直到 20 世纪 90 年代，"以工致富"代替了传统渔农业经营模式，一批人先富起来。后来，加上政府政策倾斜，乡贤鼎力支持，这个原本贫穷荒凉的小村庄终于打了场漂亮的翻身仗。在村庄改建过程中将低碳实践进行到底。

在村子里，每隔数十米就矗立着环保太阳能路灯。这真是近水楼台先得月啊！2008 年浙江能源集团在洞头投资建造风力发电，当时一共建了 18 台，白迭村就占了 10 台。这些白色大风车一年可供电洞头本岛 750 万千瓦，平均一天就可供电 10 万度。当城区的居民用来自白迭的电上网、看电视，享受每一个类似的都市夜晚时，白迭村的村民依然过着最贴近大自然的生活，静谧而美好。

在白迭村里，你很难在地面上找到垃圾桶的踪迹。在村庄改造时，出于防台风和防止垃圾污水下渗的考虑，白迭村的垃圾桶选择在地下"潜伏"。当你经过垃圾坞时，不会有难闻的异味飘过。因为这里的垃圾坞里安装了自动消毒装置和杀蚊与照明两用的 LED 节能灯。整个消杀过程，都通过垃圾坞头顶上立着的一个太阳能蓄电板实现低能耗处理。漫步白迭村，处处都可以感受到白迭村村民对生态和低碳生活的用心。这样的生态村庄，怎能不令人向往呢？

在白迭，你会发现这里家家户户都有水井，生活用水很便利，但你也会发现这里没有其他村里都有的那种高大气派的祠堂或庙宇，却保存着渔村最古老的风貌。现存 40 多间虎皮石头老房子错落有致地分布在乡间，这些渔家老屋被改造成精致的民宿。"爷爷的小屋""十亩间""渔夫的故事"……一座座别具风格的民宿，构筑成白迭汐语艺术村。家家民宿门口摆有形状不一的木头长桌，瓶瓶罐罐缸缸瓦瓦里种有各色花花草草。屋前小溪流水潺潺，岸边树上鸟鸣啾啾，形成一派"小桥、流水、人家"的田园风光带。

这些年村里人进了城，城里人却开始怀念这种安逸的伴着乡土味的生活模式。于是村民在家用最传统的咸饭招待城里人。在洞头，"咸饭"是一种很普遍很家常的美食。柴火灶上放大铁锅，锅里除了放米外，再放上鳗鱼干、猪肉、土豆、毛芋、虾米等，和米饭一起煮。袅袅升起的炊烟勾起久远前的记忆。饭熟了，这些食材原始的香气也就渗透进每一粒米饭里。于是，咸饭裹进满满的乡愁。

村里的老人大多过着"日出而作、日落而息"的日子，朝听晓鸡鸣晨，暮看夕阳西下，怡然自得、无忧无虑，很是让人羡慕。这些年，白迭村成了浙江省 AAA 级景区村、中国十大最美民宿；中国国际作家之家、杭州科技大学校友会之家、洞头海霞女子散文社等相继落户村里，为海岛振兴注入新的文化动能。

傍晚，在村口海岸边，听海浪拍打礁石，看飞鸟归巢休息，赏夕阳染红海面，加上耳边清风鸟鸣，山上大风车不急不缓悠悠地转动，那种闲适的气氛，让人忍不住想在村头的那棵老树下昏昏睡去，从此岁月静好，遗忘了尘世。

村里有条红枫古道，有路标指示。沿途溪边不时有各种小鸟掠过。拾级而上，道旁有不少槭爪枫，蔷薇花上偶有凤蝶、黄蝶翩翩起舞。每年秋分过后，红枫谷里的枫叶便开始着色，一片片由绿渐红的枫叶，历经四季风霜的洗礼，将大自然的美诠释得淋漓尽致，令人心醉。

山顶一侧是颐养院，那是原隔头小学的旧址。原来红枫古道是过去白迭人求学的必经之路！许多白迭人正是凭借这一条红枫古道走向外面精彩的世界……

　　站在山顶，俯瞰白迭村，它更像是个被林木掩映着的岛上桃源，到处可见老屋、古树，沙滩就在不远处。太阳的光层透过树枝细细地筛下来，在这里，时光好像都慢下来了，拂面而来的海风，吹散了人心的浮躁，也吹动巨大的白色风车慢慢转动。将来，兴建的新洞头峡跨海大桥将从白迭村起直达大海那边的霓屿街道同兴村外山鼻，那时踌躇满志的巨龙将翼展苍穹，逐浪凌波化彩虹，抒写白迭的明日辉煌。

白迭·海滩

　　白迭村，每一座石屋都是一段历史，每一块石头都有一个故事。你愿来这里分享你的故事不?

2019. 7. 18

　　于2022. 6. 16转载至"温州古道"，题为《这个宛如岛上桃源的避世古渔村，美得原始动人，却少为人知!》

心动凸垄底

凸垄底，在洞头岛西南部，三面环山，南面临海。一条木栈道将它连接了大海和山林。

山脚下溪水潺潺，蝉鸣阵阵，各色蜻蜓飞舞其间，为闷热的日子增添许多乐趣，池塘里的水也因这些小精灵一下子活了。偶有小鸟在溪水里或沐浴或戏水，那身姿可爱极了！蝴蝶在花丛中翩翩起舞，叫你难以用相机定格下它美丽的容颜。这画面，让人不由得想起杜甫的"穿花蛱蝶深深见，点水蜻蜓款款飞"之类优美的诗句。

拾级而上，道旁的桃树枝繁叶茂，田里的番薯绿意盎然。耳边吹过一阵风，摇曳了路边的野花，唤来了青苔的清香，柔软了层层的池水，也放慢了行走的脚步。

在蓊蓊郁郁的绿野里散落着十几座石头房子——岩海山居民宿。这些民宿外墙几乎都是石头砌的，石缝用泥水浆勾过，线条很自然，整体看上去，就像披着一张超大号的虎皮，这便是富有洞头地方特色的虎皮房。用手触摸石头，略有粗糙感，凑近了看，表面有许多小孔，石头纹理似乎诉说着经年累月的故事。

20 世纪，由于环保意识相对落后，村口的大片鹅卵石滩被破坏殆尽，该岸段一度处于侵蚀状态。加上为追求美好生活，20 世纪 80 年代到 1993 年，村民们陆续走出凸垄底，搬离凸垄底。于是，凸垄底一度成了人们嫌弃的"空壳村"。由于没人照料，村里的房子倒塌的倒塌，屋内长草的长草，田地荒芜的荒芜，呈现一派破败景象。如今，曾以叶、林两姓为主的凸垄底成了人人羡慕的"元宝村"。

2016 年，温州市作为全国首批 8 个蓝色海湾整治试点单位，在洞头国家级海洋公园核心区实施海洋环境综合治理、沙滩整治修复和生态廊道建设三大工程，凸垄底海岸修复工程成了其中的子项目之一。经历整治，凸垄底整个石滩长 200 多米，宽 20 多米，恢复了往日水清、岸绿、滩净、湾美、物丰、人和的景象。如今走在凸垄底海岸，海水清澈，五彩斑斓的鹅卵石妙趣横生。观海、赏石、垂钓……游客们自得其所，这里成了游客眼中的"网红景点"。

此外，政府还启动了凸垄底海洋村庄改造项目，以自然村内保存完整的、特色鲜明的古村落石屋为依托，发展精品民宿。大家坚持"外面越旧越好、里面越新越好、环境越美越好"的标准，对村里的石头屋进行生态化改造。你瞧，各个院子都很大，秋千、木桌、石凳、陶罐安放在那里，悄无声息地散发出那份独有的宁静。特别是半山腰无边泳池面朝大海，惊艳视野。在露台上看看书，吹吹海风，听听鸟鸣，很是惬意。

改造中，还通过租金与分红的方式将村民闲置农宅统一收租，并向有投资意向的村民出让一定比例的股权。这样的双赢，让村民乐了，开发商笑了。以前这些破旧的老房子大家都不想要，现在却变成"黄金"。特别是在旅游旺季，周末的住宿预订往往要提前一个来月呢。生态优势转化为美丽经济，让当地村民尝到了甜头，不少在外打工的村民，也回来加入其中，做起管理员或服务员，让村庄更具乡情乡味。

漫步村庄，你会发现这里种有枫香、相思、木荷、冬青、朴树、梅花等十几种森林康养植物。这里森林覆盖面积近 600 公顷，覆盖率达 85% 左右，在这里你会忍不住深吸几口清新的空气。如今的它，从一个多年无人居住的渔村华丽转身，成了亲山净海的"山海"生态村庄，真好！

凸垄底·村口

作为"两山"实践的创新基地，在乡村振兴的大背景下，凸垄底正以傲人的姿势踏浪而来！那么，让我们给生活留点空隙，去乡村走走吧。

行走村庄，不受时间限制，走走逛逛，想停就停，可以很任性；说走就走，静心享受沿途的风景，又可以很奢侈。行走，在脚步的丈量中感受世界，让心灵漫行于天地间，愿你也能在行走中怡然自得。

2019. 7. 19

迷你屿仔

公交站台上的"屿仔"两字，似乎是这个村庄身份的唯一标识。村子里找不到其他能证明它是谁的物化标志。

我们知道，岛的面积大小悬殊，有的小的不足 1 平方公里，有的大的达几万平方公里。通常，人们把较大的称为"岛"，特别小的称为"屿"。"屿"往往依附于大陆或岛周围，涨潮时和大陆或岛相离，落潮时和大陆或岛相连，就像人的上下牙齿分合，又像母亲身边的孩子，时而离开母亲身边，时而回到怀抱。屿仔便是这样的小屿。

记得我小时候，屿仔是一个很小很小的孤岛。这地名，在三盘方言里就是"小屿"的意思。它的面积约 0.08 平方公里，海岸线长约 1.68 公里。地势东北高，西南低，最高点海拔 47.8 米。它离洞头本岛仅 100 来米，退潮时就可以直接走到内瑾。那时，村子里有一座建于 1966 年的小桥——东方桥，使它和内瑾相连。我在那座"东方桥"上走过好几个来回。但现在因为建设需要，它已不复存在，我也想不起它的确切位置了。

印象中，早年村子里有不少狗，只要陌生人经过，远远地就嚣张地大吼。每次快到村庄，我便躲到大人身后，胆战心惊地进村。如今，我走在村子里，倒没遇见狗。或许，这也是一种与时俱进。

早年，由于交通不便，村民几乎过着与世隔绝的生活。似乎村子里大多是汪姓人家，住户也不多。现在屿仔和洞头本岛相连，已没了"屿"的模样，但交通方便了，这里的姓氏也不再单一了。

眼下走在村里，你会实实在在感受到村子很小，大多住家沿山脚背建房，整体呈长方形点状散开。村里就一家便利店，一个家庭作坊。村里最豪华的两幢大房子就在朝航标局的路口，其余大多是早年建的虎皮石头房。这里的石头房处处体现"石"的元素，石头挡土墙、石头主墙体、石块压屋顶、石头摆门口当坐凳……房子大多保留20世纪六七十年代的时代风貌，充满了浓郁的海岛山村风情。

一幢建于1976年的石头房，用方方正正的石头建的门面上的勾缝，犹如一张网，装点着房子，特吸引人。门楣上一左一右雕刻着大灯笼。房子正门最中央高悬一颗五角星。两个鱼形的排水口分别在屋檐下。另一幢建于1979年的石头房也较完好地保留下来，门楣上雕刻着两匹奔跑的石马。于是，这里的石头被赋予了生命，无声地诉说淳朴的故事。

漫步村里，山上、路边偶有小块地种着番薯或蔬菜。尽管这里没有城市里的车水马龙，没有四处弥漫的汽车尾气，但呼吸到的并不是弥漫着青草香的空气，也不是充满大海气息的海味，而是种难以描述的气味。这里原生态的自然环境、与世无争的淳朴民风，似乎隔绝了所有的尘世喧嚣，留住了时光的脚步，整个村庄仿佛锁定在 20 世纪的某个页面。

村子北侧是海，对面就是三盘岛，可以看见乱头屿、背蛙岩屿。这里风景独好。在屿仔码头，远远地就被一艘停靠在岸上的渔船吸引眼球。只见船体包裹着大红袍，而且包得严严实实的。难道是像平常所见的剪彩仪式上，先得把主角用红盖头盖着才举行下水仪式？仔细看，又不像！因为上面露出部分的船体已有岁月痕迹了。禁渔期都过了，这大热天的，它没去乘风破浪，反而在岸上晒太阳，难道也有矫情的船？……

忍不住上前询问一旁的工人这是怎么回事。原来，浸泡了一年的木船也要和现在的汽车一样，得上岸做定期保养。这时突然想起洞头"八大巧"之一：木船用火烤。难道是烤完后用红布包裹住余温，保持船体干燥与清洁？哈哈，我猜错了！工人说这是为了防晒。防晒？船也和爱美的女生一样讲究皮肤护理，害怕火辣辣的太阳？

我就这样带着疑问，和工人聊开了。听了工人的一番解释，才知原来修船是一道细活慢工，修好一条船很不容易，需经历很多道工序。要想成为一个合格的修船工，得先学好木匠活。木匠活学精后，还得学熬桐油、钉钉耙……修船也要耐得住风吹日晒和寂寞，一艘木船，几道工序干下来，有时甚至要一个月。木船平时在海上行驶，藤壶、海藻等喜欢趴在船底。时间久了，木船上也容易有寄生虫。再加上船在水中浸泡久了，还会形成暗洞，得及时清除和修补，否则如果在水中开裂或是浸水，那就坏事了！所以修船不能急，不能像补其他东西一样简单补补就行。

这艘船已基本修好，为了防止船体漏水，得将木板之间的缝隙填实。每一条拼接缝都要用油灰和麻丝一点点塞紧，再抹上特质的桐油膏，最后还要上油。现在用布包着，是为了让船板更好地吸收桐油，滋润船体，防止晒干晒裂。哈哈，原来船体包裹大红袍是另一种护肤：锁水+防晒+修复。

谈话期间，工人一直在忙着修补另一只小船。它船底朝上，看起来破烂不堪。如果不是他在维修现场，我会认为这是废弃在这里已不打算要的破船，毕竟它已经"服役" 13 年，现千疮百孔，面目全非。当他把一块长条的木板两头刨出弧度，再钉在肚子鼓起的船身上时，那效果就大不相同了。想着以后它还能安全使用，觉得特神奇！

这次偶遇，让我看到了工人用精益求精的"匠心"守护一份日渐衰退的木船修理工作，不放过任何一个细节，用朴实的行动表达"爱岗敬业"，在坚守中实现自己的人生价值，诠释对工作的敬重，令我肃然起敬。

行走，哪怕是短距离的出行，也会有不一样的遇见。感谢迷你屿仔，让我遇见美好。

2019. 9. 7

擂网岙蝶变

相传很久以前擂网岙是个无人居住的岙口。三个结盟兄弟的乐清人来到这里，发现岙口地理位置好，适合人居，而且这一带海域水产品资源丰富，海面适合从事擂网作业生产，于是他们在这一带搭寮生产作业，再后来拖家带口定居在这，逐渐发展为村庄。加上村庄岙形有两个凸出的角，就像捕鱼的网具擂网一样，于是取名"擂网岙"。

记得我小时候从阜埠岙走到擂网岙，要翻山越岭，每次总觉得擂网岙好遥远，走也走不到尽头。直到1988年，在大岙半山腰处的三盘中学附近山头上，开凿出一条通往擂网岙的隧道，才方便了擂网岙村民进出。

在三盘工作时，每次去家访，擂网岙的孩子便带我从大岙出发，穿过黑咕隆咚的隧道去擂网岙。说真的，我独自走这隧道心里还是怕怕的。隧道两侧坚固的花岗岩给人一种压迫感，四周没有电灯，光线很差，加上周边有不少坟墓，心里的阴影面积不小。同时由于空旷，走在隧道中还有回音，让人听着心里发毛。特别是冷不防从洞顶上滴下一滴水滑进衣领，阴森恐怖感油然而生，于是自己吓自己。那时，真心佩服擂网岙的孩子打小因条件所限，练就一份好胆量。

后来，随着五岛连桥公路的开通，村庄道路拓宽，汽车可以直达村庄。如今，这个依山傍海、曾无人问津的小渔村摇身变成了"网红新地标"。

走进村庄，靠海一侧的公路边一堵60余米的景观墙远远地进入眼帘，墙旁边点缀着一簇簇三角梅，四周随处可见颇具小心思的渔家元素。说起这堵墙，还有故事呢。

擂网岙虽面海临山，天然禀赋不俗，但由于交通不便，经济形态单一，基础设施落后，很长一段时间里它相对兄弟村庄闭塞落后。人们习惯了脏乱的村貌，项目和人都"难进来、不想来"。在海上花园村庄建设中，政府部门提出要把脏乱差的沙场变为美观实用的渔具堆放场地，要在靠海的路边立一面景观墙，结果遭到部分村民的强烈反对，甚至玩起"你建我拆"的游戏。后来区领导带头把办公场所搬到基层一线，与群众共板凳"合力办公"，才理顺村民的"心墙"，有了如今的景观墙。从此以后，擂网岙被按下美容键，村容村貌焕然一新。

走在村庄小广场，一切都是美好的样子。依山势建起的一座座新房，各式民房改造的特色民宿，配上蔚蓝的海水、轻拂的凉风、随潮水摇曳的船只，构成了画卷般的渔港美景。

沿村庄靠海的地方漫步，你会发现擂网岙成为"网红新地标"的秘密。

这里以海天为背景，搭配特色小品、艳丽植被，随手一拍，都是靓丽剧照。靠海的小别墅，在四季中见证大海的安澜和澎湃。家家户户院子前面就是大海，人们站在自家房间里就能听到浪涛声。天气好的时候，可以在院子里就餐，吹吹海风，看看海景，吃吃海鲜，这真是太惬意了。在这，白天闲来没事，可以到村前的门槛礁上钓钓鱼，或者在落潮的时候去礁石上捡捡海螺，抓抓螃蟹，在沙滩上踩踩细软的沙子，体验不一样的海边生活。也许，生活本来就是这么简单！

顺着海边木质台阶往上走，可以环视整个海岛美景。听海浪在下方拍打礁石；感受咸咸的海风迎面吹来，看对面洞头大桥上川流不息。继续上行，便到船形海景观景平台。这里三角帆样式的凉亭顶设计与三层的船身设计正好呼应。走到"船头"，张开双臂迎着海风拥抱大海，仿佛置身于正在航行的邮轮上，那感觉实在妙。

平台的另一个出口通往村庄内部。村中小路大多用青石板依山势而建，墙角屋边被藤藤蔓蔓绕着，绿叶葱郁，花儿盛开，丝瓜黄瓜垂挂而下，两只骡背负着重物，行走在一幢海岛罕见的古老的木板房前，还有那小猫在慵懒地晒着太阳，构成一幅海岛田园人家静谧的画卷，显得如此美丽。

绕着正对大海的"平水庙"转了一圈，可惜没找到介绍"平水庙"的文字。记忆中人们修建"平水庙"大多是供奉大禹的，借"夏禹治水"的典故，寄寓"平定水患"的愿景，取名"平水庙"。不知是不是因为早年这里的渔民每每出海捕鱼，都期盼能风调雨顺，才在村子里修建"平水庙"以祈求平安。在洞头，平水庙不多见，这是不是和迁居到这里的乐清先民原有的宗教信仰、习俗有关？以致所供奉的对象为内陆人物，而非沿海人物？

平水庙一侧有上下两口井。传说，早期擂网岙水资源让人头痛，挖出来的水井要么水量少，要么水质差，村民吃水用水很不方便。特别是旱季，村民往往得翻过后山到阜埠岙取水。清道光年间，村民集资建平水庙，按老道人的话在平水庙一侧挖了这两口井，取名"平水泉"，从此村民不再为吃水难苦恼。

传说总是美好的，美好的传说中总寄托着朴素的愿望。愿擂网岙这颗"东海遗珠"早日成为真正的"东海明珠"。

2019. 9. 28

发表于 2021. 11. 26《洞头新闻》；于 2022. 8. 19 转载至"温州古道"，题为《洞头这个昔日无人问津的小渔村，现在是"网红新地标"的地方你去过吗?》

插网岙·民居

熟悉又陌生的大岙

大岙，位于洞头三盘岛中部。

大岙村东侧有个岛屿，远远望去好像一只老虎伏在海上，人们叫它老虎山。前几年，海面的渔排上人来人往，一派别样生机。记得我小时候，平时一条小木船停靠在码头边，有事上老虎山就得乘坐小木船才能过去。如今村里公路直达老虎山脚，2011年村里在老虎山上建成主题公园，供大家休闲、健身、观景。站在山顶，极目四望，视野特开阔，远处的乱头屿、桐桥尾屿等清晰可见。

大岙沿海一带高楼林立，海景房比比皆是。路边的花坛、灯柱等都一一精心打扮，尽可能地展现渔村文化。记忆中的大岙不是这个模样的。

我小时候，这里没有这么多的平地与房子，更没有桥梁和公路。原来的村庄依山而建，山坡上是一层一层的石头房，就是那种"虎皮房"，每块石头又大又厚实，看起来很稳重，丝毫不怕台风的到来。家家户户的窗子很小，对着海；门矮矮的，也对着海，每一栋房子屋顶的瓦片上压着大大的石块。渔港不远，海潮声不断。村里的石头小路一级一级蔓延在村里山间。家家户户的炊烟在石屋顶袅袅升腾，很有中国画的韵味。每每从老家阜埠岙到北岙，都得先爬过一段石阶到大岙，再走过长长的码道，才能坐上船。20 世纪 90 年代在三盘上班，每天早上我们一行人乘坐小木船从码头这头走过，每天傍晚一行人又走过码头乘着小木船回洞头本岛。那时，一行人成了村里最闪亮的风景。

终于找到大岙老街。老街不长，也就 100 多米。一间破旧的石头房前立着块碑石，上面写着"洞头县第五批文物保护单位"字样。眼前这座房子，曾经我每天从它门前经过，似乎家访时还进过门，但当时并不知它的身份。原来它曾是"三盘海蜇行"。

小时候听爸爸说，过去三盘有十几间海蜇行，这些海蜇行的房子大多建于民国，它们就在大岙。我却不曾问过它的具体位置。现在，其中之一就在眼前。这座渔民老宅，多年来经受海风的侵蚀，日渐荒芜。老石屋墙体上长出不少野草或者小树，内部的墙壁也有些斑驳，显得苍老而荒凉……可它曾经是鼎鼎有名的"协兴行"，曾经是那么繁华，客商熙熙攘攘。20 世纪80 年代之前，三盘岛附近海蜇年年旺发，海面上到处漂浮着大得像箩筐那样的海蜇，人们直接拿网兜捞，很多人家会制作好吃的海蜇。似乎还有句当地俚语，说"三盘水汪汪，海蜇一箩筐"。依稀记得有次上班路上，看见渔民挑着海蜇，我还上前问他们怎么制作。制作过程我早已忘记，但记得：一只一百来斤的鲜活大海蜇，经过提干处理后不到 10 斤重。尽管如此缩水，但它极其美味。

穿过海蜇行旁的巷弄，有两座紧挨着的寺庙，一座是主奉陈十四娘娘的太阴宫，另一座是纪念"开漳圣王"陈府爷的陈府庙。像这样仅一墙之隔的寺庙似乎不多见。据说大岙村的祖先是在300年前从乐清搬迁到这来的，他们到来的同时也带来了他们不同的信仰。

走过老街上的商铺，沿石头小路上行，远远地被一片绿吸引。破旧的墙壁上攀爬满劈荔果，那可是儿时的玩具啊！劈荔的果实像柿子般大，外形有点椭圆，经常被我们当成不倒翁来玩。其实，在大人眼里劈荔果却是一种美食！只要把果子劈开，然后取出里面的果实，放在纱布里面用清水反复揉搓，慢慢地，里面渐出来的黏液就会把水变浓稠，然后把它放入冰箱里面冷藏一晚上。那个年头没有冰箱也不要紧，智慧的人们会把它装在篮子里，用绳子放到水井里，照样达到冷藏效果。第二天把它从水井里拉上来，用小刀在上面划成一块块，配上蜂蜜或白糖就能吃了。吃起来冰冰凉凉的。它不仅能清热解暑，还能开胃，又是一种纯天然的食品，非常健康，在农村很受欢迎。哈哈，童年真好！

继续上行，沿途一户人家门口有不少银白色的芙蓉菊，方言叫"岩头白"。老人家告诉我，芙蓉菊不只是能够辟邪的吉祥植物，还是民间常用的中草药，能治小儿惊风，也能止痒。呵呵，长见识了。不久就到三盘小学，它寂寞地静立在山岙里。我四年美好的青春岁月在这里度过，只是如今人去楼空花已尽。孩子们从2016年开始到洞头实验小学就读，从此村庄每天少了书声琅琅。

下山往西边走，远远地被一幢房子吸引。从山下往上看，高高的石头挡土墙上有镂空的围墙。这样的围墙在村里几乎找不到第二处。在好奇心的驱动下，沿崎岖的山路进了围墙。墙内有一幢石头房。正面门台有点与众不同：二楼正中间墙体上有一幅八卦图，八卦后插着两把利剑，八卦两侧则是传统的菊花图案。二楼有两个窗户，窗上雕花装饰精美。八卦下方，也就是一楼门楣上方的正中间有一幅山水画：一轮红日从左上角升起，阳光洒遍大好河山，大山下有民房，山与山之间架着一座桥，房前似乎是一片海，山上有一座高塔，空中飞过几架飞机。哇，这简直是如今生活画面的展现！早年这里哪有什么桥嘛，人们进进出出除了船还是船，遇上大风大浪，还停船不开呢。三盘大桥是 1997 年开工，2002 年才竣工的。而高高的塔，洞头并不多见，望海楼也是在 2005 年才重建，其主楼 2007 年才正式对外开放的。难道这是想象画？一楼正门两侧墙上隐约还有图案和文字，可惜看不清楚了。绕着房子侧墙走，数了数共有 5 个窗，房子很大。侧墙是石头垒的，屋后还有院子。可惜房子荒着，猜不出房子主人曾经是干什么的。问了几位老人，也都说不清楚。一位 80 多岁的阿婆说，40 多年前她开始住在这附近时，大房子就在了，也没什么人来过，一直荒着。

老屋如同白发苍苍的老人，和旁边打扮入时的新房子拥挤在一起，早已失去了往日的风采。斑驳的墙壁长满了绿色的苔藓，有些地方露出被风雨吹打后痕迹斑斑的土坯，却也见证了时代的变迁。

　　大岙，一个熟悉而又陌生的村庄，愿你在时代的浪潮里大步前行。

2019. 10. 4

　　发表于 2021.11.26《洞头新闻》；于 2022.8.19 转载到"温州古道"，题为《洞头这个昔日无人问津的小渔村，现在是"网红新地标"的地方你去过吗?》

阜埠岙，我来了

车子直达阜埠岙村口，村口凉亭处传来阵阵欢声笑语。凉亭里的茯茶是村里的老人自发烧制的，主要是为了方便给炎炎夏日里的行人带来清凉。我知道，烧好一壶茯茶，需要一把好药材，一道好配方，以及一群默默付出的人。茯茶亭，成了阜埠岙一个暖心风景点。

村口广场，有一崭新的篮球场。篮球场内几个村民正在投篮；场外是宽阔的停车场，四周布置了不少时政宣传内容；篮球场后不远处有一座改建的花园厕所，厕所门口装饰一新。

沿海一带居民房幢幢是小别墅，面朝大海。整洁的水泥路、崭新的篮球场、漂亮的房屋，阜埠岙这个曾经的小渔村，展现出美丽村庄建设不断迈向欣欣向荣的气势。

在阜埠岙村口，我竟一时找不到儿时熟悉的滩头，也找不到那条连接大岙码头的石阶，以及崎岖的延伸至老家的小路。

记忆中，阜埠岙的乡间小路或用天然石块铺就，或是原汁原味的泥土路。一旦雨天，踩在上面就能听见吧唧吧唧的声音。那时，年幼的我走在真正的"水泥路"上，身上总会溅满泥水点；那时，村里人大多是渔民，门口渔具堆得高高的，屋内鱼腥味十足；那时，要是谁家有人去世了，大伙便赶去连看几天几夜的戏剧或电影；那时，我最喜欢滩头了，因为出家门没多远就到，我们可以在那尽情享受阳光普照下的沙滩：玩沙子、丢石子、捡海螺、泼水玩……尽管那时我也是难得回老家一趟。

忽然间，发现一户人家院子平台下有一口八角井，一口似曾相识的井！于是一幅熟悉的画面浮现眼前，不觉一阵温暖。要知道，这就是记忆中滩头的边界。滩头，一个洋溢着童年快乐时光的好地方！

记忆中，那时这口井不长这样！井就在滩头边界，井的四周都是岩石。井口很大，井底很小，就像个削平的鸭蛋一样。从井底到井口只有两三米高，井的一侧有台阶可以到达井底。每当下过雨，井水便上升，人们只要走两三步台阶就可以舀到水。井里的水源来得快，连续晴天，哪怕井里见底了，只要等上半小时左右，就可以接到一桶水。于是大家自觉地排队等水。要是谁家急着用水需插个队，大伙也笑着优先让他打水。那时大人来挑水，我们这些孩子则在滩头尽情地玩耍。如今，它变了个模样，成了八角井，有了"第三次全国文物普查信息点"的牌子。我问附近的两位阿婆知道这口井的来历不，她们笑着告诉我："自开天就有了！只是变样啦！"是啊，这口井很早就有了，只是变了模样。

沿着水井边的小路上坡，不久就来到早年的卫生院，不过现在已荒弃，杂草丛生。记得在三盘工作时，有阵子学校校舍修建，我们还借用卫生院及附近的民房给孩子们上课呢。

继续前行，发现山上的不少房子和山脚下的一样，大多翻建过。瞧，漂亮的乡间别墅，整洁的庭院，明净的窗户，比比皆是。家家户户门前屋后种满琳琅满目的绿色植物，阵阵香味随风飘来。这里的马缨丹开得特别艳,引来不少凤蝶和弄蝶来聚会。走进庭院,萌嗒嗒的多肉植物随处可见,洁净的休闲桌椅自然摆放,转角处的秋千随时欢迎你的到来……不少人家屋旁还种有蔬菜、瓜果,每一处都用栅栏围起来,层层叠叠,高低错落,无不彰显出主人对土地的热爱。有这么多爱美又勤劳的村民,阜埠呑村怎么会不越来越美丽又迷人呢?

记得小时候,村民的生活大多很艰辛,记忆中有个远房亲戚,还住在那种搭起来的很小很小的低矮的寮里。那时不少人家靠卖渔货生活,只有少数人家有人在本岛工作。现如今,村民大部分经商,大家现在的生活水平在以前哪敢奢望啊!

继续前行,站在高处,可以看到基督教堂和海月寺。阜埠呑大大小小的宗教场所很多,有土地庙、金鸡庙、五通爷庙等等。我想,这可能与早年这里商业发达,先民从不同的地方带来自己的信仰有关吧。

还记得早年爸爸说过,从清朝开始,阜埠呑就已是浙南沿海海上鱼货交易繁忙的地方。不过,在当地方言里"阜埠呑"发音更像"黄婆呑""旺埠呑"。早年有很多福建商人到此经商,埠头十分繁忙,海蜇皮、虾皮、乌贼干等都是抢手货。最鼎盛时,渔港里泊船千艘,首尾相接,有好几里长,所以人们也叫它"旺埠呑",意思是物阜民康,埠头繁忙。外来的船只来这里,不仅大量购买水产品,还带来了桂圆、荔枝、香菇、红糖等南货。小时候,到三盘奶奶家常常能吃到特别大的、从福建来的月饼,那口感特好。据说福建人是用陈三年的猪油做月饼的,这样看起来油滑酥嫩,吃起来软糯香甜。

那时,奶奶会腌制"白带生"。我们每次回老家,"白带生"

都成为饭桌上的标配。记得腌制"白带生"的小鱼叫"白带"，形似带鱼。奶奶把"白带"鱼鳞洗净，撒上盐拌均匀，装在坛子里腌几天。然后捞出，沥掉水分，再撒上盐，拌上糟，并加入白萝卜丝，搅好后，再次装入坛子里，进行发酵。为防止"白带生"变质，奶奶还会在"白带生"上面铺上粽箬等物，再压上石块，然后密封，静待开启。呵呵，"白带生"是记忆里"咸"字里的特色菜。听说，三盘的"白带生"加工技艺现在成了省级非遗呢。

再往前走，便是开元大酒店。这里曾是三盘度假村。其实，我小时候，这里的沙滩叫"烂滩沙"，是天然的海滨浴场，沙质细腻柔软，海水湛蓝洁净。印象中，大人们是不高兴我们去烂滩沙玩的。因为在他们的记忆里，不是有沙滩的地方就有景观，烂滩沙并不美好。烂滩沙朝北，风浪很大，很少人去那，一直废弃，所以叫它"烂滩沙"或"懒滩沙""冷滩沙"。特别是早年，每遇灾害天气，海难时有发生，偶有遇难尸体随风浪漂浮到烂滩沙。但哥哥姐姐们并不怕这些。艳阳高照的夏天，他们去烂滩沙游泳，我也跟过去。我不会游泳，便在沙滩上挖沙坑，在礁石边捡海螺玩。

迎着海风，看着往来的汽车，以及眼前的凉亭，古与今、新与旧、传统与现代杂糅在一起，怀旧的情调与现代的氛围同时弥漫在空气中，这里面有一种精神，它将永恒地存在。阜埠岙，我来看你了，你还记得我吗?

2019. 10. 6

发表于 2020. 5. 28《洞头新闻》

古东沙新活力

　　东沙村，位于洞头岛东北部，南面临海。过去东沙交通闭塞，村民出入都得徒步走山路到东沙后才能坐上公交车。现在，一条环岛公路从村前过，将东沙和北岙快捷相连。从新城区过新垄隧道便可到东沙，或过杨文隧道也可到东沙。

　　东沙村前就是东沙渔港，它是洞头第二大渔港。40多年前的东沙渔港展现在你眼前的是这样一幅画面：阳光，沙滩，海浪，虽然没有仙人掌和讲故事的老船长，但这里的沙滩一直延伸到三垄，是洞头岛最大的沙滩，也是人们眼里最美的沙滩。这里海水清澈透明，沙滩金黄细腻，特别是肥美的蛤蜊、新鲜的竹蛏、Q弹的西施贝、可口的藤壶等贝类应有尽有，一说起它，就让人有马上与沙滩来一个亲密约会的冲动。虽然如今没了曾经的沙滩，但漂亮的人工沙滩同样吸引孩子们来撒欢。

　　早年东沙渔港渔业十分发达。1956年村里与广东南岙渔民联合进行敲罟围捕黄鱼，一网就有上万斤，更难得的是获得一条重125斤的大黄鱼，仅一只黄鱼胶晒干后就达1斤重。当时渔民为了表达对共产党的感恩，特意把黄鱼胶敬赠给毛主席，并得到周总理的回信，殷切致言今后不要再寄礼物。虽然东沙渔港在渔业上今非昔比，但如今发挥自身优越条件，成了旅游休闲地带。

环岛公路外有一道长300多米的防浪堤，呈斜坡式横贯在海面，就像一条巨龙卧在村庄外守护家园。虽然它的到来让龟蛇两屿不再吞云吐雾，但防浪堤汇聚了两山的灵气和神魄，除了给人们带来安宁外，给社会创造了更多的财富。每逢休渔期，村子前的海港停泊着许多渔轮或作业船只，不知它们在海上经历了多少惊涛骇浪，才靠岸感受片刻宁静的时光，只是归岸的心稍做休整，又将开启下一次更远的起航……

村前靠近环岛公路一带建起不少漂亮的新房，也开起了民宿，只剩两间古老的木板房写满历史的沧桑。过去，这一带是渔商交易的繁荣区，开办有各类商铺。特别是新中国成立后，这里还有海产品收购站、信贷合作社、邮电所、供销社等单位，它一度是北沙的政治、经济、文化中心，可惜时过境迁……

村口巷子里有座民国时期建筑风格的池府王爷庙，1944年被日本人用火烧过，它是东沙小学早年所在地。隔壁同排的石头房当年也被日本人的大火一起烧过，现只留下残垣断壁寂寞在时光里。

村里有座秀才老屋，是清末"墨鱼秀才"陈继虞先生于民国初期建的。老房子保存完整，格局精巧，木质结构精致。曾在这住过的一名学生的奶奶说，这里的天井显得玲珑别致，面积不大，四面屋顶向中央倾斜，阳光和雨水散入其中，从室内向上看去，可见一抹蓝天。我想，传统的天井该是古代建筑师的一大智慧，寄寓乡民对富裕生活的朴素向往，以及对生态系统的原始尊重吧。

据说揭榜那天，陈继虞先生正在捕捞墨鱼，便有了"墨鱼秀才"这个雅号。其实，"墨鱼秀才"还是东沙小学（现在的城关二小）第一任校长呢！1924年他集资整修寺庙作为校舍，开办学校。在他任校长时，每逢春汛墨鱼旺发，他常常带着孩子们去捕捞墨鱼，开展劳动实践，充作办学经费，于是"墨鱼秀才"更名副其实了。

记得早年民间流传这样一句俚语，"北沙穿长衫，双朴举粗勺"，前半句意思是说北沙人读书多，生活富有，穿长衫，这也许和东沙村早年重视乡村教育有关吧。这些年，村里走出的各行各业能人还真不少。

村里还有座民国时期的老屋，位于村办公楼对面偏南方向，不过被装修过了。屋子大门上的"为人民服务"特吸引人眼球。据说100多年前由渔行主陈裕山所建，五间面双层，分前宅、后宅，光线充足。现是村居爱心食堂，老人们在这就餐。

村办公楼后不远处，有一棵200多年树龄的榕树。远远望去，树冠如云，绿叶浓荫，福泽绵长。近前观看，则愈显伟岸，上则遮天蔽日，下则挡风避雨，不管我怎么拍，它都溢出镜头。它的树干呈青褐色，互相攀缘缠绕，疙疙瘩瘩的老树根犹如树神的胡须。走到榕树下，有叽叽喳喳的鸟叫声，抬眼望去，可见众多树枝连体交错，形成一张巨大的网，漏不下一寸阳光。置身树下，凉风习习，身心皆静。

榕树繁茂枝叶间流淌着村民的心酸与幸福，轻轻吟唱着渔民早年漂泊到台湾的故事，也演绎着东沙村历史变迁的轨迹，沉淀着厚重的人文底蕴。住在古榕树附近的阿婆说，她就是在古榕树的陪伴下长大、变老的。其实，前些年我还见过村里另一株清康熙年间种的古榕树，只可惜在一次台风中失去了它。

东沙村的这棵百年古榕树具有极高的科研价值和历史人文价值，如果能以此为主题开展相应的榕树文创活动，也许它会成为村庄的另一种生产力。

东沙村虽不大，但浓缩便是精华。在新农村建设中，期待古老的东沙焕发出新生的活力，能有更多的人来欣赏它的华彩。

2019. 11. 2

红色小镇桐桥

　　刚到桐桥村口，你就会被迎面扑来的红色所吸引。一面镶有"军民共建文化示范村——海霞村"的大红旗帜展现在你眼前。不远处，矗立着一座石碑，上面题有"海霞军事主题公园"字样，石碑顶端"V"字造型左右上方各架着一挺重机枪。石碑附近，公路边有一座两层六角凉亭，匾额上书"联防亭"几个大字。它们无不向你暗示：这是一个富有军事文化内涵的村庄。

　　望着它们，不由得想起小时候，我们宿舍楼里一位邻居是桐桥人，他是汪月霞的亲戚。每每夏天的傍晚，在平台上，我们一群孩子围着他，听他讲洞头解放故事、军民联防故事。

　　他告诉我们，桐桥村以姓郑的村民为主。以前，村子里的男人大多去讨海挣钱，女人则留在家里干活。1952 年洞头刚解放，那时我们的海防力量还比较弱，于是种番薯、养海带的女人们拿起钢枪，自觉地担当起保岛卫家的责任。北沙女子民兵排就在那样的背景下诞生，后来发展为民兵连。排长汪月霞在 1960 年出席全国第一次民兵代表大会，并在主席台上就座，受到老一辈无产阶级革命家的亲切接见。国防部授予汪月霞等人半自动步枪 1

支，子弹 100 发。这些故事，一下子拉近了历史与我们的距离。

那位邻居还告诉我们，1962 年，台湾当局企图反攻大陆，为保卫海防，女子民兵连全连官兵写下请战血书，配合驻岛六连，抢修战壕沟、掩体等，创下了连续 18 个昼夜坚守阵地的纪录！从那时起，女民兵的高大形象便扎根在心。甚至有一段时间，我还告诉自己长大后也要当一名女民兵呢。

眼前，整个村子仿佛世外桃源。整齐有序的房屋，干净清爽的小巷，开满花朵的小花坛，点缀得恰到好处。置身村中，一步一风景、一景一陶然，这里没有城市的喧嚣，却有着让人留恋的宁静与美好。

村子里的虎皮房样式从清代到新中国成立后的都有。但这里的石头房又有别于其他村的石头房——家家户户屋面上都镶嵌着一颗红红的五角星，不少墙上还有红色标语，似乎在告诉我们当年发生的故事。

早年到桐桥交通极其不方便。要在三垄港先乘坐小舢板船经东沙到大王殿，再走一段很长的山路，才能到达桐桥。不过，一般人为了省点钱，往往从东沙妈祖庙上岸，爬过陡峭的山岭，走过长长的山路，才到桐桥。以前还有民谣唱"摇啊摇，东沙到桐桥"，讲的就是桐桥交通不便的事。后来，解放军来了，1955 年开始军民联防修筑公路，便有了由大垄岭经柴岙到桐桥至鸽尾礁的公路。从此，村民的出行方式才得以改变。

也记得这样的民谣，"桐桥脚，浅微巴，桐桥查某三年不洗脚"（闽南话女人叫"查某"）。当时一开始不明白为什么桐桥的女人这么懒，懒到连脚也不洗。后来才知道，在那个还没有自来水的年代，桐桥村常年缺水，是大家舍不得多用水，才"小气"到舍不得用水洗脚。新中国成立后，为了帮助村民解决吃水难的问题，1958年在驻岛六连官兵的帮助下，村民们大修水利，在桐桥村的中心地带，军民共同夜以继日地挖水井。但不管怎么努力，就是没有挖到活泉眼。最后，水井成了水池，也便有了后来的"军民友谊池"。再后来，驻岛六连被国防部授予"全国军民联防模范连"称号，村名也曾一度改成"联防大队"以示纪念。

在军民友谊池边立有石碑。从上面文字可知：1983年5月，洞头政府将其列为县级文物保护单位。池边用大理石栏杆围护，留一缺口把台阶伸到池里，给人汲水用。现在，军民友谊池成了历史文物和爱国主义教育的生动题材。那一塘清澈透明的池水，就像一面镜子，映衬出石屋和树木的倒影，更凸显村庄的宁静。

友谊池边的电表箱也被精心设计打扮了一番，画上树木花草，在绿化带里，它也成了美化环境的一"景"。

继续走走逛逛，看到村子里有座朱府王爷宫。朱府王爷，是闽南一带传统民间宗教信仰"五府千岁"之一。我想，早年渔民们建庙祀之，是保佑出海平安吧。

村子里还有著名的"洞头先锋女子民兵连纪念馆"，它是桐桥村红色基地的标志性品牌。据了解，这是1976年在洞头县委、县政府、人武部和各界的关心下，建立的民兵连纪念馆。

经过两级台阶，就是纪念馆广场。纪念馆大门顶端的幕墙上"洞头先锋女子民兵连纪念馆"几个鎏金大字在阳光下熠熠发光，十分漂亮。整座纪念馆就像鲲鹏展翅欲飞翔，纪念馆内存有大量的实物图片，全方位、多侧面、多层次地反映女子连先锋模范作用的实质内容和光辉历程。如今，它已被列为重点文物保护单位，成为温州乃至浙江著名的德育、爱国主义国防教育基地和旅游胜地之一。

　　在桐桥村走走，你会发现这里的村民热情淳朴，村里的景致古朴自然。在这村子里走走，看着"海霞故里，红色小镇"主题元素，我眼前不时浮现电影《海霞》的画面……

2019.11.11

发表于2020.7.2《洞头新闻》

桐桥·军民友谊池

走，到鸽尾礁打卡去

鸽尾礁，是洞头本岛最东面的村庄。

远远看去，鸽尾礁村像画卷一样在眼前展开，房屋大多依山而建，错落有致，鸡犬之声相闻，有"世外桃源"感。村口站台四周有不少墙绘，讲述村庄渔民日常劳作情景，以及村庄里特色风光，很有特色。

村里错落的石头屋，在黑瓦的映衬下，朴实而稳重，仿佛带你走进一段厚重的历史。汪氏祠堂带你走进村里的大姓汪姓，如果你细细感受鸽尾礁，你会发现生活在这里的人们还依然保持着那份古朴的生活状态，让你不由得好奇地想追踪这个渔村的历史岁月。那些保留许多海岛元素的整排四五条间的石屋，满写大户人家的豪气，和当年渔业生产的鼎盛。一座保留较完好的石头四合院，则散发出时代的韵味，据一老者说已经有 120 来年的历史了（也有人说似乎没这么多年。也许是它在人们心里承载了太多太多的历史与故事，以致对它深深的仰望之余，有了更多的年轮），屋内木质结构，格局同洞头同时期的老宅。

为数不多的民宿则给人眼前一亮的感觉。海风吹拂过虎皮石屋，绿意盎然的庭院，质朴的木质栅栏，墙壁上雪白的水泥勾线，组成别样的美感，伴你度过听风看海的浪漫时光！而零散的拔地而起的混凝土高楼，虽破坏了小渔村整齐石屋的和谐，却也展现渔村日新月异的变化。

村子中央高处有迎阳亭，这是个宽敞的观景台。深棕色的主调，给人以古老、深邃的质感。在这举目四望，可见渔村全貌，大海的蔚蓝、小岛的倩影都沐浴在蓝天白云下，如一幅展开的优美画卷。三五个老人坐在亭子里晒太阳，很是惬意。人生晚景，最美好的莫过于身体康健，有熟悉的玩伴，一起听风看海，晒晒太阳叙叙旧。

沿村庄新建的宽敞水泥路朝大海方向走，向右可到墨鱼鞍岙。岙口有一座土地公庙，保佑渔民出入平安。据说早年这里有很多墨鱼。特别是每年春夏季，渔民在岛礁边就能捞到墨鱼。现有不少垂钓爱好者特意来这钓鱼。退潮时，满是小鹅卵石的海滩拥着碧蓝的海水向你敞开怀抱，只等你光着脚在上面肆意奔跑，让你享受大自然的免费按摩。

沿水泥路向左拾级而上，可到新建的爱情主题公园。这里的山景与海景交相辉映，林木葱郁，山水相依，为游客、摄影爱好者、"新人"们带来别致的观景休闲体验。

沿途可见海面上有 5 米来高的礁岩，露出它侧面的模样，但还看不到它最经典的造型。再往前走，礁岩的形象越来越清晰，岩石上部好似两个人紧紧相拥抱。站在亭子里，再看礁岩，便栩栩如生。瞧，眼前矗立的礁岩，活生生就是一对男女对视的造型。他们彼此成作揖状，头部的礁石很形象地能看出男女不同的脸型轮廓。这就是传说中的双抱岩。而亭子则成了观赏双抱岩最佳的方位。

过去渔民生产工具落后，加上自然条件恶劣，从事海洋捕捞危险性极大。每次丈夫出海生产，妻子总是担惊受怕。于是，每次送行都有生离死别之痛。这对夫妻，是临别前殷殷嘱托互道珍重，还是重逢后悲喜交加诉说思念？大自然把这么一幅夫妻恩爱天然画图留在人间，给人以美的欢悦，也给人以情的启迪。

要想在这拍出好的照片，就得一大早来这拍朝霞里的双抱岩，或傍晚时分来拍夕阳余晖中的温情。不少摄影发烧友在黎明时专门在此等候拍日出。特别是夏天的黎明，日出时能拍到太阳正好从双抱岩头部正中间升起的壮观场景。如果运气好，晴朗的日子，正好碰上渔夫撒网，那定格的画面别提有多美。有人为了

鸽尾礁·爱情主题公园

拍张好照片，几乎一个夏天都在这守候。摄影人的坚守也是值得敬佩的。

大自然总是那样鬼斧神工，移步换景。如果换个角度看双抱岩，景观也就变了，双抱岩成了单个美人，它前面一块椭圆的礁石像一面镜子，组合在一起，便成了"仙女照镜"。

站在凉亭里回望山坡，一条笔直的石阶像一只丘比特之箭射向平坡上别具匠心的心形花圃。在这里，面向大海，背靠山坡，来一段温情的海誓山盟，或拍几张唯美的婚纱照，或许这就是你想要的最能体现"地久天长"的地方。

走，打卡去。让行走中那些途经的风景、增长的见识、人事的感悟，最终都化作人性的魅力，成为生命中无法抹去的烙印。

2019. 11. 17

于 2022. 7. 19 转载至"温州古道"，题为《温州这个地方，有人为了拍张好片一个夏天在此守候，你可去过?》

大王殿

  大王殿，三面环山，一面临海，与东屏街道的岙仔村隔东沙港相望。

  "大王殿"村名的由来有两种说法。一是明末清初，有个福建人通过水路来村里定居，平日里挖甘草根等中药材，暗地里经常劫富济贫，得到当时人们的好评。在他百年之后，当地人为了纪念他，盖一间庙宇，称为王爷宫。二是相传早年有木船漂入岙口，村民发现船上有尊"王爷"神像，遂请神入村。后来集资建宫供奉，便有了"王爷宫"。但"王爷宫"带有迷信色彩，于是改成"大王殿"。村庄因庙宇得名。

  大王殿村口渔港附近有座气势宏伟的南清宫，大门口柱子还是镂空石雕呢。这就是传说中的"大王殿"。南清宫前的渔港里停泊着不少渔船，偶有海鸟在海面自由飞翔。早年，村里家家户户都是渔民，大家日出而作，日落而息，过着简单的渔人生活。现在，渔民少多了，但渔港韵味依旧在。

  这里多数村民祖先是闽南渔民，至今仍保留渔民古老的生活习惯。元宵节前后，村民们在南清宫前面的场地上聚集，大伙在这里参加"迎火鼎"这一古老的民俗庆典活动，预祝新年生活兴旺红火，阖家安康。"迎"就是"游、巡"的意思；"鼎"指的是锅。迎火鼎自清晚期由福建传入洞头，2012年，洞头申报的"迎火鼎"活动被列为省级非遗项目。

火鼎队由两名抬鼎脚夫、一名添柴夫、火鼎公、火鼎婆、锣鼓队及戏曲人物等组成。活动中，渔灯队、灯笼队齐上阵，大家纷纷为"火鼎"添柴，让火种越烧越旺。随后，组织者一声令下，"火鼎"在彩旗、鱼灯、腰鼓队等的簇拥下，绕着村庄，沿着村民家门口游走。流动的队伍如游走的灯龙，为乡村节日增添了热闹气氛。傍晚时分，村民早早在家门口摆上香案祭拜，等火鼎队到家门口，赶忙放爆竹，赶忙用火钳从火鼎中捡来火球，又从家中拿出柴爿向鼎中添柴，以求新一年生产平安、生意兴旺，然后把糕果贡品分发给孩子们吃。我小时候，每逢遇上这样的活动，便跟着队伍走走逛逛玩玩看看，那时慢时光真美好！

村里家家户户屋前房后空地上种着不少蔬菜，偶尔也散放着一些渔具。海风和着泥土形成独特的芬芳，淡淡的，清新绵醇。

靠海一侧几乎都是新盖的别墅，家家户户面朝大海。沿海堤而行，全程可见无敌海景，渔船、渔网、海鸟串联起最原始生态的海岸风光，就着咸咸的海风，让人一下子融入这座海边小村庄。在这一湾浪涛声中放飞心灵，让这一刻光阴留下舒适美好的逸趣。

往村庄房子密集处前行，你会发现所有的老石屋依山而建，随地势升降起伏。海风拂过错落有致的石屋，带来渔村特有的咸腥味。此时，呼吸着海风吹来的新鲜空气，听着山鸟欢快的晨鸣，内心也随之变得更平和更宁静。

往村子高处走去，主路是弯弯曲曲的水泥路，两侧则是石头铺成的或大或小的台阶连接着家家户户的房子。石屋、石巷、石级，像凝固的音符，错落有致，节奏分明。石屋的房顶上，为防止台风吹走瓦片，处处可见大大小小的石块，它们在阳光照射下，反射出肌理的色泽，让石屋平添一股古朴的渔家气息，也装点了单调的生活。

一座大概建于 20 世纪五六十年代的石屋，门楣两侧各雕刻着一匹奔跑的马，门口的石刻对联特有时代感："翻身不忘毛主席，幸福全靠共产党。"这是多么淳朴的民风，多么真挚的感情啊！

村里到处可见整排四五条间的两层石头房，而且石头房大多由整块整块的大石头经打磨后建成，很少人家用大大小小形状不一的石头拼成，这些应该是曾经的大户人家才有的建筑风格吧。我想，当年村子里的人们应该都很富裕，日子应该过得比别的村庄更滋润吧。

村里有不少上了年岁的老屋。有些当年房顶上还有各种石雕造型，可惜"破四旧"时把那些石雕饰品毁坏了。留下的完好的并不多，修复的又失去了曾经的沧桑。保护不易，且珍惜。

在一矮墙上，意外地见到一个搪瓷脸盆，里面长着干枯的杂草和营养不良的芦荟。搪瓷脸盆上印着几个红红的大字"北沙罐头厂建厂三周年七九·七"。哇，这是大王殿曾经辉煌历史的见证！它已经 40 多岁了！这么一把年纪的它终日在风里雨里日里，实在不容易！早年大王殿渔业十分发达，20 世纪 50 年代村里就有十多艘作业船。那时，年年渔业大丰收。村里人脑子活络，在20世纪70年代就办起了加工厂，如罐头厂、水产综合加工厂、食品饮料厂、鱼粉厂等。可惜，现在看不到它们的身影了。不知当地人每每路过这堵矮墙，看见这个搪瓷脸盆，会不会想起这个搪瓷脸盆所在时代的种种辉煌。

随着现代休闲业的快速发展，真心希望大王殿能留住更多曾经的"乡愁"，那些在石屋前晒鳗鱼干剥虾干、织渔网补渔网、捡贝壳挖海螺……原汁原味的渔家生活场景。

2019.11.23

二垄好涌沽

　　一直觉得"二垄"这个村名挺有意思的。双垄行政村里有二垄、三垄，也有二垄顶，还有双垄顶南面山、双垄顶北面山，怎就没有一垄？怎有时用"二"，有时用"双"？这"二""双"又分别特指什么呢？我没深究，不知道其中的奥秘。只知道有资料记载，过去双垄村原来叫"三垄村"。2012年把"三垄"改为"双垄"，据说是因为二垄、三垄是村里最大的两个自然村，它们又处于两个小山岗间，这特殊的地理位置让村庄好事成双，便用上"双"字。而二垄呢，则是因为村子处于第二个小山岗的垄沟里，故取名"二垄"。

　　村子东边，曾有二垄滩。最近几年随着蓝色港湾的建设，海滩修复后金沙熠熠，偶有白鹭、苍鹭飞翔在上空。常有三五个大人和小孩的欢笑声交织在这片沙滩上空，他们在这里找寻那些色彩斑斓的生活。一片沙滩的修复，让幸福美好的方式多了一种可能。

　　突然想起一则民谣：

　　三垄好佛祖，

二垄好涌沽，

东沙好查某，

王爷宫好珠梅脯。

过去，二垄村是三垄港首当其冲的地方。每当刮东南风，这里的海浪定会比其他岙口的来得大，来得高，以致二垄滩和三垄滩截然不同，这里基本上是石子滩。我想，年轻一代是不知道这些变化的。

一条环岛公路将村庄一分为二，尽管这样，村子的整体性还是很强。村里大多是二层楼的虎皮石头房，但房顶用来防台风而压瓦片的石块并不多，只是稀稀拉拉地摆几块。我想，这应该得益于附近有东沙避风港的保护吧。

在美丽村庄建设中，公路沿边的石头房窗户大多经过统一修护，显得古色古香，很有韵味。有人在村里开起了民宿。陌上花开，可缓缓归矣。民宿里种满了鲜花和多肉，开门见山，出门见海，于此，可静享一段山海相伴的别样体验。如果愿意，可以在这找间民宿，有院子、有花、有草，白天看看蓝天，晒晒太阳，让午后的阳光暖暖地照在身上，一杯茶、一本书，音乐在身边轻轻流淌，时光就这样凝固，如同琥珀，可以珍藏。晚上，喝点小酒，逛逛海滩，吹吹海风，然后在露台上数星星。

村里有一条水沟，潺潺的流水汇入大海。水沟边种植着大大小小的榕树，山坡上的榕树为村子点缀绿色，它的根须、它的庞大的枝叶，庇护着每一个从它身下走过的人，它的外形让人有一种脚踏实地的沉稳感。厚德载物，坚韧不拔，这也许是榕树与村民的精神品格相似之处吧。

不少村民在自家门口围上网养几只鸡鸭，猫狗则悠闲地在门口晒着太阳，任时光拉长。有村民在自家门口晒卷心菜干，看着匾里的菜干，不由得想起小时候，妈妈教我们怎样在舌尖上留住季节的滋味。那时卷心菜很便宜，似乎2分钱一斤，每次我们都买好多好多斤。然后，妈妈就把它们变成菜干或泡菜。酸香脆嫩的泡菜，能吃上一段时间；色泽金黄的卷心菜干，它的美味和新鲜的卷心菜一样鲜甜，而且可以吃上更长的时间……走过物质短缺时代，过往没有彷徨，现在也不必夸张，只是回忆满满。

靠海而生的海岛人有一项必不可少的仪式——晒鱼干。你瞧那边，村民正在家门口忙着将捕获的鱼类晾晒成鱼干以备过冬。一排排、一串串的鱼干在阳光下摇曳，成为冬日里一道独特的风景。

在洞头，似乎不管哪个村庄，老一辈渔民都有晒鱼干的习惯，打捞的鱼卖不掉、吃不完，就用盐腌制晒成鱼干，以便存放。久而久之，便有了秋冬晒鱼干的风俗，特别是冬至前后开始晾晒鳗鱼干，晒出洞头特有的冬天的味道。鱼干不论蒸着吃、煮着吃，还是炖菜吃，都别有一番风味，它是洞头人餐桌上必不可少的美味。在没了新鲜又肥美的应季海鲜的冬日，鱼干温暖整个冬天。

"二垄好涌沽"，迎着海风，伴着涛声，漫步在村子里，这里是静谧的，但也是精致的，整个村子就是一个世外桃源，一个随处都可停留欣赏的小景点。你来不?

2019. 12. 1

三　垒

从新城区过新垒隧道，便可到达三垒。整个村子东朝东沙港，坐落在大山怀抱里，与隧道那头的新城区迥然不同。这里没有城市的喧嚣，却有着海岛乡村特有的宁静与美好。

公路一侧建有一幢幢崭新的联建房，村里偶有几间看起来豪华的小别墅，此外以两层楼的石头房为主。那些石屋简陋却不失温暖，质朴中给人满满的踏实感，它沧桑的形态和容颜里似乎珍藏着许多久远的秘密。

村里有一座石头房，尽管有点老旧，但显得与众不同。如今它只是个仓库，过去它曾是洞头啤酒厂的一部分。洞头啤酒厂创办于1981年，那时曾从上海聘请专业技术人员来洞头进行指导，生产的"珊浪牌"啤酒远销福建，还先后两次在上海获得"信誉杯奖"和"金奔马奖"呢！

那时洞头人对啤酒似乎情有独钟。记得那时空啤酒瓶是要回收的，而且有押金在老板那。每每北岙人翻过山，上气不接下气地挑来几架空啤酒瓶，远远地就大声说："喂！啤酒瓶退还给你们。再称一桶生啤，我们要带回去喝。"不一会儿一铁桶的生啤被抬了出来，北峦人便迫不及待地舀起大半勺，咕噜咕噜地灌入喉咙，然后嗝的一声，哇，真爽！也有为家长打下手去买生啤的大胆的娃，一路偷偷喝口生啤回家，到家时生啤少了不少，大人便念叨说商家不够斤两，黑心。娃呢，则在一旁暗自得意。也记得我有个邻居，夏天每每中午下班回来，热得直接拿起洞头啤酒就喝。那时我很惊讶——喝啤酒怎么不像喝白酒，不用下酒菜就喝，哪怕只有几粒花生米或几颗豆豆；喝啤酒怎么就像喝凉水那样痛快，大口大口咕咚咕咚地喝，而不是小口咪？猜想啤酒定是人间美味，长大后我也要试着大口大口地喝洞头啤酒，感受洞头啤酒的魅力。可惜，等我长大了，洞头啤酒厂没了。

靠近东边的阳光 100 浅水湾项目如火如荼地开展着，它是温州首家以五星级标准打造的旅游综合体，规划为特色海鲜美食风情街和各类休闲娱乐设施。不远处，是修复过的人工沙滩。阳光下海风轻拂，孩子们尽情享受在沙滩嬉戏的快乐。

其实，40 多年前，这里曾是"三垄滩"。那时，三垄滩可大了，这的沙子细细的、柔柔的、厚厚的，像平铺的地毯一样。海浪在沙滩上留下的水痕就像绸缎般可人。后来因为种种原因，沙滩上的沙子少了；环岛公路的开通，让三垄滩也没了；再后来空地被回填了，现在空地上有了浅水湾鳞次栉比的高楼，不知高楼下尘封着多少人的美好时光。

那时，岭头的孩子、三垄的娃，大家纷纷来到三垄滩寻找童年的快乐。峦口，山沟与海水交界处，下面的土层乌黑乌黑，上面的沙子细柔细柔，加上湛蓝的海水，是蛤蜊最爱待的地方。这可把大伙乐坏了，只要下水伸手一摸，便能摸到鲜美的蛤蜊。顺着沙滩往外走，厚积的沙中还生长着花蚶、竹蛏、西施贝等贝类。据说当时浙江仅两个地方盛产竹蛏，三垄就是其中之一呢。特别是西施贝，光听名字就让人无限遐想。在沙滩周边的礁石上生长着大量的紫怡贝、辣螺、水晶螺、藤壶之类，只要用上简简单单的工具，就能有丰厚的收成。

夏天的中午，孩子们顶着烈日欢蹦到岙口，或在沙滩上随性打几个滚，或在清澈的海水里来个狗刨式，或掬一捧海水大笑大闹，是没有人来责怪你的。那时的爸爸妈妈才不像现在的家长这样小心翼翼地圈养自己的娃。累了，就地躺成"大"字，把自己埋进沙里，把快乐留在天地间。现在的孩子已经很难有这种简单的快乐了。

那时南边山上的地有分给三垄人的，也有分给岭头人的。大家要上山拔草、砍柴，然后把它们带回家当柴烧。于是大伙就把必经的小石阶路叫作"三垄阶"。

三垄阶一头连着三垄滩，一头连着岭头自然村，大约 500 米长，山坡并不怎么陡。那时三垄阶是附近一带村庄人们上山下海的交通要道。讨海的渔民在三垄阶上上下下自不必说，走亲访友的村民也少不了经过三垄阶。甚至，中仑村、东岙村、洞头村等村民要到北沙去也要在三垄阶上走个来回。现在，交通发达了，三垄阶早已废弃不用，它曾经的繁忙在茂密的树林里落下帷幕，被冷清所代替。

山脚下，曾有一座海带育苗厂，现早已没了踪影。在计划经济年代，养海带曾经是靠海吃海的人们除海洋捕鱼之外难得的挣钱之道。从海带收割、晾晒、加工、打捆入库一直到苗绳清理、海中打椒、隆冬季节的海带夹苗、出海挂苗等等，人们几乎一整年都围着海带转。特别是晒海带，它是人们与"日头"较劲、与时间赛跑、与阴雨天打游击的"大会战"。每到海带收割季，男女老少齐上阵，晒海带成了一道独特的风景。

沿小路上山，曾经这里有座云鹤仙居。只是现在人去楼空，成了养鸡场。云鹤仙居房前屋后的那些美好景象，现在只能凭借想象来联结。

山坡上曾有过大片的葡萄园，但由于在山的北面，阳光不够充沛，葡萄种植不了了之。据说，山腰处的地盘已不再是三垄的了，也不是就近的岭头人的，而是归西圹人所用。这样的劳动地域划分，实在有意思。我想，也许这样的划分，是为了更有利于村民生产吧，毕竟岭头有大片富饶的土地，而西圹没有。

沿山坡一直上行，猛地一抬头才知原来尽头就在岭头的亭子所在地——东沙头。呵呵，惊喜源自最后一分钟的坚持！

居高临下，举目四望，尽管村庄早已不完全是记忆中的模样。一排排整齐的房屋是村庄静止的记忆，一张张洋溢着笑容的脸是村庄鲜活的记忆，一条条四通八达的路是致富的路，更是走向美好的未来之路，一个个小小的变化，交织着乡村崭新的蜕变。三垄，正以更美的姿态出现在你的眼前，向你展现它在新时代里全新的模样。

2019. 12. 10

远去的岙仔口

每次路过"环岛公路海脚观景休息点",总会远远地看见几辆重型卡车驶进驶出。驶出的,带着一路飞扬的尘土;驶进的,绕着斜坡上去便消失不见。很好奇这片繁忙景象背后是什么。

第一次近距离看它,是被山上的岩层吸引。走上斜坡,老远就能看到很多条青黑色的岩石色带和山体融为一体。色带一点也不含糊,界线分明,走向清晰,或直或曲,或宽或窄,线条流畅。这些青黑色的岩石色带总让我想起半屏山的奇观——"黑龙腾海",那条长约百米的黑玄岩地质带夹在大片黄石崖中,整体走势左高右低,黑岩一端长出双角,形似龙头,远远望去犹如一条黑龙即将扑向大海。奇岩怪壁,鬼斧神工,令人叹为观止!不知这里的色带在岩层结构上是否和半屏山的那条相同,它是由地壳运动带来的?是火山爆发后的岩浆流动所至?是什么时候形成的?唉,满脑子问题。

后来,干脆买了一本《普通地质学》翻阅,可惜自己才疏学浅,看不出个所以然。问了身边专业人士,一通专用名词,更是听得我云里雾里。只知道，覆盖在原始地壳上的层层叠叠的岩层，是一部地球几十亿年演变发展留下的"石头大书"，在地质学上叫作地层。一般来说，先形成的地层在下，后形成的地层在上，越靠近地层上部的岩层形成的年代越近。这里的山体岩层很厚，难怪被选作石料场，运去填埋西部围垦。

在山脚下，不难发现山体最上部的土层并不厚，几乎全是红壤。这一看，也便明白了洞头少有扎根深的大树的原因了。山上一片葱绿，不时传来鸟儿鸣叫声。他们告诉我，这里便是岙仔口自然村。

站在山脚下，很容易被山间那清脆的流水声吸引。这山间溪流，不是大部头的著作，它远远地从山上凹处奔来，猜想那应该是曾经的山谷吧。溪水若隐若现，时而直直地驰骋，舒舒展展；时而舔着崖壁静静地流淌，羞羞涩涩；时而飞溅起水花朵朵，大大方方。便忍不住想：曾经鸟语花香伴着它走过村庄，走进村民的生活，舒畅了村民的心情，它也便有了散文诗一般的清雅和秀美。

山脚下，有两个大小不一的水塘，大概是开采中形成的吧。水塘四周全是开采后留下的石块。经过石料开采，眼前形成了一大片空阔的场地，整个场区内满是碎石，只有十多间简易工房静静地在山脚下陪伴曾经的村口。

后来有一回，从隔头部队操场一侧靠近脚桶石方向，沿小路走到岙仔口曾经的山背。

这里树木郁郁葱葱，偶有几间废弃的老屋早已被绿藤以波涛的姿势爬出石墙的记忆，很有绿野仙踪的感觉。

在路边有一座极小极小的石头庙，老百姓叫它"番薯王庙"，也就是郭圣王庙。据说是纪念抗倭英雄郭氏祖先"番薯王"而建的，里面摆有香炉之类的物品，常有郭姓后人来纪念先人。只是原有260多年的圣王庙已不见，这是后来建的。

站在山岭上，曾经的呇仔口村庄就在脚下，远处茫茫海面上依稀可见半屏岛、大瞿岛。看着海面上往来的船只，便明白为什么村名叫"呇仔口"。"呇仔口"实在小，最繁华时，也就是20世纪80年代，也仅有十几户人家，这里没有学校，没有商店，也没有卫生院。随着渔业资源衰退，部分村民外出，再加上地方偏僻，交通不便，以及校网重新调整等因素，孩子上下学接送就成了超级难题。城镇化不断加剧，"下山脱贫"是一种历史性的选择，从2000年左右开始，村民们陆续迁出定居。下山进城镇，是一种告别，看起来是无奈的选择，其实换个角度看，也是一种文明的选择。到2013年，村里仅剩几个老人留守在这。后来由于环岛公路建设和洞头西部围垦工程的需要，选定呇仔口作为料场开采，于是呇仔口逐渐消失在人们眼里，成了远去的村庄，远去的文明……

呇仔口的过去只能储存在老一代人的记忆中。多少年后，当他们和子孙谈起村庄的往事，便有一种悠远又悠长的故事感，没了零距离的亲和力。

挖掘机努力把过往如波浪般赶向远方，公路拖走了炊烟，重型卡车扬起的尘土熄灭了灯盏，远去的石屋、远去的水井、远去的土路……已经一去不复返了，取而代之的是眼前的因石料开采形成的一大片空阔地，或许边坡治理完后，这又将有一幢幢高耸的楼房、繁华热闹的街市以及喧嚣的人群，岙仔口又将焕发出新的活力。

2020. 4. 3

岙仔口·石料开采场

行走脚桶石

脚桶石坐落在面向大海的山岭上，山脚下是已被整村开发、不复存在的呇仔口。山上还留有几间属于脚桶石村的石头屋。尽管石头砌的房子就像一个坚固的避风港，不怕风浪，不怕海水，但几乎没了住户。和别村一样，在 20 世纪八九十年代，村民纷纷远离故土，去打拼属于自己的幸福，于是村庄沉寂了。荒弃的石头房被绿植侵占后静静地立在郁郁葱葱的林木里，观望四季的轮回。

沿村口第一间房前的平地朝左顺着木栈道走，便可到脚桶石公园。在入口处，被婉转的鸟鸣声吸引，静静地在原地倾听。突见几只画眉鸟从右侧的树丛横飞过，太意外了！其中一只离我大概只有三四米远。机敏又胆怯的它藏匿在杂草遮挡的树枝间大声鸣叫，声音十分洪亮，歌声悠扬婉转。不一会儿，它躲进树丛不见了。只过了那么一下子，另一只画眉鸟从左边的树林飞向右边，消失在林子里，但依然能听见它们欢快的叫声。就这样，几只画眉鸟一会飞进左边林子玩，一会儿跑到右边树丛耍，正如欧阳修所说："百啭千声随意移，山花红紫树高低。"

这是我第一次如此近距离、如此享受地看它。它的眉毛实在是独特——白色的绒毛把眼睛围了一圈，又在眼角部位优雅地一翘，十分有美感。它身穿棕色的外套，有时还露出里面白色的衬衫。那双有力的脚紧紧地抓住树枝，有时在树枝上很绅士地走来走去。那形象太帅了！

告别画眉鸟，继续往脚桶石公园方向前行。一路花草树木皆风景，忍不住多停留一会儿，多拍几张。不是矫情，只是去村庄，不仅能踏看草木，大饱眼福，还可呼吸草木和泥土交融的气息，另外还可近距离地感知当地人文历史、民风民俗。这种难以描述的体验，微微的、淡淡的，畅然浸润身心，感觉特好。

沿途野蔷薇花枝招展的，十分惹人喜爱。没想到这一带竟也有画眉鸟在枝头鸣唱。哈哈，真是"踏破铁鞋无觅处，得来全不费工夫"啊。于是静静地在原地听它欢唱，享受它的乐音。

木栈道两侧桃花朵朵盛开，朵朵娇艳。不知怎的，看着看着，突然觉得时光在无声地加速着我的苍老，我只能在与桃花的对视里落荒而逃。耳畔的清风似乎看穿了我的心思，顽皮地逗弄我的发梢，顷刻之间我又回到了年轻态。那些过去的年华，曾经油亮的梦想，在这迷人的春光里被重新滋养。

沿途，山坡上绿荫处处，花香飘逸，继木开得舒展、鹅掌柴长得高大挺拔、台湾相思树绿意情浓……如果没记错，台湾相思树应该还是洞头的县树。似乎洞头还有这样一句话说相思树好种易活："好地种桉树，差地种相思。"路边草丛里有不少战壕沟，但几乎没有近期行人走过的踪迹。

沐旭亭前有不少可爱的蛇莓。看着诱人的红果子，不禁想起老一辈的告诫：蛇莓是有毒的，千万不能吃，碰到也要避得远远的。但小时候，在老家门口每次见到蛇莓，都忍不住多看几眼，毕竟单看蛇莓的长相还是很有诱惑力的，红红的果子配上绿绿的枝叶，让人垂涎欲滴，真想去采摘一个，再咬上一口。特别是一场雨后，蛇莓的果子和枝叶被雨水冲洗得干干净净的，美得简直让人欲罢不能。但也只是想想而已，始终不敢动手。不记得后来在哪本书里见过，说蛇莓带有轻微毒素，只是轻微，小尝一两个并不会导致特别严重的问题。但谁会让自己做这样的小白鼠呢？

抬头，意外地看到红隼在上空盘旋。想来，这里的生境真不错，鸟儿的食物链在这一定很完整。

路边相叠的两块大岩石上刻着"备战备荒备雨为人民""提高警惕保卫祖国"字样，想来应该是20世纪五六十年代的作品吧。那时部队就驻扎在附近的隔头村。

站在巨石边俯瞰，舀仔口广阔的石料场就在不远处的山脚下，对面高高的山坡上有一条黄土路，那是通往海角的原生态小路，也是村民早年的谋生路。

继续前行，便到脚桶石公园的中心景。在这，偶然遇见黑短脚鹎高高站在枝头。那白白的脑袋、黑黑的身子、红红的嘴巴和脚，红白黑三色打扮，颜色虽不华丽，却经典，加上蓬松的发冠，当属今春时髦妆，很酷。我想只要行动，总会有收获；只要上路，总会遇到庆典。生活中，总有一些美丽的故事在不经意间发生，与美景相映衬，与世界相和谐，只待你发现。

脚桶石就在眼前，其实它是一块直径约有10米的巨石，它略呈圆柱形，像个水桶，立在山头，被人称为"脚桶石"。据说是神仙舀龙潭坑的水洗脚留下的脚桶化成的。记得小时候来玩时，石头夹缝里有个小梯子，我不知天高地厚地跟着大伙爬上去过，但不记得当时看到了些什么。只知道，现如今已经没有那样的胆量爬上去了。绕着脚桶石转了一圈，发现高处的香炉还在，但石头上的一些字早已随着石头的风化而消失，只留下几个模糊的印记，很难再连成句子。

离开脚桶石公园主景，一路下坡继续前行，便来到公园的大门口，"脚桶石公园"几个镏金大字在阳光下闪亮亮的。原路返回，好几次再遇画眉鸟。哈哈，今年好年头，画眉鸟旺发。

脚桶石村，因为脚桶石的传说，使无生命的石头变得有了灵性、有了生命，更具观赏性，也更吸引游人；而脚桶石的传说，因为与景观相依傍，便呈现出独特的美，给人的视觉带来了很好的享受。村庄有景有故事，真好！

2020. 4. 6

蜇埠厂，名字真这么写？

蜇埠厂，位于洞头岛西面，南靠大贡山，北邻白迭澳。隶属北岙街道隔头行政村。曾用名：蚱目厂。

一到蜇埠厂村口，就看到一头老黄牛坐在地上优哉游哉地嚼着草。右侧水泥路尽头，斑驳的石头房失去了往日的生机，野草从石窗里一个劲地挤出身子，破旧的大门紧闭着，门上的春联早已泛黄。门楣上的门牌显示"人民西路××号"。真看不懂门牌是怎么编制的，"人民西路"是怎么从北岙的人民路延伸过来的，毕竟10来公里的路程不算短啊。这些房门口石阶上爬满藤萝，各色的草欢快地在四周生长着。一只赶海的小船靠在墙角，鸟儿在屋前绿意盎然的叶片中自在快乐地啼叫。一切都是那么静谧。

沿小路进村。那些石块垒成的小路大多荒废着，没有人行走的踪迹。要知道，曾经它们和人们有多亲密，每天都被人们的脚挠得痒痒的，每天都听着人们吧嗒吧嗒的脚步声。台阶上苔藓铺展开来，两侧的杂草放开怀来，各色的野花寂寞地开着。这里，被一种宁静诱惑。踩着被雨水冲洗得洁净、刻着历史年轮的小石路，似乎有种虚幻的镜头定格在脑海里，又似乎有种穿越的感觉。那种质朴、粗犷的美触动了我的神经。

一路上，不时看到家家户户石屋前的空地上有整堆整堆的毛竹。无意间，看到一堵矮矮的石墙，是用那种纯原生态、未经打磨的石头垒成的。这些石块大小不一，颜色深浅不一，很随性地垒成墙。在随性中，它又别具匠心。你细心看，会发现在石墙内侧，有主人当年用条石垒起的一个小壁柜，用来搁放物品。这在一般的石墙上是难得一见的。

绕着石墙走一圈，你会发现面向大海的这面，地上有一道道的石阶。这石阶和沿途所看到的有点不同，所用的石头显得大多了，也平整多了，铺得也更用心多了。这六七级的石阶向上延伸，然后消失在杂草中。也许这是当年通往主人家大门口的路吧。

仔细看墙体，你一定会被眼前矮墙上的树藤所折服。矮矮的石头门洞上的缝隙，被蟒蛇般的树藤盘绕住，融为一体，尽显沧桑。

喜欢这石屋墙角的惬意：两块石头+一条石板=长石凳。喜欢这石屋旁的创意：方方正正的大石头－方方正正的挖除块=超大石盆。长石块+圆石块=石桌。喜欢这石板上的生机：蜥蜴慵懒地趴在上面+暖暖的阳光=自然的气息……

在这，一切都与石头关联，凹凸不平的石路、石砌的墙、石垒的房，加上石磨、石凳、石桌……被古老的时光罩着，连吹来的风也显古老。如果说建筑是凝固的时光，那这里就是穿越时空的典范，彰显出古朴悠久的气息。

继续前行，发现家家户户门口散落着一些缸啊罐啊的容器。

它们或掩映在草木中，或舒适地倚在石墙边，仿佛在诉说当年它和人们的点点滴滴。这么多的缸缸罐罐，是早年家家户户必备的容器吗？

来到一户人家门口，宽敞的院子里有道独特的风景：一个缸加上一块石板就成了桌子。旁边的几个缸里插上几根毛竹，那么一靠，就成了"大型插花艺术摆件"。哇，太有创意了！

在这石屋左侧，一泓清泉缓缓流过石板，边上还有一个刻满岁月苍老痕迹的石盘，它似乎是专门用来洗衣服的。看着这泓清水，不由得想起刚才一路上发现家家户户门前堆放着毛竹，靠山一侧，常见到被削掉一角的一根粗大的毛竹横架着，像是流水的管道。这就是传说中的"山涧竹泉"吗？智慧的人们利用毛竹，借助地下水的流泉引入竹筒，再接到家里？毕竟，早年村子里没有自来水，村民们的日常用水都是靠山上的地下水解决的嘛。

这石屋再过去，便是一方农田。在这里，面朝大海，背靠大山，尽管石屋已年长，但与周边的景致共同构成一幅清幽迷人的画，真让人有世外桃源般的感觉。

继续走走，看到村里有口水井，井里水很满，井沿已被水泥抹成圆箍。或许对走出村子的游子来说，这里的井水是全天下最好喝的水。

走在村庄里，好不容易遇见一位老婆婆，她说还有四五户人家因生计留在村子里，其他的都搬走了。不过，发现不少石屋门前贴着崭新的春联，也许那是主人在春节前特意回来贴的。

来到一片相对空阔的地方，这竟有座关帝爷庙！我知道，关帝庙是为了供奉三国时期蜀国的大将关羽而兴建的。关帝庙早已经成为中华传统文化的一个重要组成部分，一尊关公圣像，就是民众的道德楷模和精神寄托。这里有关帝庙，不由得想到"移民始祖"。早年，他们千里迢迢到洞头，有多不容易啊。可惜庙里庙外都找不到文字记载相关的历史。

村子的尽头是大海。对面就是白迭，梅花礁在远处依稀可见。海的最远处是霓屿岛。这里，山坡岩石裸露处有一个大缸历经风吹日晒，看起来它在这已经很久很久了。是早年渔民劳作留下的吗？岩石上长着不少圆叶景天，它们挨挨挤挤的，看起来特团结。也许早年村子里的渔民也像这些圆叶景天一般拧成一股绳，不分昼夜劳作呢。

远处有三四个男子在埠头的船只上忙碌着。不由得想到村子的名字——蜇埠厂。一个"蜇"字，可以推想过去在这一带海域，一到夏季，海蜇就旺发。一个"埠"字，不难告诉后人当年作为海蜇集散埠头、加工中转站，这里有多么繁忙！一个地名能用上"厂"字，可想当年它的规模、它的声势有多大！呵呵，这样望字生义解释地名真有意思。

按这思路，禁不住把刚才所看到的事物做一番联结：家家户户门前都搭着一间石头小矮屋，洞口很小，人如果要进出，得猫着腰才行。这小矮屋是不是当年搭建起来用来当地窖，存放缸缸罐罐里的海蜇？而家家户户门前的那些毛竹，是不是人们用来搭棚，加工海蜇的"工厂"？由于海蜇生产、交易红红火火，盛极一时，于是"蜇埠厂"就这样叫开了！

但我知道，在洞头的移民中，山头顶片的移民是最早的一部分，他们大多来自福建。福建有些地方爱把房子说成"厂"。就像明朝的"东厂""西厂"也跟房子有关。照这个思路,"蜇埠厂"的"厂"可能就是早年的草房子吧。那时先辈们从这一带登陆,为了临时生活或生产,便在这里搭起草房子。为了清晰指代方位,便把提步登陆并搭有草房子的地方叫作"提步厂"。就这样先有了语音"提步厂"这个地名,后人根据方言音译成"蜇埠厂"。再加上"工厂"这个词是近代产物,它远比洞头的先民来得迟,因此"蜇埠厂"并非生产海蜇的工厂所在地。村里的那些小矮屋,可能是带有防风功能的储藏室;那些缸缸罐罐可能是蓄水的容器或腌制海货的器具;那些毛竹可能是海上生产作业的工具。似乎这样理解"蜇埠厂"这地名,也有一定的道理。

蜇埠厂作为远逝的村庄,早在20世纪90年代,村民陆续远离村庄,如今早已经没有车水马龙的喧闹,世俗的气息早已褪去。它有的是安宁与淳朴,是绿野仙踪般的神秘与美丽,那些散落在村子里的点点滴滴,成了村庄文明的见证。

2020. 4. 15

发表于2020. 5. 14《洞头新闻》

旮旯里的风吹岙

风吹岙深藏在海岛山旮旯里。

殡仪服务中心一侧有一条 2005 年修好的很窄的机耕路，沿它一路下坡，一路拐来拐去，大片大片红艳艳的映山红在山头笑迎我的到来，两旁草木旁逸斜出，不时亲吻一下车玻璃。高度紧张的我一个劲地立直上半身，使劲伸长脖子，两眼紧盯着路面，小心翼翼地开车，生怕一不小心车轮就会陷进路边的凹地。终于，拐到路尽头，也便到了村子。

在村口，看到一口四四方方的水井，像箩筐那样大。用四四方方的石头砌成的井口，尽管穿着抹有水泥灰的外套，但是依稀可见当年刻下的字。井水是见日光的，水位很高，水很清。

沿着小路前行，耳边鸟鸣啾啾，小虫低声呢喃，小溪流水淙淙，不时飘来阵阵橘子花的清香，生命的欢欣无处不在，一切美好。

小路尽头，是大海。来自海上的咸腥的风，经过满山林木的过滤，清新中带着点咸意。忽见一只正在觅食的白鹭展翅低飞，轻轻掠过水面，消失在视线里。稍远的地方，还有几只白鹭似乎正在慵懒地眯着眼，立在水边安闲自在地晒着太阳。和煦的阳光照着水面，显得十分柔美。

海边 DIY 版的滑轮组特吸引人眼球。瞧，简简单单三根毛竹搭成三脚架，受重处搁上一块竹匾，匾上压两块大石头，就成了承重点。钢索的一头拉向山边，在钢索上再吊块石头，于是最最实用的完美版机械力臂就诞生啦！说真的，此情此景，让人不得不佩服劳动人民的智慧。毕竟，知识是用在生活里解决问题的。

海边的滩涂被围成一块块的养殖场。有一妇女撑一杆竹竿，在水面上娴熟地劳作着。她不施粉黛，却美得朴实无华。她告诉我，青蟹喜欢生活在水下 1 米左右的水域。这里的生态系统很不错，水塘内的小型鱼、虾、贝等低值海洋生态资源是很好的饵料，能加快青蟹的生长。这里的养殖环境非常清洁，是一种纯天然的养殖方法，每天都有一拨客人来向她批发青蟹。无意间，我发现她家那位正拿着油漆桶忙着给小木屋修整呢。小木屋很小，里面很简陋。这对小夫妻守候一方水塘，养殖一池青蟹，时光静美，就定格在这海风轻吹的暖阳里。

沿着淤泥堆积的围塘边，往大海方向走去，回望村子的地形，人们所说的"双狮弄球"画面早已不复存在，因为中间的圆形石岗已被打掉，但不难感受到：石岗给当年渔村单一的生活带来多么美好的想象空间啊。

靠山边顺着围塘，我向远处海湾内礁石滩上的"大士庙"走去。沿途见到又一项智慧的杰作：一个伞形桌盖般的笼摆放在淤泥上，每个角度都有一个兜兜，八个兜兜比较大的口均朝外，往里处便缩小了，汇聚成一个活动口。哦，明白了，就是类似蟹笼的工具。真心为设计、制作这个笼子的师傅点赞！难怪人们说"高手在民间"。

靠近庙的礁石滩一侧竟然有不少薜荔，它们鲜活地高挂在岩石边的枝头上。见到它，我兴奋了一阵子。毕竟，它是我们这一代人儿时的玩具，大人眼中的美食！不过，此刻这里的薜荔并不饱满，但那样子和陀螺像极了。大士庙很小，很简陋，但据说年代已久，几乎与村庄历史同时，可称为村里的"古董"。

行行复行行，阳光暖暖地照着我朝村子的方向返回。石铺的小路、石垒的矮墙、石砌的老房，一切与石头一样沉寂。我沿着石路，上上下下，爬石级，走石梯，沿着石墙，走过一户又一户。村庄房屋大部分挨得很近，屋顶瓦片上的石块特别多，成了一大特色，也印证了村名的来历。村口朝北。不管刮什么风，这里风力都很强，往往飞沙走石，浪花扑面，屋顶的瓦片十分容易被吹走，所以人们用大量的石块压住瓦片。似乎在《玉环厅志·三盘山》里有记载："风吹岙常见银涛万叠，飞白凌空。"毕竟这里是风喜欢来玩耍的地方嘛。

村里大概有四十来幢石头房，它们大多是建于 20 世纪八九十年代的两层楼。我想曾经这里是繁华的。据说公社化时，这里的番薯产量极高，人们曾一度因此把村名改成"丰收岙"呢！1985 年，村民办起了鱼粉加工厂，从此走上致富路。再后来，青年男女出去闯世界，成了城里的新居民。风吹岙便渐渐沉寂下来。

村里有两幢房子显得与众不同，它们屋前镶嵌着红红的五角星。见此，不由得想起1952年洞头解放那年，有人民解放军一个步兵连进驻风吹岙，最初战士们就住在民房里。石屋上的五角星会不会和这事相关呢？

我喜欢这里的石屋。这份喜里有无法诉说的情绪，仿佛与永恒有关。可世间真有永恒吗？年轻人抛弃这里，去了他乡；老人们也没守住属于他们的光阴。留下村子，永恒的是什么？不过，庆幸的是大多空无人烟的石屋门前贴着鲜红的对联，并无破败感。挂在门上的铁锁，想挡住谁呢？是往者，还是今人？我不属于这，我只是个过客。我陡然心生悲凉，仿佛整个身子凝固成了石头。这里的一切那么美好又那么空寂，和我此刻了无欲望的心态，是那么契合。

这里屋前屋后大树参天，山林茂密，有不少朴树、樟树。在石屋的一转角处，我又看到了薜荔。这里的薜荔长得比大士庙边的个头大、饱满、光泽度高，也许是土壤肥沃的缘故吧。

难得遇见一位近70岁的阿婆。她告诉我村里山这一边只有一户人家住着，她自己也是偶尔回来种点菜。当她得知我要寻找古朴树，便很热情地告诉我，在她还是孩子时，90多岁的老人家说自己小的时候村里就有那些古树了。这么一算，这些树早已是百岁老树了。她热情地带我走到分岔路口，目送我去寻古树，并不时叮咛我靠山边走，小心路窄又滑。谢谢您的关爱，阿婆！

在黄氏祖墓地界，并排长着好多棵大朴树。据记载，最大的那棵已经被列入古树保护名目。不过，我没看到古树牌。

风吹岙，自然环境优美，虎皮石头房也大多完好。如果这里开发成民宿：蓝天白云、绿树成荫、溪水淙淙、虎皮石屋，海边青蟹成群、白鹭纷飞，生活清闲无压力，不用早起上班。自己做饭、种菜、养狗养猫，喂鸡喂鸭，有无线网络，有书，还有无限的清闲和一起喝茶聊天的朋友，你会来这享受顶配的生活吗？

2020. 4. 25

发表于 2020. 6. 24《洞头新闻》

风吹岙·养殖场

谜一样的风巷

　　第一次进入这片林区，手机地图显示：风巷。很好奇，怎么会叫这样的名字，它背后有什么故事？

　　这里，树木繁茂，不少枝干上长着各种不知名的树藓，宛若隐者立于世外。踩着原生态的土路、闻着植物清香，风过树曳、鸟鸣蝶舞……那些尘世的喧嚣，渐渐远去，心恬淡起来。

　　抬头仰望，阳光透过细密的树枝懒懒地洒下来，像繁星在苍穹中闪烁，透着不可捉摸的静谧。各色树叶好像刚刚沐浴过一样，洗去了尘埃、洗去了烦恼、洗去了往日的一切伤害。大多数树木好似穿戴整齐的战士，整齐地站立在林子里，当然也有不少竹子和松树横躺着，诉说风刮过的故事。这里，是我目前在洞头岛见过最大的竹林。棕脸鹟莺时而在竹林上层欢唱，时而在林下灌木丛中活动。

　　地上铺了不少苔藓，整个山谷除了一地的野草莓结着诱人的红浆果，以及韩信草舒展着浪漫的紫以外，一律是绿色。这里是孤寂的，但又充满活力与神秘。

　　在山体一侧有一座小石头房，直觉告诉我它是部队留下的地面弹药库之类的用房。附近还有一口井。井水清澈，回声很响。早年会是谁在这里挖井呢？为什么挖井？附近偶尔有几小块较平整的地，上面长满植物。这会是村民曾经的房屋所在地吗？唉，满脑是疑惑。

继续前行，眼前顿时开阔起来。这里竟然有一个大水库！入口处有一块"洞头区乡镇级库（塘）长公示牌"的牌子，牌子上说这是"风巷水库"。风巷？这地名好有意思。再次看手机显示的地图位置，确确实实是风巷。

水库四周，百鸟欢唱声伴随清风徐徐飘来。不由得朝水面四处张望，真想能有黑水鸡之类的在这里出现。不过，一时没看到。只见库水清澈，水面倒映着绿树青山，静谧幽远。水库三面环山，一侧围堤。水库边侧设有泄洪口，一根标有刻度的杆子笔直地立着。山脚下便是大朴，环岛公路清晰可见。

看着眼前的山谷、山脚下的大朴村，很自然地联想开来：在很久以前，山水沿着山谷直下，人们沿着溪沟边的小路上下。因为山下便是大海，海边养殖着蛏子、花蛤什么的。一番劳作后，带着收获回到山上的家。那个曾经的家，可能就在停车场附近那片平地里，抑或是树林里那几块看起来平整的小地块。海风顺着巷子一样的山谷，从海面直上。由于"巷子"很长，也很窄，风速很大，一如穿堂风般。于是，慢慢地"风巷""风巷"地叫开了。如果这个推理模式成立，那么这里村民的生活方式也一如已经消逝的吞仔口一样，或者说像海脚、凸垄底的渔民一样。只是一个在北面山坡，一个在南面山坡。如果在这一带能找到当年的一堵墙，或一道地基遗址，或一件石器……那推理是不是就像模像样了呢？呵呵，只是瞎想，还得论证一番。

据资料介绍，早年大朴行政村辖两个自然村，其中一个便是风巷。但在 1958 年食堂公社化时，风巷自然村人全部迁入下坡的大朴自然村。于是村子慢慢成了"公社畜牧场"，成了"林业基地"，成了"风巷水库"。翻阅 1987 年版的《洞头县地名志》，发现书上没有它的一席之地。幸好现在还留有地名，否则，还真会把这已消逝的村庄给淡忘了。

资料上还说，风巷山又叫"凤凰山"。早年村里有军事训练场、弹药库、部队营房等。于是，带着好奇，来到风巷的南面山坡，那是一片空地。地图定位显示"风巷附近"。记得小时候来这玩时，听大人说，以前部队经常在这里练习射击。印象中，这里还曾一度是跑马场。山坡的另一面，是"风门"自然村。如果手机定位显示的"风巷附近"是正确的，那么风巷的村民曾经是不是就居住在靠近树林子一带的平地上？

风巷，对我而言，是个谜一样的地方，它是那么神秘。推测究竟是对是错，还得好好去趟大朴村找上了年纪的老人了解一下。当然如能在林子里找到点实证更好。

于是，带着对风巷的种种疑问，我专程走访大朴村近 80 岁的苏老师，以了解当年的历史。

老人说的确有风巷这个自然村。他小时候经常去风巷。对面山上那片长长的、浓密的绿树所在处，就是风巷！山谷狭长，加上早年大朴村外是茫茫大海，海风顺着像巷子一样的山谷直上。如果山下感到有一丝微风，那么到了山上，微风也就成了大风，所以人们叫它"风巷"。

最早移居到风巷的，是很早很早以前从垄头来的先民，姓曾。苏老师十来岁时整个风巷村只有 4 户人家，有两户姓曾。村民的房子靠近现在水库边的小平地，但各家的房屋朝向不同。呵呵，并不是我原先推测的靠近公路边的平地。

平常，村民沿着山谷下山去海上劳作。1958 年公社化时办食堂，风巷自然村的人得到山下的大朴村吃饭。为解决因吃饭而上上下下带来的麻烦，风巷村的人全部迁入坡下的大朴自然村。村民搬迁后，原房子给公社养猪。后来因为种种原因，原风巷村的住户外迁的外迁，过世的过世，现其子孙后代几乎没人在大朴当地。

解放初，有部队驻扎在风巷村里。由于用水紧张，便在风巷打了一口很深的水井，井里有两个水源。自从有了这口井，便很少见到炊事班的战士到处找水。现在还有村民特意从这口井里接了水管，引水到自家方便用水呢。当年部队在风巷修筑了弹药库，并在南面山坡修建了飞机场，也就是后来人们所知的射击场。到了 20 世纪 80 年代，为了更好地解决大朴村村民的吃水问题，便号召劳动力在风巷修建水库。

老人的话，解开了我心中的谜团，也印证了书上的只言片语。感谢苏老师！

于是再次走进风巷，寻找村民曾生活过的迹象。可惜只找到靠近水库的 3 处挡土墙，其中一处已坍塌。这些挡土墙的石头，看起来有些年岁了。

站在水库堤坝上，凉风习习，很舒服。忽见一只小鹧鸪划过水面，后又见一只普通翠鸟掠过，偶尔上空传来棕脸鹟莺清脆的叫声，真好！

时至今日，村庄的一切都随时代的变迁而远去，这里虽没有了一屋一瓦，但它饱经风霜的身躯依然存在。

2020. 5. 3

发表于 2020. 6. 4《洞头新闻》

悠悠石岗顶

石岗顶村地处山坳，房屋围靠山边而建，村子中间是一片开阔的耕地。村西山岗皆为岩石，顶部有两块巨石，于是有了"石岗顶"的村名。

村里有 3 口很有特色的水井，都在凹地里，四周都是田地。据村里老人说，3 口井代表三个不同的年代，分别为民国前、新中国初、20 世纪 70 年代后。

第一口井的井口很大，这是解放初解放军部队挖的井。直径足有二三米宽，井沿用石头垒叠而成，外面抹上水泥，呈八角形。井内井腔下部略大，井水很多。井壁长满厚厚的苔藓和翠绿的蕨，绿植上挂着一滴滴水珠，亮晶晶地闪。清暗的水面上，映着一小圈天。当井壁上的水珠积聚到足够大滴，便长长的一挂"滴答"下去，瞬间水面就荡起小涟漪，那一小圈天便皱乱起来，不一会儿，水面恢复平静，天又完整地重现。我转了一圈，可惜没看到有关水井的文字记载。

井边靠大树的一侧有一整排的洗衣台。在寒冷的冬天，井水是温暖的，井口总是氤氲着若有若无的轻烟。大冷天妇女们在井台上洗衣，手冻得通红，却说不冷。因为井水冬暖夏凉啊！到了炎热的夏天，井水是那样清凉！大点的孩子都喜欢结伴去井台上，吊起水来一桶桶从头上脸上冲下来，寻找冲凉的快乐。而那些很小的孩子则脱得光溜溜的，挤坐在木盆里，叫母亲吊起井水冲到他们身上，个个快活地拍打着水花，高兴得大喊大叫。特别是夏天的早晨，这里更是热闹，整个井台围满忙碌的人。那时，村子里人丁兴旺，最多时有 280 多人，或过来打水挑回家蓄着备用，或来洗衣服，或给牲口备饮水，或给田地浇灌……这井滋养了全村人。

第二口井相对第一口井小多了，也是八角形。这是 20 世纪70 年代挖的。男人们大多很自觉地把第一口井留给女人们洗这洗那，因为第一口井平地大，方便劳作。一个小小的"让出"，不难让人体会到这里的男人们粗中有细，对心爱的女人的那份爱意。

第三口井比第二口小点，但看起来更古远，井沿爬满绿植，井水很多，井里还有鱼在游玩。这是民国前挖的，可惜没有刻字为证。有时觉得地方文化底蕴这东西，还真需要有点文字记载，否则故事也就只能是停留在口头流传了。

老人说，有一年夏天大旱，村里人连续汲了很多天井水，又是人吃又是浇地又是洗这洗那的，井终于见底了。但到了第二天早上，水位又恢复了。老人说，这里的几口井从来没有干枯过。

突然想起成语故事"井底之蛙"。它出自战国时期，这样一算，中华民族凿井的历史至少有两千多年了。古井，浸染过多少世事变幻，又走过多少岁月人生？这些变幻的人生痕迹，像闪光的水珠，似滚动的泉滴，当你仔细慢慢捧起这些珠滴，留在心底的是那份依恋与感恩。

当现代文明取缔了这里原本的模样时，曾经生活在这里的人们开始穿梭在城市的灯火里，流连忘返。井，便消失在新一代人的奋进里、消失在他们身后。当月亮停在半空，一抹巧笑，偷了月的魂的古井便又楚楚动人。

村里房前屋后大树参天，多数是朴树、樟树、苦楝树、枳实树。村里的石屋正面，石头大多很方正。听这个村的同事说，那时村里谁家要是盖房子，解放军都会帮助老百姓一起搬石头。一位老人告诉我他家的房子是民国时期盖的，当我想去看时，他却说已把它拆了，现正在重建中。好遗憾！

村里常住户极少，偶尔遇到谁家的小狗，便能看到胆小的它吓得连连后退的可爱模样。过去，这里的先民是在清乾隆年间从福建晋江一带迁来的。早年人们参与渔业大网捕捞，也养殖蛏子、海带之类的。那时，村里可热闹了。改革开放后，村里的年轻人加入了鱼粉加工、铝合金窗安装等行业。特别是 1995 年左右开始，村民陆续外迁打工或定居，偶尔回村子，有的只在过年回来贴一下春联。于是曾经热闹的村子，就这样今非昔比地冷清下来。

走在村里的小路上，小鸟在一边的树枝上跳来飞去不停地叫着；村子里的老人或在地里忙碌着，或在家门口择菜，或静静地依在墙边坐着。

沉静下来的村庄只有老人在留守，当他们成了村庄主人的时候，村庄也就没有了活力。老人在不断地老去，村庄也是。最后它只能成为一段记忆，留存在人们茶余饭后的回忆中。或许，在人们把它淡淡地遗忘的同时，它也正把自己慢慢遗忘。

2020. 5. 4

发表于 2020. 8. 20《洞头新闻》

石岗顶·古井

小文岙

第一次去小文岙，是按一位阿婆的指点走的，不过没走成。阿婆告诉我车子是不能开到小文岙的，我便把车停在风能单位门口，一路走过去。走完长长的一段水泥路，也只遇见风力发电车。当然风力发电车左侧还是有一条很小很小的老路。看看手机导航，显示的是"小文岙"。站在山上看下去，村庄里的房子清晰地展现在眼前，这条很小的老路看起来可以直接到达村里。可是隔着小路，从不远处传来阵阵狗叫，叫得好凶。我不敢进去，就撤回来了。

第二次去小文岙，是从东郊村大坑分岔路进入九仙村境，一路下坡，先到达大文岙，再横穿山腰唯一的机耕路向西慢行，便到达小文岙。不过，在这小路上要是遇上交会车，那只能一路慢慢退啦！哈哈，我就如中了彩票般幸运地遇上交会车。

村庄依山面海，东与大坑、尾坑交界，东北与大文岙接壤，西北濒海，西南山体和风吹岙毗邻。山后面，则和东郊村、白迭村交界，海对面是霓屿。由于村里树林茂密，如果从洞头峡大桥那边看过来，很像神秘岛。

两条长长的水沟分别从山上一路下来，沟里水很少，沟两侧有不少参天大树，山竹青翠茂密。想来早年，这里流水哗哗，人们的生活用水一定少不了它。水沟尽头有一水井，井口盖着，一如遮住了井的眼，一切黯淡下来。

村子尽头是一小片海滩，虽然小了点，但也很有韵味。海滩澳口有一座妈祖庙，刚刚翻新过，场地很开阔，不过大门紧闭着。据资料记载，清朝雍正年间，有郭姓祖先从福建迁徙到这里，并在这修建妈祖庙。听说庙里有两个宝贝。一个是一只三叉形鱼骨香炉，大概有 200 多年的历史了；另一个是石头做的香炉，是清朝同治年间一庄姓村民捐献的。小村子有这样的文物，也就更有历史沉淀感了。

看着眼前，不由得展开想象：很久很久以前，渔民捕鱼时路过这里。靠岸上来，发现小溪流水，喝口水，甘甜。顺便洗下脚，舒服。摘个野果子，咬一口，香甜。搭个草棚，休息一下。慢慢地，把家里老小也带来。起初，或许只他们一家子。后来，两户、三户……渐渐地人多了起来。于是带来了种子，带来了信仰，带来了繁华。妈祖，护佑着他们，他们努力奋斗，回应着妈祖……

村子不大，只有 30 来间石屋。村里有几户人家的房前屋后打扮很清新，似温婉而不张扬、娇美而不自知的小家碧玉，只是娴静地隐于海边的山里，等你主动去发现。

阳光下，海风吹拂，石头房静立，脚下青石小路或泥土路见证着村庄的历史变迁，野蔷薇在墙角旺盛地开着，明艳动人，为古老的村子平添一分生机。散落在地的旧物上斑驳的磨痕，依稀可辨岁月。

长有牛腿（牛腿，中国古建筑构件名）的石屋静静地立着，静静地聆听来自大海深处的声音。抚摸石屋上各色大小不一的石头，不由感慨多年前海岛居民的智慧。就地取材用石头作为建材，不但可以防海洋潮湿气体的侵蚀和夏季猛烈的台风，更能帮助当地渔民很好地抵御倭寇和海盗。

整个村子一片静寂。两条蜿蜒地向着山上的小路被草木掩盖，写满乡野的神秘。或许其中一条，正是我第一次没走成的小路呢。

听说2017年还有两位老人居住，阿婆住村头，阿公住村尾。现在已是人去楼空了。由于交通不便，村庄配套设施落后，从1995年开始，村民便陆续外迁，或定居，或打工，只是偶尔返乡，有的只在过年时回来贴春联。于是村子渐渐淡出人们的视野。

不过，听说目前有人正在规划开发民宿项目，朝旅游养生方向改造村子。想想在这里，清晨，在清脆的鸟鸣中醒来，推开窗子，微风送来竹叶的清香，以及海风的浪漫，然后站在院中石槽边，捧一把清水洗去睡意，亦是别样的体验。在这里，可以休憩被快节奏扰乱的身心；在这里，可以放空思维，聆听心与自然的对话。早上，拿把锄头去房前屋后的田地里锄上几下，去海边的滩涂上捉几个蛏子、花蛤什么的，再捡一把海螺，丰盛的一餐便有了。午后，就着暖阳，回归到那纯朴单一的年代，任时间就这样在指尖缓缓流逝。入夜，暖黄色的灯光下，一本书、一杯茶，将抚平你的每一丝情绪。深沉的夜，是你的最佳伴侣，好眠。这样一想，又是美好的。

开发山海型民宿，将原本散落的石屋穿成珍珠项链，解构成一个宏大空间，也许能赋予古老的石屋新的生命。石屋是洞头早年文化的精髓，只有展现出它的美，才有益于石屋文化的保护。但开发，真不知是村子的幸运还是感伤。

2020.5.5

发表于 2020.9.17《洞头新闻》

消逝的风打岙

风打岙，位于洞头岛中部，早年北面临海。现在，风打岙一条老路新建，南至风岙巷，北至金海花苑西大门口，村后为东屏公园。

在风打岙南边的居民房墙上，我看到了"风岙巷"字样的门牌。也许，这是目前能证明这个村子曾经存在的很好的物证。

沿金海花苑西门旁的小路上山，没走多远，就发现右手边的田地里有一座房子。尽管房子十分破旧，但是它的存在，却是历史的见证。据《陈氏宗谱》记载，1892年，陈氏族人自永嘉场迁居于风打岙。《洞头县地名志》里记载，20世纪80年代风打岙仅有12户，主要以养殖业为主，有紫菜、蛏子、花蛤。但现已无人居住。听说，后来他们中有的人搬到新城区现消防队附近一带居住。

这是典型的低矮石头房，屋顶的瓦片上长满青苔。和别处的村庄一样，这屋顶上面也有压瓦的石块或砖头。小石屋除大门外，其他各侧都被各色木板包围，扩建开来，使用面积更大了。屋旁桃树下有一口乌黑发亮的大肚瓮，绿意盎然的杂草伴着它，画面很和谐。

　　继续上山，在"金海支线 5 号杆"电线杆右手边有一条极小极小的分岔路，两侧树荫浓密。沿小路上去，便可见一座庙。这是一座十分简易的庙，墙面被抹过水泥灰，但墙角的石头依稀可见。大门紧闭着，不知里面供着哪位。门前两侧墙面上都留有题词，"永嘉丁道长书"几字十分清晰，题词内容已经有点模糊了，但看起来还是有点书法功底的。香火炉里插着早已熄灭的香烛。看来还是有善男信女偶尔来拜见的。庙一侧有一口早年的多角井，被草遮了大半部分。井箍是原生态的石头垒的，井水很多，但有点浑浊。大概和昨晚刚下过雨有关吧。我暂且找不到有关这口井的文字记载，也许文保人员知道。

　　离开小庙，继续沿小路前行。在路边，见到第二间房子。也是低矮的石屋，大量的绿植缠绕着它，芒草任性地冲出大门两侧，几乎将门面遮挡住。大门底部两块木板已坏损，门锁紧挂着。上面两块门板上写有红色的几个大字：外出有事拨打……仿佛主人刚外出不久，拨打电话即可接听的样子。忍不住伸进脑袋往里看了看：几根木柱撑着屋顶，阳光直接从掉了瓦片的屋顶射进，显得采光很好；墙脚绿得生机勃勃。

　　沿途看到一两处石墙淹没在树林里，想来那是早年房子的主体部分。

　　在半山腰处的树林子里，不经意间发现有个"田"字形水泥框架建筑物，最左边的格子里面有个绿色的小口大肚塔，尽管它早已坏损，尽管倒下的树枝将它遮挡了大部分，但丝毫不减它当年的荣光。它就是早年酒厂的冷却塔，那可是酒厂的宝。

酒厂真名叫洞头县酿造厂，创办于 1965 年 6 月，1968 年由洞头渔岙迁到风打岙山脚下，也就是现在的金海花苑附近。那时主要经营白酒、红酒、啤酒，也酿造酱油。酒厂酿得美酒香万家，让人忍不住贪杯。那时进厂买酒，首先看到的是大门左右两侧各有五六间石头房，房前有很多酒缸摆放着。办公室设在二楼。酿酒技师酿就的"糠烧"深受人们喜欢。尤其是特制的"洞头老酒汗"以及"蜜沉沉"，深受大家欢迎，那时"双六牌"甲级烧酒还获过金杯奖呢！

小时候，每每看大人喝白酒，大口大口地喝，像喝开水一样，让我一直以为白酒是人间美味。后来，有一回用筷子蘸了一点尝尝，才知道白酒是"辣"的，并没有那么好入口。

由于体制改革及其他原因，2000 年 6 月，酒厂关门。但上了年纪的人还是很怀念当时酿酒慢、买酒慢、喝酒也慢的时光，他们怀念过去的酒、怀念过去的人、怀念过去的情。

在酒厂退出历史舞台后，酒厂所在地曾一度成了"金海岸"的娱乐场所。后来，这个娱乐场所也没了。再后来，房地产开发商在这盖起了高楼大厦。现如今，如果你对上了年纪的老人说自己住在"金海花苑"，老人不明白在哪时，只要你补上一句"在老酒厂"，对方便明白你的位置了。

站在山腰向市民活动中心方向望去，满眼是新建的高大建筑物。可曾经这里是茫茫大海。曾经，去元觉的码头就在酒厂附近，所以老百姓也叫风打岙码头为"酒厂码头"。

记得我第一次去元觉，就是从这个码头出发的。那时正值冬天，站在码头等船，尽管穿着厚厚的外套，但风透过衣服，冷得不要不要的。据书上说，早年由于村子所处的岙口坐南朝北且临海，稍有风浪，常有海损事故发生，所以叫"风打岙"。难怪，第一回在这码头，我就体验了一把"风打岙"风的魅力。看来，"风打岙"这个名字名副其实啊！

继续前行，在不起眼的一个地方，突然看到防空洞。那是我小时候经常进去玩的地方！记得那时，几根蜡烛加几个手电筒，一群人便开开心心地去钻防空洞。当洞顶的水冷不防滴到脖子上，我们或吓得大叫，或抓紧同伴的手，或抱在一起。等缓过神来，大伙一阵哈哈大笑。有时遇见洞里有分岔路，大伙便用石头剪刀布确定选择哪条路。在洞里走，一点点声音就会引来很大的回响，有时顽皮的男同学故意发出怪异的声音吓唬同伴，惹得大家紧张兮兮……多少年过去了，防空洞还是原来的样子，我们却已渐渐老去。山上，多处战壕遗址还清晰可见。

透过树林，朝交警队方向望去，不由得想起北岙后一带曾经的样子。20 世纪 70 年代末开始在北岙后风打岙至北沙九厅动工兴建围塘，80 年代初建成国营盐场。那时，在风打岙就可看到夕阳照着盐场，盐场内海水倒映着一箩箩晶莹洁白的盐，盐民们在场上忙碌着，那场景美极了。记忆中，早年洞头风光明信片里就有这样的画面。但盐与人一起晒，晒白了盐，晒黑了人，晒干了海水，也晒干了青春。

记得，在现在的"我家餐厅"一带，曾经有一个大型的煤炭场。场里除卖煤炭外，也有做煤球卖。小时候，我跟随家里人去过几次……

眼前的风打岙，诉说着沧海桑田的故事。世界瞬息万变，我们注定无法一成不变。站在新时代、新起点的我们，继续带上那颗不曾泯灭的"初心"，不负韶华吧。相信它将会在陌生的变化中，带给我们一丝久违的暖意。

2020.5.10
发表于2020.5.21《洞头新闻》

尾坑行

　　每次经过山头顶，看见那些被密林包围着、犹如与世隔绝的、在这大山深处顽强生存着的老屋，总是很好奇它的前世今生。在好奇心驱使下，有了尾坑之行。

　　村子地处一条大山坑的尾部，便有了很形象的地名——尾坑。民居沿山坡而建，尽管这里石屋不多，仅10来间，但一层层排列，十分整齐。据1982年人口普查记录村里有12户47人。主要是早年从福建晋江移居来的庄姓人家，另有两户南姓人家。

　　现在，这里早已人去楼空。这里的石屋和别处的一样，也是虎皮状。忍不住伸手摸摸石头，石头是硬的，其实不摸也知道。透过手心，隐隐感觉到石头的冰凉与粗糙，以及说不清的沧桑。岁月没有磨蚀掉石头的棱角，倒是加剧了石头的纹路显现，让石头更有画的感觉，如同写意画。这一栋栋废弃的石屋透出的是浓浓的时代气息。

　　残破的石屋，布满青苔，钻出杂草，映衬出小村的美是幽静的，也是凄凉的，更是沉淀的。

　　总是很感慨，村民建造石屋表现出的智慧。就近采石，又能很好地抵抗台风。这里敲敲，那里垫垫，石头就放端正了，结实了。石缝用糯米饭石灰相伴，咬得牢牢的。那弯弯扭扭的线条，看起来粗犷，却极富地方特色。人对石头有天然的亲近感，连红楼梦也是《石头记》开的篇。人们住在石屋里冬暖夏凉，隔音也好，但是石屋正渐渐远离我们的视野。我们建起了千篇一律的房子，当我们走访千篇一律的人家时，就像掉进迷魂阵一样。说实话，我打心里喜欢石屋。因为它不仅仅书写着一个时代的真实生活，更显示一种质朴、清纯的石头文化。

在村子里，没看到类似其他村里常见的、被遗弃屋外的渔具之类的物品。据资料介绍，早年村民经济产业有来自渔业大网捕捞，以及农业种植等。但这里距离大海还是有一定距离的，想象不出他们是通过哪条小路下海劳作。遥想当年，住在这里的村民生活应该不容易吧，尽管每天生活在大自然当中，与世隔绝，没有纷争，但交通不便，生活不易。

村里有3幢部队营房，呈F型排列。屋顶瓦片上芒草在风中摇曳，斑斑驳驳的石墙上爬着任性的青藤，屋檐下杂草肆意地蔓延……年复一年，在没有人类打扰的日子里，植物张扬个性，更显得村子的静谧。

其中一幢营房门口摆放着好几样宝贝，有生产于1983年的电锯、砂轮机、锈迹斑斑的磅秤、打铁的底座等等，无不诉说着当年的故事。

记得小时候，在岭背七十二台阶附近的公路边就有一家打铁铺，里面也有这样的"砧"。铁匠有一座用来煅烧铁坯的火炉，在火炉的连接处有一个很大的用手拉的风箱。风箱一拉，风进火炉，炉膛内火苗直蹿。当然，拉风箱用力不同、速度不同，所产生的火温度也不同。丢在火炉里的炭，好像和平时的炭不一样，是一种"铁炭"。把用来制作工具的被炉火烧熟了的铁毛坯放在这个铁"砧"上，然后用铁锤反复锤打，渐渐地就成了所需的形状。铁匠就这样以铁为原料，靠一把小小的铁锤打造出各式各样的生产工具和生活用品来养家糊口。

眼前，这块铁砧也是一整块铁，长得像粗木桩，高30厘米左右，它静静地依在墙角。都说铁砧是"太上老君的膝盖"，这块铁砧看起来真不是一般的硬！毕竟，"打铁还需自身硬"嘛。然而，在这个喧嚣的时代，打铁这门手艺，早已湮灭在历史长河里。

隔着窗户，看到屋里有好多大型机器，似乎是生产汽配的。据说，村民曾在这部队营房里加工过洋栖菜，也曾在这制造汽车配件等。在1980年至1992年期间，一庄姓村民在山坳里建起鱼粉厂，鱼粉生意做得很大，村民入厂做工，村子里好热闹。后来，鱼粉厂搬到了现在的殡仪服务中心一带。但由于地方偏僻，配套设施落后等原因，2002年开始，村民陆续外迁或打工。再后来，由于建造殡仪服务中心，便整村搬迁，成了"无人村"。

返回时，发现在村子入口的对面公路一侧，山沟沟里有一条长长的石阶。从方向上推测，这条石阶可以通往小文岙，想来，这是早年尾坑村民走向大海的一条必经之路吧。可惜，石阶仅修复了上半段，山腰下没有继续施工，现几乎被杂草淹没。后来，从尾坑原住村民南老师那得知，我的推测是正确的。他说以前山上没有杂草，有两条路可以到达海边。从现在的殡仪服务中心分两个山沟下去，一条到小文峇，一条从风吹峇分岔下去。那时，路就在脚下，走的人多了，也便有了路。

如今，村子逐渐开始被人遗忘，曾经的繁华与热闹都成了岁月中的一部分，都只是历史长河中的过眼云烟。

抽个空，去探访那些小村庄吧。毕竟有些风景转瞬即逝，我们只能抓住当下。

2020.5.17

发表于 2020.7.23《洞头新闻》

诗画九仙

　　九仙村，老百姓也叫它"九仙底"。传说，数百年前，村边黑石崖上住着9个仙人，所以村名叫"九仙"。也有人说，九仙村地名的由来与道教八仙有关，九仙村大部分人姓张，于是有人说村民是八仙里的张果老的后裔。跟仙人攀上关系，这是何等光耀！……

　　整个九仙村并不大，似乎一声吆喝全村都能听到。村子在山岙里，房屋沿山沟两侧呈"人"字形排开。几位老妇人佝偻着背在地里忙着。我的到来，让鸡鸣犬吠声在这静朗的清晨热闹开来，它们这是有多久没有见到陌生人来造访啊。

　　一进村子，便被一幢石屋吸引。那是建于1969年的老屋，正面平整的四方石头或"工"字或"人"字垒上，正门门楣上的条石上刻着"渔家小筑"几个大字。石屋看起来粗犷，不讨年轻人喜欢，但当年讨媳妇就得有石头屋，渔家人说这叫"硬气"。哈哈，哪有石头不硬气的嘛。

　　这石屋斜对面的小石屋看上去建得更早些、更矮些，石块大小不一，也没有常见的勾缝，屋内横梁上摆着艘小船，很有海岛韵味。

继续前行，远远地被一间小石屋门前的对联吸引。水泥抹成对联大小，黄色的油漆做对联底色，上书红色大字：门迎春夏秋冬福，户纳东西南北财。这真是一副"硬核"对联啊，不怕风吹雨打日晒，也不会掉落，真有创意！屋里的阿婆告诉我，自己年轻时从小朴搬过来，这房子已经有70来年的历史了，只是建房时间被广告牌遮挡了很多年，这对联就是建房时写的。现在村子里大概有20来户人家长住，大多是颐养天年的老人。老人们习惯于固守家园，愿抱着岁月一同老去。年轻人则搬到城里，有时抽空来看望一下老人。阿婆好像有好多话要讲，似乎好久好久没同人好好聊过了，甚至热情地邀我进屋喝水再聊。

不远处，四五个阿婆围着两个大竹匾在剥虾干，她们很热情地招呼我，邀我试吃虾干。说每剥一斤虾干可以赚5元，一天下来虽剥不了多少，但聊胜于无，不仅可以补贴家用，大家还可以有一搭没一搭悠闲地聊聊，这样日子过得快活些。是啊，老人家在农村没什么娱乐休闲项目，唠嗑也别有一番滋味。这里最淳朴的村庄，是老人们的起点。这里白天青山绿水，夜晚繁星点点。这里没有花园洋房，但有依旧的庭院、依旧的矮墙、依旧的石凳、依旧的老屋、依旧的伙伴温馨着时光。

几只鸭子在山间小道闲庭信步，鸟儿在枝头欢呼着雀跃着，桥下不时传来阵阵青蛙欢唱声，这里家家户户石屋面朝大海，春暖花开，看潮起潮落，赏夕阳余晖映照海面，田园牧海，美景尽收眼底。难怪前两年有人来投资兴建民宿，并以八仙过海的八仙为主角开发了8间住宿点，据说租期16年。只是，疏于打理，不少树干上爬满了青藤，有的缠到了树梢无处生长，便挂了下来，蜘蛛洒脱地在上面结网。杂草从木板的缝隙钻上来，肆无忌惮地争抢缕缕阳光。特别是沟渠两边杂草葳蕤，仿佛整个村庄沉浸在寂寞中。

村里的七星夫人宫，其实是座极小极小的庙。石头墙上用红色油漆刷成对联的模样，上面用草书写道：山高自有人行路，海阔不乏波浪舟。哇，好有水平的楹联！正当我看着宫名想它和洞头的七夕民俗是否有关联时，家住隔壁的一红衣男子问我："你知道这宫的来历吗？"我说：我想听你讲讲它的故事。于是，这男子的话匣子打开了。他说，七星夫人宫在这里已经 216 年了。七星夫人很灵验，曾因救人一命，才在"破四旧"时被保了下来。早年自己做鱼粉生意赚了点钱，便托人修缮七星夫人宫，才有了现在的规模，但自己能力有限，又没什么文化，加上九仙是个山旮旯，也没个领袖，便没能像东岙那样把七星做大、做强，实在是遗憾的事。他说在洞头，人们奉七娘妈为保护孩子平安和健康的神。人们认为孩子能成长到 16 岁，是因为期间受了神仙的庇佑，所以满 16 岁时，要在农历七月初七那天参加成年礼，以感谢神明的保护并宣示长大成人。宫里有个看起来已不新的七星亭，那是因为当地村民认为凡是敬贡的七星亭，要在宫里摆放一年，在下一个七月初七到来时才能辞旧迎新，才能焚烧老的这个。

村口海边有座杨府庙，从洞头峡大桥看过来很是壮观。因疫情防控，现没对外开放。据《洞头遗风调查初探》介绍，里面供奉的是杨延昭（杨六郎），是洞头历史最悠久的杨府庙，建于清乾隆年间。据石碑上介绍,香火甚旺的洞头村宫口杨府庙最初的香灰还是从九仙杨府庙传过去的呢。

海边小码头上有几个小石墩,中间各有个圆形孔,似乎是用来穿缆绳的。想必早年这里一定十分热闹,船只来来往往,商人络绎不绝,渔民个个笑容灿烂。

来到村外海上围塘,视野开阔极了,洞头峡大桥就在不远处。在这,迎面海风吹拂,听取蛙声一片,那感觉妙极了!围塘四周,水草肥美,东方香蒲绿意盎然,芦苇纤细而坚挺,黑水鸡悠然自得地在水面惬意着,弹涂鱼快活地弹跳着,一切生机勃勃,美极了!

不知不觉走到水塘养殖处,一男子正忙碌着,谈话中得知他来自台州,在这养殖青蟹已多年。他说这里三面靠山,一面临

九仙·民宿

海，形成天然屏障，沿海水域风浪平静，滩涂广阔，涂质柔软，很适合青蟹生长。他捕捞上来的青蟹，色泽光亮呈青蓝色，看起来壳比较薄，且大螯很大，整体非常饱满。说实话，我平时只管吃，根本不知道关于青蟹的其他事，他很耐心地一一告诉我，并让我上浮船体验了一番，真好！临走前我顺带买了两只，没想到他十分热情，居然送了我两只打架输了的大青蟹，并不忘交代烧法（真的很好吃，肉白膏黄，肉质细嫩，鲜美异香）。谢谢你，大哥！

九仙，已有八仙，你来了，可以在这吸着仙气、吃着仙菜、喝着仙水、看着仙景，再做个仙梦、拾个仙运……哈哈，你就是"九仙"啦！对了，平时夸人生活过得好时，洞头人总说："爽得像仙一样！"是不是与"九仙"有关呢？

2020. 5. 25

于 2022. 8. 21 转载至"温州古道"，题为《温州这个以九仙传说命名的村庄，极少人知道！》

漫步大朴

　　大朴村口一大排联建房，村内整洁的乡间小路衬托出丝丝绿意中的古朴与优雅。家家户户门前屋后或种着四季蔬菜，或种着各色花草。放眼望去，这里的时光很是静谧，村民们生活安逸，没有大城市的喧嚣与繁华，却也别有一番韵味，简单而平凡。

　　在一石屋前，看见老爷爷独自一人动作娴熟地把弄着一大截竹筒，很是好奇，便上前。原来老人正准备用这截竹筒做一个给鸡放食物的"鸡槽"呢。老人说年轻的时候用竹子做过很多物件，筷笼啊、砧板啊都做，只要生活需要，总能想办法解决。老一辈人是不是个个都被生活逼成了能人？听着老人的话，脑海里突然闪现袁鹰的散文《井冈翠竹》，仿佛一下子看到茂密的竹林里，大伙用竹子搭帐篷、做梭镖；当罐盛水，当碗蒸饭；用它做扁担和吹火筒的情景。哈哈，真是智慧在民间啊！

　　想着对面风巷山上的竹子也很多，便忍不住问老人关于风巷的事。老人说的内容和我上次专访的差不多。看来只有我们这些后生不知魏晋。

　　老人说早年自家房前是一片海滩。这片海滩由于环山脉的淡水渗进来，泥油特别充足，很适合养殖。不过有时风浪很大，海水就直打进"门口场"，那气势很吓人。海滩里养了不少蛏子，那时女人也下海捉蛏子。嗯，我记忆中"大朴蛏"是很有名的，它肉质十分鲜嫩，绝对能让你的味蕾得到满足，而且营养也很丰富，吃起来味道令人难忘。

不过，下滩涂捉蛏子前，得在两腿的膝盖处将行头系上绳子。滩涂泥往往没过大腿，再深处便齐臀。迈开前腿，往往感觉举步维艰，后腿十分沉重，所穿戴的行头仿佛要被泥土带起。只要手顺着滩涂上靠得比较紧的两个小洞往下伸，便会捉到蛏子；有时蛏子钻得很深，为了把它们捞起来，不得不使劲弯腰。干活，总是累人的，滩泥的压力和长时间的站姿让人腰酸得直不起来。其中的累和苦，只有亲力亲为才能真真切切地感受到。为了生活，早年年轻的陆续出外闯荡，年老的选择风雨无阻地坚守，遵循着"日出而作，日落而息"的古老法则，用自己的双手在这片土地上延续着。

我没体验过下海的滋味，但透过老人的言语，不难感受到早年偏远村庄人们生活的不易。逝去的时光，即使在当时不够美好，但经过时间的洗礼，过后想起，也有不一样的甜蜜。因为你再也无法重回那种日子，只剩回忆。

村里有一间老屋墙上挂着"第三次全国文物普查信息点"的牌子，洞头挂牌的老屋风貌大多相同，尽管我不知道关于它的来龙去脉，但很享受那种置身于古老光阴中的静谧，因为它们都见证着光阴的故事。

不知不觉中来到部队营房，猛地想起小时候的情景。那时从小三盘沿小路走到大朴，不知绕过多少道弯，走了多久的路才来到小萍姐家。在她家门口向远处望去，是大片大片的滩涂，而她家附近便是部队营房。部队的房子好多，场地好宽，我们围着营房是各种玩法，也听了不少关于部队粮食仓库、弹药库等故事。直到现在，还依稀记得"白糖案"的大致情节。那时，我对部队生活充满了憧憬，甚至一度梦想长大去当女兵。如今，营房依旧在，只是讲故事的人不在身边。三十多年前因小萍姐来到这里，认识了大朴村；三十多年后，因来到这里，想起小萍姐，于是试着找她家的老房子。当得知老人在家，很是激动，忍不住进屋抱了抱老人，忍不住发微信告诉小萍姐我找到她家了……尽是满满的回忆。

循着小路，继续往村子深处走去，越发觉得大朴是美丽的，特别是崭新的乡村别墅里夹杂着的石屋。这些用来造石屋的石块大小不一，色泽深浅不一，形状也不一，石头与石头的缝隙被勾勒成一张张"虎皮"，屋顶上传统的青瓦片上压着石块，尽显海岛韵味——涛声上的虎皮房。这些石头房大多建于20世纪70年代前后，面对海风、台风的侵袭，大多安然无恙，彰显出石头之敦厚。

田边有座福德宫，据说建于清乾隆年间，早年村民每逢出海，总是先到这供奉神明，所以香火很旺。

大朴，这个曾经的"古渔村"，现在海的气息似乎在这个村子里也越来越淡了。也许，消失代表着另一种形式的新生，历史早已写好它的选择。

2020.6.4

发表于2021.4.20《洞头新闻》

白迭岭头

远处，半屏岛飘来的海风，让白迭岭头有了海的气息。弯弯曲曲的羊肠小道串联起村子里的石头房。石头房，筋骨是石头的，眉毛是石头的，窗棂也是石头的，甚至连屋顶也压着石头。当风肆意妄为，当雨飘泼而下，唯有石敢当。狭窄的小弄、石头堆砌的墙壁，散发着远古的气息。不少青苔爬在石缝里，一些石头被炊烟熏得焦黑，镶嵌成斑驳中的沧桑。

走在村子里几乎看不到随意丢在门前的渔具，似乎它不曾是渔村。不过，也很好奇，在这山坳里，渔民早年是从哪条小路通向海边从事渔业生产的。

村里有一座带天井的两进石木结构老房子，刚修缮过，但看起来很有历史沧桑感。隔壁的阿婆告诉我，她早年就住在这老屋里。那时老屋里一共有 11 户人家，一到夏天的晚上，大伙围着天井乘凉，甚至有人拆下门板，摆在天井边当床睡呢。早年大屋里很热闹，后来一个个长大，住不下了，就一户户搬出去住。到现在只剩下空壳房。阿婆说自己也只是初一十五回来烧烧香，偶尔回来种种地。现在，村里真正住的大概只有 10 多户人家。年轻人外出的外出、搬迁的搬迁，留守的大多是老人。难怪村子里很静谧。

我喜欢看有古旧感的石头老房子。它们安静，不打搅世人，但我知道这些房子是见过世面的，见过在海上历经风浪的男人、见过在地里埋头苦干的女人、见过在村里撒欢纯真的孩子，只是像橡皮擦那样将年年岁岁一遍遍擦过又一遍遍涂上。一座座石头房，如一本本石头书，只有更坚硬，才不至于被吹塌、被废弃、被淤积，它就像海岛的人们。

经过一户人家门口，两条狗慵懒地躺在门边，它们只是看看我，不叫也不闹，一副爱理不理的样子。也许村子里走动的人实在太少了，以至于它们忘了本职工作。

村里不少人家的门前摆放着好多大缸。问一位老人，她说早年村里有户人家腌制辣酱的技术特别好，每次送到北岙都能卖个好价钱。于是大家向他学习，后来，几乎家家会腌制辣酱。腌制辣酱得有缸盛放。这样一来，家家户户门口自然都有大缸啦！

这些缸，不少还打了补丁呢！印象中，小时候去外婆家见过打了补丁的缸。那时很好奇，破了的缸竟然也能补起来用。大人们说"新缸没有旧缸光"，"新三年旧三年，能补则补，能省则省"，节省是持家的必备条件。想想也是，在那个物质匮乏的年代，买个物件也不是容易的事。

印象中，把破缸的碎片补上去似乎并不难，难就难在要补得天衣无缝，不再漏水。补缸时，补缸师傅往往把缸先放倒，有裂缝的一面朝上。如果裂缝比较长，还要用麻绳把缸箍紧，以防敲击时把缸震裂。师傅一手捏一把小钢錾对准缸的裂缝，一手握着一把小铁锤，笃笃笃地敲打。他沿着裂痕錾出一条浅槽，接着有间隔地在浅槽两侧敲出两个对称的小孔眼，再把像订书钉那样的钉子铆进去。要是遇上缸体的弧度很大，还要适当地把钉子变弯曲，让它更"服贴"，然后填上用盐卤拌的铁沙。等十天半个月以后，就和新缸一样好使了。

如今，要是这些东西破了，谁还会想到补呢？买个新的，花不了多少钱，看着也舒服。于是补缸行业销声匿迹。

继续行走，看见村里有一幢部队营房，也是石木结构的。但不像别村的那样显眼，它矮矮的，更像民房。它和别村的营房一样，没有围墙，没有铁栅栏，没有任何隔离物，甚至连"军界"两字的石碑都没有。这种军民融为一体的方式，也许只有在洞头才能看到。听说1952年洞头解放后，这里曾有一个步兵连，军民团结一家亲，当年军民联防工作开展得有声有色。正是在部队的熏陶下，早年村里不识字的老百姓也能说几句"普通话"。

在部队营房前的一块农田里，有一位60多岁的男子正在打理西红柿。他说，早年营房前这一片并不是农田，而是部队操场。早年这里很热闹，那时战士们教村里年轻人打篮球，年轻人学得很认真，球打得很不错。特别是每逢过年前的军民篮球联谊赛，打球的人球技精彩纷呈，看球的人围得水泄不通。大伙除了在本村打篮球外，还和战士们到隔头、旧厂打军民联谊赛。他说当年自己是民兵，常常跟随战士们到各个村庄切磋球技。同时，那时部队里每星期都会放映一次露天电影。于是大伙就在隔头、旧厂、白迭岭头的营部来回跑，只为能反复看那场电影。那个时候尽管生活艰辛，但回忆起来都是满满的幸福。

这里的营房大概建于 1952 年。那时洞头刚刚解放，建房的手艺比不上后来的，又担心台风，所以营房建得比别的地方来得低矮些、粗糙些、窄小些，便没有别村的营房漂亮。部队撤离后，村子里的营房每幢以 100 元至 200 元的价格卖给村民。后来，大多数被村民拆了翻建成自家房子，所以整个村只剩下这么一幢旧营房。慢慢地，操场也成了村民的菜地。

村里的民房相对密集，但显得有些冷清。这位男子也只有周末从温州开车回村，来打理一下菜地。他说回来看看老家，心里踏实。是啊，有老家可以走走，有老屋可以看看，还有块地可以种种，真好！这走走看看种种里凝聚了多少乡愁啊！

田地边有一个不起眼的水井，但它却是有身份的——文物牌。如今的水井虽未完全枯竭，却像耄耋之年的老妇人，满脸沧桑，完全失去原来的灵动鲜活，剩下的只是一具被抽走灵魂的躯壳。然而在没有自来水的年代，它却是村民的命根子。

沿村子小路一直下行，看到不少苎麻珍蝶挂在叶片上，等着风和太阳干去它身上水分，蜥蜴鼓着眼睛警觉地望着四周，棕背伯劳则在枝头张望着，一切都很美好。小路尽头是条机耕路，一头通向龙潭坑水库，另一头通往隔头村部。也许，早年村庄里的渔民就是沿这条小路经过隔头走向沙岙，再通向大海的。

微风吹过树梢，带来泥土的芳香，很容易让人褪去城市的浮躁，全身心投入自然的怀抱。白迭岭头，一个很适合出来走走的村庄。

2020. 6. 7

发表于 2020. 11. 26《洞头新闻》

听妈祖宫顶山海恋歌

妈祖宫顶就在妈祖宫自然村后山上。

清早去妈祖宫顶，沿途带露珠的小草、青苔，与小路共同构成一幅天然的画卷。加上雨后清新的泥土芳香伴着草木独有的气息，让人感觉十分惬意。枝繁叶茂的草木撑起一片浓浓的绿荫道，显得美丽而寂静。偶尔几声鸟鸣打破寂静，增添一丝灵动。

为防止遇上蜘蛛网，特意折了根芦苇，像太乙真人的拂尘般一路挥扫着前行。一路上有不少诱人的天仙果，乍一看就像一颗颗小桂圆挂在枝头，它们或红或绿，很惹眼，也诱惑你的食欲。似乎在《本草纲目》中有记载："出四川，树高八九尺，叶似荔枝而小，无花而实，子如樱桃，累累缀枝间，六七月熟，其味至甘。"

记得同事说，他小时候经常到这村子里玩，村子里有他成长的味道，更有陪伴他走过童年岁月的痕迹。那时家家户户门口种有水果树，有苹果、桃子、枇杷、小香蕉、雪梨、橘子等。妈祖宫顶的水果不仅品种多，而且比别村的更清甜。天仙果也是好吃的之一。天仙果个头不大，正好能一口一颗，加上它本身的味道甜甜的，在那个时候便成为孩子们的零食，每次一摘就是一大把。

走过一段湿滑的上坡路，不久就看到山腰处的房子。通向第一座石头房附近还有一条极小的原生态的石阶，从山脚下延伸过来，被草木遮挡得几乎认不出路来。想来，这是早年从妈祖宫到妈祖宫顶的通道。

村子很小，一眼看到的仅四五座房子。不过，据1987版《洞头县地名志》介绍，当时有15户人家。这些石屋以山为屏，面海而建，屋咬山，山抱屋，窗户小小的，房顶上的瓦片层次错落，像鱼鳞一样依次排开，瓦片上压着防台风的石块。石屋，很容易引发怀旧的心思。屋后靠山体处有水井。

第一座石头房正面由各色石头构成，或仓灰中泛出青白色，或土黄中透出红褐色，或青色中显出古铜色，给人以温暖祥和感的同时，又有"结庐在人境，而无车马喧"的古典凝重美。在它挡土墙下方不远处，有一间已没了屋顶、被藤蔓缠绕的石屋淹没在树木中。

山坡上，一座大石头房共有5条间。在天空下，草树间呈现出最初的模样，一石一瓦，一草一木，以及斑驳的大门，传递出经年的温暖。屋前视野很开阔，不过这是基于：砍了一株长了几十年的大香樟树的结果，高高的树庄还在原地；粗大的樟树段静静地躺在院子里，上面长了不少青苔。正门面的块石方方正正，隆起的石缝线清晰地展示年代印记。一旁的猪圈默默地伴着石屋。房前屋后散落的坛坛罐罐，在杂草中寂寞着。这石屋就是平时在东沙，抬头远远能望见的山上最显眼的房子。一座远离世人生活、被遗忘的孤零零的石屋!

恰巧原屋女主人从山下来看老屋。她说村子里原来共有 7 座房,多年前村民就陆续搬出去住了,村民以郭姓为主。她家方正的块石是从山脚下运上来的,当年盖房子很不容易。过去村里有 3 条小路通向外面,一条去妈祖宫、一条通往大王殿、一条从山后到水头岩。不过,现在都已经没有人走的痕迹了。

大石屋后,浓密的杂草丛中隐约可见一条向上的小路,是那种人走多后踩出来的羊肠小路。路边有金银花、栝楼、鹿藿等难得一见的植物。

沿小路上去,不久便见到妈祖宫顶最古老的建筑遗迹。眼前坍塌的石墙上的石头大小不一、形状各异,上面长满难得一见的大大小小的花斑,以及或新或老的青苔。据专业人员说,这石墙已有 300 来年的历史了。最早来的郭姓先民从海滩上来,把房子盖在山上这块风水宝地,房子呈四合院结构。由于种种原因,眼前只有成堆成堆的石头。

墙角边一株天仙果果子特别大,色泽比沿途的更靓丽,或许是因为这里的土壤更肥沃,或许是因为品种不同吧。它们带着晶莹剔透的露珠,美极了!忍不住多拍几张照片。

一侧的杂草丛里还有几级 1 米左右宽的石阶,石阶的石块很大,似乎对着大门口在诉说着当年的故事。

房前厚实的挡土墙有二三十米长,又宽又高,历经这么多年,它依然完好地挺立着,只是上面长满各类植物。

挡土墙左右两侧,各种着一棵当年的树,一边是象征长寿的榕树,一边是不忘本心的朴树。树将房子隐蔽在山里,成了先民天然的屏障，不易被外人发现，树更是先民的坐标；而先民自己则透过枝叶往下看，看得清清楚楚。两棵大树，滋养着这片土地，及土地上的人们。可惜这近 300 年的老树没有被列入洞头古树名单里。

人们在石屋附近开荒种地，下山捕鱼养家。于是，家慢慢巩固下来。后来，这样的家慢慢扩大，原大石屋住不下了，于是在石屋附近就地取材用石头建造房子，时间长了就演变为村落。再后来，村民们陆续迁到山脚下、北岙等地。

把村子建在山腰上，现在看起来不仅偏僻，而且交通极不方便，但先辈们把房子建在妈祖宫顶自有它的道理。在这里居高俯瞰，视野开阔极了：东沙渔港在脚下，三垄在右前方，北岙岭头、寮顶、岙仔在远处。特别是早年，这里的海域可大了，海滩也不小！一旦看到海盗远远地从沙滩过来，村民们便可从容地从后山到柴岙、水头岩等处避难。因为海盗从海岸向这边小路上山，至少也要 15 分钟才能爬到。

似乎洞头不少古老的村庄发展故事都相似：先民从海岸上来，把房子盖在山上，房前种上榕树或朴树。后来随着发展，地盘慢慢扩大，人们逐渐外迁，逐渐向大海靠近。原来的村落渐渐远离视野……

大海、老屋、石墙、石阶、老树，以及石头上的花斑，诉说岁月的故事，它们见证了一个个历史时刻，也见证了村民对美好生活的追求，更见证了一代代人的成长，尽管村庄即将消逝在我们的视野中，却永远留在我们的记忆长河中。

如今站在妈祖宫顶依然可以在山上看海，可以观日出日落，赏星辰云海奇观。远眺，东海上大大小小的岛屿静立，灯塔高高耸立，航行的渔船破浪前行；俯瞰，山下村庄全貌尽收眼底，错落有致的民居和现代化的高楼大厦格外醒目，真可谓"城在海上，海在景中，景在眼前"。

你愿来妈祖宫顶听山与海的恋歌吗？

2020. 6. 23

发表于 2020. 8. 6《洞头新闻》

顶后寮

曾经我对地名中的"寮"啊,"坑"啊,傻傻分不清。后来才知道,早年福建等地的渔民来洞头捕鱼,最初都是住在临时搭建的"寮"里。以中仑为中心,按坐北朝南来确定方位,中仑的前方有一个山坳,叫"前坑",在这里搭有寮,且数量不少,所以叫"前坑寮";后来人们在前坑寮的背面再搭寮居住,也便有了"后寮"。顶后寮呢,则是后寮村里地势高一点的地方。

村口的湾仔内竹子长势喜人,鸟鸣不断,环境清幽,水塘边有人在垂钓。永福寺就在后面山坡上。村支部郭书记说,在北宋初期,这里建有"瀛州寺"传布佛教文化。但在明末年间,老百姓响应官府号召纷纷内迁,于是这里成为记忆的空白篇章。后来寺院被淹没在山洪暴发的泥石流中。直到 1956 年村里兴修水利,出土不少文物,才重新掀开历史上的这一幕。可惜当年文物保护意识不强,不少文物流失,蒙尘民间,不知具体去向。

记得我小时候,村里山坡上有一片很壮观的水貂饲养场。貂舍长长的、一排排的。那些有点高贵气质的小精灵在笼舍里上下蹿跳,尖利的爪子死死地抓住铁丝嗅个不停。而刚生下来没多久的貂宝宝则粉嫩粉嫩的，很可爱。20世纪70年代初，村里从东北引进水貂饲养，当年成活率还曾排名全省第一呢，为国家争取外汇做出了贡献。不过常言道，"家有万贯，带毛的不算"，养貂虽然利润高，但风险大，由于种种原因，后来村里不再养貂。现如今只剩当年水貂饲养场的几堵围墙。

村里有不少新建的房子夹在石屋里，彰显时代变迁的故事。这里的石屋大多是用青石建的，墙上的勾缝雪白雪白的，不同于常见的虎皮房，很是夸张，也很显个性。

村里有不少历史古宅，可惜有的已倒塌。其中一座石木结构的四合院里住着阿婆和她两个儿子。屋子里的天井四四方方，中间有一口修长的水井。日光从上方投进屋子，明晃晃的，光束中照见一粒粒飘飞的尘埃，还残留点旧时年代的气息。古旧的木板，杂乱的家具，使得房子看起来陈旧而寂寞，似乎在提醒人们时光易逝。听村里的郭书记说，以前公社还在这屋内办公过呢。

另有一座四合院孤零零地安置在田边，是顶后寮与顶寮的分界地。这是村里最早的郭姓住户，早年人丁兴旺，后来由它分出好几房，分别在村里建了房。1947年这屋里办过学堂，有党的地下工作者在这里进出，这里还是传播革命真理的地方呢！只是，眼下老屋门关着，石头上的花斑无声地讲述它的年龄。门楣上阴刻着"分阳"两字。屋后有一口用条石围成的水井，很有特色。

村里有座陈府爷宫，据说建于清雍正年间，民国时期曾在这办过学堂。不过，现看起来很新，不知还有多少成分是当年的遗迹。

顶后寮村与别的村不同，是洞头比较难得的不以渔业为主的村庄。家家户户门前屋后散落着农具，篮子、锄头、小推车之类的，比比皆是。但早年村里也有从事渔业生产的，渔船也不少。值得一提的是，20世纪60年代还组织过村民进行海带养殖，村里还曾是全县最大的海带养殖单位呢。

村子里有一大片一大片的农田，茄子、辣椒、高粱、秋葵、西瓜、蒲瓜、冬瓜等等，应有尽有。在一户人家门口，见一淡紫色呈穗状的植物很是漂亮，主人正在采摘，便上前看个究竟。原来是藿香！主人说，这是很多年前他从四川带过来种的。藿香味道芳香，而且营养丰富，夏天采几片藿香叶子做香料，还可以防中暑呢！特别是藿香鲫鱼更是用藿香做的美味佳肴。不少来自四川的老乡都会在房前屋后种上一些藿香。这里土壤好，气温适宜，是很好的农业基地。

在农田边，我看到一块石碑，是1996年洞头县人民政府立的，上面介绍蔬菜基地保护规定的内容。据说，全村约有40%的人口从事蔬菜瓜果种植，是洞头唯一的蔬菜基地。村里采用"合作社+基地+农户"的运营模式，实现"供、产、销"一体化经营，助力群众持续稳定增收。村里农业发展好，我想还得益于这里水库水源充足吧。水库外溪沟里的水长年不断地从后寮一路流向后垄，方便这一带农民灌溉农田。

突然间，想起小时候自己很喜欢吃的"后寮米粉"。烧熟后，米粉一条条白白的、韧韧的，汤则糊糊的，口感特别好。印象中，那时天气好的时候到村里来，小路边铺满晒太阳的米粉，白茫茫的一片，米粉被自然风吹得透透的，景象相当壮观。经过日晒风吹的米粉，吃起来口感特别棒。记得老人家曾和我们说起，有人说："要是天天能吃上一碗米粉，就是最幸福的事了!"是呀，在那物质匮乏的年代，米粉也成了高级食品。有些人家平常日子舍不得吃，只有客人来了或过节时，才来个米粉芋或炒米粉之类的美味。可惜，时下我没找到曾经的米粉加工厂。

顶后寮，没有海岸资源，也没有风景旅游资源，却是如此清丽，它保留着昔日的淳朴和静谧的气质。当你在人山人海中疲惫了，不妨来这虽没有炊烟袅袅，却有青山农田环绕、清澈溪流欢唱的田园放松一下自己的心灵吧。

2020. 7. 5

走进岙内

走在岙内自然村，不时被洋气和渔味、陌生和亲切交错的场景深深吸引。村子不大，因村子坐落于山岙内，故名。

站在村子高处，向后垄方向远眺，300多年前的石拱桥清晰可见，它不仅仅是人们行走的桥，更是生活与商业交往的桥。在很久很久以前，村子外、现在的蓝港花苑一带曾是一片内海。内海海面很宽大，一年四季风平浪静，涨潮时大小船只安然进入内海，甚至退潮时也可以顺着一条天然水沟进入内海。这里是早年"海上丝绸之路"的补给站。2003年因重点工程科技园区建设，鼻山尾山体被爆破填海，从此这里多了一片平地，少了早年的痕迹。便捷的道路交通，让古桥得以休息。蓝港花苑，是温州市首个"小岛迁"建设项目的成果，大瞿、南策的村民积极响应政策，2014年第一期居民搬迁到岙内开始新的生活。

村里的岙内叶宅，属晚清建筑物、省级文物保护单位，是温州瓯江口海商文化的历史见证物。它由前宅和后宅两部分构成，都是相对独立的四合院结构。

前宅在村水泥路一侧，面向洞头中心渔港，建于清光绪年间。右侧两米来高的石头墙由一块块大小不一的石头垒砌成院子，院里长满了各色杂草，尽显历史沉淀。房子主体一楼的墙体是用石头砌成的，二楼墙体则是用砖砌成的。前宅门台呈典型的对称结构，正面二楼一左一右各有一个极富层次感的漂亮窗户，窗台上木质护栏古朴典雅，窗户上方挑出来的用瓦片盖的屋檐不仅能挡雨水，还可遮光。正门上方设廊，两侧雕花，不过已模糊，屋檐翘角饰有传统中式图案。屋内为木质结构。

尽管随着时光的流逝，这古老又精致的门台写满了岁月沧桑，但它仍然彰显出主人昔日的社会地位、经济实力和文化涵养。难怪，早年文物普查时，省市考古专家对其赞叹不已。

后宅建于民国时期，为三层四合院结构。其外墙装饰凸显中西文化融合。后宅的正立面是西洋风格装饰，红砖青砖交互砌成，墙面线条有序，凹凸别致，很有层次感。后宅的背立面及两侧，则以石块垒砌，石块颜色斑驳，大小不一，形如"虎皮纹"。最有意思的是高处的"雨漏"，有鱼形、有虾状，活蹦乱跳地紧贴着檐口，很接地气，使人感到浓浓的渔乡味。

后宅每层楼有多个独立的厢房，厢房与厢房之间用木板墙隔开。一楼左右厢房之间，高高竖起的柱子直至三楼屋檐，形成了天井。廊柱间的木质雕花，古色古香中带有丝丝毫毫的洋气。曾在这读过书的一位老师说，早在民国八年，这里就已是私塾。20世纪50年代初期，"洞头小学"的几个教室借用在这里，直至2000年并入位于中仑的"洞头乡中心小学"。这老屋如同一个时光宝盒，里面装满了一代人的美好回忆。可惜，当年读书的模样，只能尘封在记忆里。

经历了风风雨雨的叶宅，虽然如今盛况不再，但依旧饱受风霜，在光影斑驳中，被时光洗礼的石墙青瓦、纹理分明的柱子，依然兀自静立，见证着光阴。几株不知名的小草，顽强地从屋顶瓦缝中钻出来，在微微海风吹拂下摇摇晃晃，更衬托出老宅的沧桑与传奇。

相传，清代雍正年间，福建泉州一叶姓人家，拖家带口，艰难跋涉来到洞头，结草为庐，打鱼为生。尽管日子过得拮据，但他们不忘对子孙的教育，特地从老家请来私塾先生施教。经过100多年的繁衍，住在洞头村的叶氏后辈开始崭露头角。他们把"读书兴家"扩展到为乡里"建校办学"，1940年在中仑村修建祠堂，并把叶氏祠堂设计成礼堂的样式，又在祠堂外建造教室。曾经我也在那读过小学，遗憾的是，礼堂现已不复存在。

在岙内叶宅左前方不远处，有一断壁残垣在公路边顽强地挺立着，拱门上极富时代感的五角星，很吸引人眼球。五角星下面，隐隐约约可见毛主席语录的痕迹。据说，这是早年的学校大门。

在岙内叶宅右侧有几座规模宏大的老房子，青石底座上砌青砖，不过有的已拆除，有的已部分坍塌，杂草任性地生长着。其实，这是早年的渔械修配厂、造船厂等所在。

在种地的阿公说，早年海水直涨到他家房前。在清朝后期，洞头村是浙南的重要渔港、水产品集散地，船只来来往往，很热闹。洞头渔港成了渔轮靠泊点，岙内也自然而然地成了渔港配套设施的首选。据资料介绍，自唐宋以来，洞头岛有人定居后，修造船业便同步兴起。1952年，洞头的个体造船工匠率先联合起来，成立造船合作小组。1958 年，发展为地方国营洞头造船厂，全厂职工达 200 多人。

一位阿婆指着一片长满杂草的荒地告诉我，那曾是早年工厂的食堂。看着这片地，不难想象当年造船厂、渔械修配厂的辉煌。

在村子里，被一处高高的挡土墙吸引。这堵墙是由大小不一的石块垒成的，或青中泛白，或赤里透黄，或灰中显青，不少石头上长着上了年纪的花斑。挡土墙上立着好几个难得一见的青石墩，每个都有 60 厘米左右高。每个石墩上凿有两个拳头大小的石眼，一根竹竿穿过石眼与另一石墩相接，便成了独具特色的栅栏。家住挡土墙上的阿婆说这挡土墙与石墩都有 100 多年的历史了。她家石屋门还保留着古老的木板门，门板上油漆虽已剥落，

岙内·后垄古桥

114

但被洗得干干净净的，门板上清晰的木头纹理默默述说着阿婆的勤劳。门上的圆形拉手虽已陈旧，但很有年代感。

早年的粮站仓库就在阿婆家附近，不过只剩下石头房的基座了。看着粮站仓库，眼前不由自主地浮现这样的情景：村民手里攥着粮票越过山岗，沿海岸小路来籴米。米从高高的漏斗里滑出，直接进了米袋。背上米袋，艰难而又快乐地行走在海岛小路上。

古宅+旧厂房+老挡土墙，把这些串联起来，对垄内便有了新的认识。

2020.7.27

发表于 2020.10.15《洞头新闻》

垄头古村

小时候，常常听大人说"××像'垄头五姆'（五伯的老伴，五婶；闽南话叫五姆）"这句话，才知道洞头有个村庄叫"垄头"，这里出了个典型的"包打听"的人物叫"垄头五姆"。现在想来，其实"垄头五姆"这个词，应该指的是类似温州电视台"闲事婆""和事佬"以及浙江电视台"老娘舅"之类典型的"热心人"。

后来，会认字了，却傻傻分不清这个地方到底是"垅头"还是"垄头"，或是"龙头"。很多地方资料上，"垅头""垄头"都有用过。查过字典，只知"垅"就是"垄"的异体字，所以从规范字的角度，我还是把它写成"垄"。但记得大人说，早年这里的村民会放墨鱼笼生产，年年产量为头（第一），便简称"笼头"。也有人说，是因为这里是块风水宝地，处于龙头穴，而且是条土龙，便称"龙头"，后来谐音为"垄头"。甚至还有说法是这地名和当地的先祖人名有关。呵呵，不管村名的来历怎样，也不管正确的是哪个"long"，反正都有"人杰地灵"的意味。

进了村子，就看到一个大大的水塘。据村里一老妇人说，这是早年为解决储水问题，村民一起开挖的。在那个肩扛手抬的年代，建设垄头水塘绝对是个浩大的工程。一个小小的水塘，储蓄了地下水，更储蓄了乡情。一池清水方便大家生活生产，也为村民们带来了美好的期盼。

记得小时候到垄头玩，听大人说水塘里有养螃蜞，它的螯长而大，像威猛的鼓手，体魄浑厚壮实。那时只觉得大自然好神奇，大海里有螃蟹，淡水塘里有螃蜞。

在靠近水塘的路边，有一座建于 1929 年的老宅"垅头曾国锋宅"，十分引人注目。一老者悠闲地靠在躺椅上，听着电视里的《百晓讲新闻》。这屋子看起来，体量大、用材好、布局美；屋内天井、厢房、厅堂、回廊，样样布局讲究；屋外门额、对联、大门、斗拱，各个雕刻精美，凸显民国风。

在它附近，有一堵看起来很有故事的土墙。不过，它已经有了独特的保护：属于自己的小围墙、石碑，以及一方能挡风遮雨的屋檐。土墙一角有一口八角古井，另一侧有一座小房子，门楣上写着"省身念祖"。据坐在附近的老妇人介绍，这就是曾家祠堂，平日里由她负责祠堂日常管理。屋内有曾家祖上的故事记载，还展示了不少古物件。为满足我的好奇心，她特意取出钥匙打开房门让我进去参观，并向我介绍有关曾家的故事。

在清乾隆十二年间（1747 年），来自福建的垄头曾氏先祖携妻带子来到洞头，他们在这山腰处搭寮挖井，开基拓业，繁衍生息。经过 20 多年的奋斗，着手盖新房，也就是在这堵土墙所在的位置盖成五间房，就是传说中的"瓦厝内""五间头"。这土墙见证了 200 多年的风风雨雨。到第五、六、七代，开始新一轮选址扩建，大家纷纷搬出了祖屋。于是，最早的"五间头"便成了"老厝"。由于年久失修，土墙坏损。后来在大家努力下，才有了现在的规模，供后人追思。

曾家人向来勤劳团结，不远处的曾国锋宅里的兄弟就是典范。曾人义、曾人直两兄弟勤捕有鱼，合力建屋。但在 1937 年 8 月，日本侵略军入侵洞头，日寇朝渔船胡乱开枪，致使在渔船上的曾人直不幸被击中，落水身亡。1952 年，曾家的 3 个孩子和同村 10 多个青壮年，又被国民党军队强行抓了丁。三兄弟虽身在台湾，但情牵故里，台湾与大陆实行"三通"后，他们出资将老家过去卖掉的那部分房子重新买回来，又请了泥水师傅，把老宅整修了一番，并精心挑了"慈亲长衍思儿泪，赤子永怀爱国心"的门联刻上墙。

听着老人的话，我仿佛看到了曾家渔民兄弟的悲情人生。这么多年来发生在这老宅的故事，又何尝不是一部情节跌宕催人泪下的电视剧呢？

走在村子里，说不清是因为人悠闲的心塑造了村子悠闲的气质，还是垄头村悠闲的气质培养了人悠闲的心。感觉村子的每一处都是悠闲的。

村子里有不少古老的石头房子，大多依山而建，错落有致，尽管不少石屋已破旧，但宁静而安详，没有规划胜似规划。墙上的彩绘处处体现海洋韵味。

村里新建的高楼大厦大多作为民宿吸引游客。新与旧相融合，过去与现在相生。游客们来到这里，放慢的不仅是相机快门，更是生活节奏。在石板路上缓步而行，一座座石屋、一幢幢新房、一条条小路、一个个八角井、一位位慈祥的老人，让你恍若穿越时光隧道，一下子就回到记忆中的某个温暖祥和的画面。在这里，你可以感受海岛传统民俗文化，参与制作具有地方特色的各种精美小吃，吃农家饭，喝点小酒，做个特色鱼灯，听小鸟伴着海风鸣叫，看花儿在蓝天下绽放，体验静谧与安然、随性与风韵的隐居生活，真好！

村里有座陈元光纪念馆。六七条狗懒洋洋地趴在纪念馆前的台阶上，见我走近，只有其中两条乜斜着眼睛看了我一眼，便继续享受美好时光，其他的狗直接把我过滤了。纪念馆建筑宏伟，是区级文保单位。纪念馆门内四周墙上展示着相关的历史文化内容。听说，早年这还是"东屏镇中心小学垄头分部"呢。纪念馆，让村子多了一份历史厚重感。

绕过纪念馆，村子东边就是金沙滩。金沙滩水清滩平，沙细如粉，色泽如金，海水湛蓝，水天一色，展现出一幅优美的海滨画卷，真不愧是"金沙滩"。在金沙滩，虽没让游客捡到金子，但游客们却得到了比金子还珍贵的快乐！金沙滩和附近的大沙呑不同，是免费开放的，因此吸引了一大批讲实惠的游客，游客的增多也给村庄带来巨大的环保压力。

城市的生活节奏越来越快，垄头村满足了很多人对慢生活的追忆。如今村子名声在外，是乡村旅游的好去处，但村庄还是那个村庄，渔民还是那群渔民，不做作，不张扬。你来，我热情相待，你走，我真诚相送。这样的地方，你来吗？

2020.7.29

发表于 2020.12.31《洞头新闻》，于 2022.6.21 转载至"温州古道"，题为《周末好去处！温州这个有古宅古井和金色沙滩的村庄值得你一去！》

宫口寻踪

　　环岛公路上七彩小村边有座杨府殿，杨府殿前面一带，就是宫口自然村。

　　村子很小，沿坡地而建。村里的杨府殿面向大海，虽然在第一排，远远地一眼便能认出，但挤在居民楼里，显得有些局促。据资料记载，它始建于晚清年间，后经多次拆翻修成现在的规模。现在戏台、两侧廊道保持民国建筑风格。殿内装饰精美，楹柱盘龙，雕栏彩绘。后殿摆着 3 条船模，船上帆锚齐备，兵士戴盔披甲，一副整装待发的护海船队模样。据说，这里的杨府圣像金身塑像是早年从九仙的杨府庙香灰传过来的。每每人们外出行商做生意，总要先到杨府殿一趟，以求平安顺利。有民谣唱："鹊鸟鹊溜溜，阮翁去泉州。泉州好所在，爱去不爱来。娘啊娘不要哭，十日八日就会到。头帆拔起嗦嗦响，二帆拔起到宫口……"民谣里的"宫口"指的就是杨府殿这一带。杨府殿护佑一方百姓，村里渔港商户大振兴，船泊停满宫口的沿岸地带，洞头村的杨府殿名扬洞头群岛。

　　杨府殿左侧有一座二层楼的石头大房子，木板房门上依稀可见"部队收回"几字。早年非常有名的部队驻军讯号台就在这里，它主要供在洞头港停靠部队船艇与小三盘部队的联络用。只要拨动专用栅栏的板子，里面就会发出代表不同意思的讯号，就像发电报一样，每个灯光都有一定的编码规则，都有一定的通信意义，每闪几下各代表不同的意思。值班人员每天都要进行认真练习，否则无法跟船上沟通。

听讯号台隔壁的老人说，那时他家门口便是大海，风大时海浪往往直接打到他家门口。要是遇上刮台风，那潮水真不是一般地凶猛，不远处码头也会被吞塌掉。过去当涨潮时想要到村里的造船厂，得先绕过讯号台，从它后面紧靠山体的小路走，才能到达。后来，有人在讯号台前铺了两块石板，成了小路，人们便可沿着小路走到造船厂。难怪在我记忆里，我是沿着海边的小路去造船厂的。

宫口曾是洞头的"商业一条街"。杨府殿前的巷子尽头早年是大海，巷子里有不少商行。直到20世纪六七十年代，这里也还很繁华，特别是鱼汛季节，渔港里船舸泊满，帆樯林立，蔚为壮观，渔民在商行里进进出出。

现在这里还保留着几间破旧的当年的大房子，当年的粮站办公大楼还在，只是人去楼空，没了当年的生机。小巷里还能看到几家机械修理店开着。屋内采光不是很好，地上摆满各种钢铁配件以及笨重的机器，工人师傅却很忙。

穿过早年的商行小巷，便可来到当年的造船厂，也就是宫口和岙内两个村子的分界地带。可惜现在造船厂已化为平地，只有围墙的大门和两排长长的电线杆还立在挖土机旁。那些电线杆就是早年宫口通往岙内小路上的路灯所在位置。

过去，造船厂最早办在后垄，后来由于受水位影响，后垄不再适合船舶进进出出，于是造船厂搬迁到宫口。那时造船厂很大很大，几根柱子撑起大大的屋顶，工人师傅就在里面造船、修船。20 世纪 70 年代，这里曾建造出一艘 300 吨级的木质运输船，成为洞头历史之最。那时甚至连大型的拢壳船也会出现在这里。捞上来的蛎壳可以烧制成石灰用于建筑。现在拢壳作业已消失，造船修船的也不见了，但先辈曾经的勤劳奋斗精神却留在一代人的记忆里。

那时，不少孩子常常远远地站在山边小路上，看大轮船怎样进造船厂来修理，看工人怎样在大轮船里上上下下忙碌，看人们怎样用火烤木船，看海浪怎样一个接一个拍打过来，一看就是大半天。那时日子过得很慢，日子也很美。

折回村子继续逛，你会发现不一样的精彩！尽管原先清一色的石屋逐渐被参差错落的新建房屋所替代，但经过外墙粉漆的老屋却成了网红打卡点。不少还保留着木板房结构的老屋依山而建，弯弯曲曲的小路没有人为的刻意规划，上上下下错落有致的编排显得十分舒展。沿着石板路，你可以任性地挥霍时间驻足摆拍。在这里，你无须太过复杂的装扮，简简单单的衣着，就能拍出满满的有韵味的作品。哪怕是一个不起眼的角落，都可以让你心中的童话在山与海交织的地方绽放。因为这是七彩渔村，是现代与古典的完美融合！在宫口山顶，甚至连派出所这样严肃的地方都能温暖地融入其间，真好！

宫口，村子不大，也不奢华，老屋墙上鲜亮的颜色与港口厚重的颜色相辉映，加上蓝天白云、七彩房子，随处一站，便可以面朝大海，春暖花开。在这里，时光仿佛被凝固在不同的颜色里，相互敬畏又彼此衬托。如此文艺清新的宫口，你心生向往吗？

2020. 7. 31

发表于 2020. 10. 15《洞头新闻》

渔 岙

渔岙很小，房屋依地势而建，空气中飘着淡淡的海味，让每个光临村庄的人为之留恋。

走在村子里，如同穿越古今，村庄里的那些历史、文化、记忆都不动声色地藏在石屋里。看着它们，我不禁为它们精美的外表和深藏的韵味所折服。

这里有不少四合院，尽管陈旧，但浓浓的清末建筑风中带有浓郁的闽南民居建筑风，而民国时期的建筑风又融入欧式元素。想来，这些房主当年都是殷实人家，他们的经历和学识造就了这些建筑的与众不同。其他一些早期的房子，则大多以各种形状的原石垒就，用红土糊缝。只有富裕人家才精细打磨原石，制作成长方形或正方形或菱形的石块砌在正面墙上，也有用石灰和糯米糊缝的。那些硬山顶式屋顶的石屋，一看造型，就让你想到是 20 世纪 60 年代为了抵抗台风，增强房子的坚固性而设计的。那些有阳台的房子，让你感受到 20 世纪 80 年代后发展的脚步。而新世纪建的房子，则更多以别墅的形式无声地表白欣欣向荣的当下。

如今，那些曾辉煌一时的老建筑渐渐远离我们的视野。既然我们无法阻挡历史的进程，那么就尽可能多地把看到的那些镜头一一记录下来吧。

一户门口有"第三次全国文物普查信息点"牌子的老房子吸引了我。屋内天井很大，斗拱的木制雕饰虽已老化，但精美依旧，它简洁而细腻，灵动而和谐，既让人感受到民间传统雕塑艺术的精巧，又使人领略到民俗文化的深厚。早年这四合院里住了十几户人家，大家相处得特别融洽。后来，随着人口的增加，大伙纷纷搬出老屋。现如今，大家各忙各的，老屋年久失修，住在内的老人也老了，做不了什么，只能看着老屋日渐老去。

在老屋外转角处有一个大水井，直径足有两米多，它的井沿和别处的有所不同。每相隔一定距离便出现 60 来厘米宽的单层的薄的井沿，似乎是为了让人更好靠近打水。井里水很多，几条小鱼在里面快活地游走。井里的水，一年四季都是清澈透明的，不论是从水井里取水当场喝，还是烧开水泡茶喝，总是感觉有淡淡的甜味。若在冬天取水，还可感受到从井口冒出的暖暖气息，水也是温温的。不过，现在家家户户都用上了自来水，加上不远处养了不少的鸡鸭，人们担心井水水质受影响，现几乎没人用它。

记忆中，20 世纪 50 年代中期及更早的时候，这里旺发大黄鱼，捕获黄鱼成了很常见的事。"立夏到，黄瓜鱼叫，渔民笑。"这是当年人人会说的民谚。只是有时因为捕获的黄鱼太多，卖不出，渔民只好把积压的黄鱼倒掉，捕获黄鱼的欢笑也成了苦笑。那时墨鱼也很多，旺发时村民在近岸的礁崖上都可以直接捞到墨鱼。而立秋后，又有大量的带鱼出现，"冬至过，年关末，带鱼像柴片"就是那时的写照。

20世纪六七十年代是洞头渔港最鼎盛时期，鱼汛季节浙江沿海及周边不少省份的渔船在这锚泊交易、避风补给，繁忙不已。因此各种综合配套设施也逐步在渔岙发展起来，如鱼粉厂、冷藏库、机械厂等。对了，那时这里还办有酒厂呢，只是办厂后第三年就从渔岙搬迁到风打岙去了。

走在村子里，看见这些破旧的厂房，早年的情景便在脑海一一浮现。记得小时候，每次到洞头码头，总是被冷库上那高大的冷却塔和送冰滑道所吸引。这边水从冷却塔上哗哗地流下，蒸汽静静地升起；那边四四方方的大冰块从滑道一直溜到码头，源源不断地输送出去。那是怎样的繁忙景象啊！这样一个场景，我可以看上大半天。

站在冷库厂房外，看着坏损的墙体结构，你不得不佩服当年设计师的智慧。你猜怎么砌墙？在约70厘米厚的石头墙体外紧紧地砌上一堵砖墙，这样厚度近1米的整个墙体就相当于超大号"冰柜"。有了天然的隔热保温层，冰块就可以更好地延长低温时间啦。

站在鱼粉厂前，看着大门上"洞头鱼粉厂"几个大字，不由得想起：20世纪七八十年代，随着养殖业的发展，鱼粉需求增大，民间以小杂鱼干加工的鱼粉生产迅猛发展，洞头鱼粉厂遍地开花，规模最大的当属渔岙。那时，鱼粉生产都是人工晒的，走在路上，闻到的都是鱼粉特殊的味道。后来有了蒸汽烘干机，但蒸汽产生的鱼腥味仍在空气中弥漫。再后来，随着旅游业的蓬勃发展、海洋渔业资源的萎缩，粗放型的生产不再适应历史需求，"鱼粉"产业逐渐退出洞头经济舞台。

近年来，洞头渔港又得到新的发展，渔岙又焕发出生机与活力。进入冬季，渔岙码头成了晾晒鱼干的好地方。一排排木架上整齐地摆满密密麻麻的鳗鱼干、乌贼干，那场面十分壮观。夏天的夜晚，这里的烧烤牵制着一批批年轻人的味蕾，国际放生台各种活动引来过往的人们，加上对面半屏山的夜，渔岙更是人山人海，星光璀璨。

渔岙，一个希望的港湾，幸福的新农村。

2020. 8. 2

钩沉中仑

漫步中仑老街，宽敞洁净的马路，鳞次栉比的房屋，精心打造的村史馆、城市书房……让人感受海岛小城镇建设的红利。

中仑渔粉辅料街还是那条街，但没了早年浓郁的鱼腥味。老供销社房子还在，里面依然生意红红火火。当看到曾经熟悉的水沟从一户人家的房屋底下复现，那一刻，不是一般地激动，儿时的一幅幅画面奔涌而来。

在我读小学时，现在建设一新、现代气息满满的东屏小学，叫"洞头乡中心小学"。它和洞头乡中学用一座石板桥相连。一条水沟穿过两所学校，承载起我童年的美好。下课了，折只纸船，许个愿望，把它放到水面，让它顺流而下，比比谁的纸船漂得最久最远最牢固。于是一旦看到它将撞上水沟里的石头，便紧赶慢赶地追上去将它扶正，助它一臂之力；有时脱掉鞋子，偷偷到水沟里玩水，顺便抓点什么上来；有时呆呆地站在水沟边看水流怎样围着石头打转转，猜它会跑到哪里去……就这么任时光流逝。

记忆中，学校围墙转角处有一棵柳树。那时总想不明白：书上说的长在岸边的柳树怎么会长在没有河岸的围墙下，而且长得那么高大，以致常常看它摇曳的枝条浮想联翩。

记得那时校门正对公路，叶氏祠堂正对校门。学校每次开大会或雨天上体育课，举行各种典礼，都在这座祠堂（也叫礼堂）举行。祠堂的门口高于学校操场约一米，就像一个小舞台。平时，同学们排着整齐的队伍在祠堂前的平地上做操、集会，学校领导在上面教导大家。

这座祠堂，全部用青石砌成，两层楼，正面每个门洞里有两扇很厚重的木质门板，左右各开两扇窗，房子深度约十七八米。大堂宽敞，后面有个小舞台，抬头可见屋顶。从外观看，整幢楼呈正方形，与附近的其他教学楼明显不同。不记得在哪看过，说叶氏家谱里记载始祖叶公原姓沈，是春秋时楚国贵族。后来被封叶邑，故称"叶公"。每当看到"叶公好龙"这个成语，便忍不住想此"叶公"和彼"叶公"之间是不是有关联。

叶氏祠堂始建于清朝嘉庆年间，民国三十三年（1944 年）重新修缮。早年，是洞头县叶氏族人兴建的。每逢重大节庆，在这里举行祭祀先祖活动。平时，作为私塾。新中国成立后，政府教育部门在这里兴建中心学校。叶氏祠堂被学校借用，当成校区的一份子。那时，祠堂一楼做学校礼堂兼教室，校长室就在一楼，二楼为教师办公室和寝室。

有一年，我们班被安排在靠近楼梯的一楼教室。那时楼梯边侧没有扶手。一下课，同学们就开始玩游戏。有时我们会跑到楼上的老师寝室玩，那真是件很幸福的事。可以很舒展地坐在老师的床沿听老师讲故事，可以靠近窗口俯瞰整个校园，甚至可以玩踩木楼板听嘎吱嘎吱的声音（我们家住的宿舍楼是水泥地板，没机会听木楼板的声音）。那时真好！

还记得那时在大礼堂里上台领奖，作为学生代表发言，拍"三好学生"合影……礼堂，装满儿时的幸福。可惜，1994 年那个夏天，叶氏祠堂被拆了。

记得那时，教室围墙外就是中仑老街。老街很小，小得就像一条小巷子；老街也不长，两侧大都是低矮的石屋，但房子很有特色。最爱巷子那头阿婆卖的碗糕。小小的一个酒盏，里面装满色泽洁白、形状美观、入口绵软的碗糕，那是我们下课后心心念念的美食。最爱去巷子这头叶荣来老师家玩，在低矮的石屋里听他给我们吹排箫，看他推介的书……一切都那么美好。

现在，老街上的老屋大多已拆除，路宽了，光线亮了，新房多了，老街原来的韵味只能自己细细回味。不过，现在在中仑老街上修建了村史馆。在这里可以找到不少早年的记忆。

展板上说，洞头岛最早的渔港是后垄港。元代时，就有渔民开始直接对外经商活动，当时的后垄是浙南沿海重要商埠。明清时期，渔船在这个港口售货，运输船在这个港口起航，来来往往、穿梭不息。从后垄港翻过一个小山头，就是中仑村，它更是旧时洞头的经济中心。清嘉庆年间，洞头渔港开始繁荣，风帆、染烤布是船上的必需品，于是一些商家就办起了染烤坊。由于生意兴隆，网具店、打铁店、南货店、典当行相继出现，形成了一条街。特别是"典当铺"，为当地和外来渔民提供了经济交往服务。后来这里发生了场大火灾，典当铺烧毁了，只留下地基，也就是遗址，于是"当铺基"成了中仑早年的名字。如果我们对照洞头的一些地名，如北岙、东岙、后坑等，不难发现洞头多个地名以中仓为方位参照物取名，这从另一个角度也可以印证中仓早年的繁华。

展厅里展出了中仓的鱼灯，它是浙江省非物质文化遗产。鱼灯起源于清雍正年间，寄托了村民年年有"余"的美好愿望。小时候，孩子们不会做鱼灯，大人便教我们用卷心菜根部做火炬，跟着大人踩街游走玩。

村史馆隔壁有座真武殿，它很壮观。记得我小时候，这里的戏台上除了演戏外，还放电影。那时难得放映露天电影，尽管我不属于这村人，而且我家距离中仓有点远，但每每还会赶来凑热闹。特别感谢那时住在附近的同学，常常热情地从家里多带条小板凳，提前摆在戏台下，为我占位置。记得那时一点舞蹈基本功都没有的我，和几个女同学一起被邀请到这舞台表演节目，表演的还是我们自己创编的舞蹈。现在想来真不可思议。

那时放学后，常常故意沿水沟上游方向绕道回家。不过，现已不见水沟（被盖板遮了），而是在原水沟附近的田地里盖起了高楼，也有了繁荣的东屏中心街。

在东屏中心街拐角处便是实验中学。不过早年这里是洞一中。最爱学校里的红砖楼。每每上体育课练习长跑，跑不动的女生便耍赖从红砖楼下的通道过，老师见了也不批评，只是笑笑。也爱校园里的芙蓉花和小卖部里的草鞋饼。那时洞一中附近很荒凉，特别是围墙外的高高的水塔四周更是人迹罕至，经常能听到发生在水塔里的鬼故事。但初生牛犊不怕虎，我们有时也壮着胆子一群人去看水塔，一起害怕，一起傻笑。现水塔依然屹立着，不过四周有不少新房子陪伴着它。

在中仓，走走看看想想问问听听拍拍，追寻历史的痕迹，寻找文化的韵味，把一切化为自己心底那一份份独特而绵长的记忆。愿中仓明天更美好。

2020.8.6

发表于 2020.12.18《洞头新闻》

走不厌东岙顶

漫步东岙顶渔村，村里的老朴树静静地立在民居里，像位长者凝望着村庄的变迁。一幢幢新建的乡村别墅格外引人注目，彰显出欣欣向荣的气息；而那些石头建的老民居，则述说着村庄悠久的历史，使村庄更有韵味。穿村走巷，恍如穿越古今，别有趣味。

仙岩路中段，有一溜的石头房，它们大多建于20世纪七八十年代，边墙大多用各色石头错落有致地砌成，正墙则以棱角分明的方正的石头为主，给人以严谨规整的视觉效果。有几户人家的正面墙体砌法特讲究：有"人"字的，有"工"字的，也有"O"字的，配上青色、黑色、红色石头构成不同的图案，给人以美的享受，也体现出渔家人对美好生活的向往。

记得《东岙顶村志》里记载，东岙顶村的陆域上有很多花岗岩资源，分布较广，而且色彩丰富，质地坚硬，有青花米石、黑石、赤石等。难怪当年村民盖房子各个就地取材，盖出现在看起来像油画般漂亮的石屋。当然，在那个年代，能建成这种大房子的，大多也是殷实人家。

村里铺有不少古朴的石板路，小道两侧挡土墙或铺以鹅卵石图案，或悬挂酒坛、竹筒等创意物件来装饰。当你循着花香步入庭院，便会被各色花草包围，置身其中神清气爽，美丽庭院建设在东岙顶尽情释放。

整个村子，拥有"第三次全国文物普查信息点"牌子的老屋真不少！有些老屋尽管没挂牌，但也很有历史感。

在村公路旁有一座建于清道光年间的陈坤定老宅，尽管屋顶已坍塌、尽管部分石墙已爬满绿植、尽管石屋写尽沧桑，但300多平方米的中式风格散发出遗世独立的凛然，不免让人猜想它曾经的主人有着怎样呼风唤雨的经历和故事。

在村委附近有座建于20世纪20年代的吕银潘老宅，虽四周以杂石交错堆砌，但正门口上方精美的花蕊图案很吸人眼球，特别是二楼的窗台很有民国风范。

而建于20世纪30年代的洪氏老宅，外墙则以东岙顶特有的红石头叠砌，镂空的折叠木门显得十分精巧，透着一股文雅的气息。天井里的水井静默着，使你见了，不由得感慨中国传统文化中天人合一的哲学思想，感受到先辈们为谋求人与环境之间最大限度的和谐一致，积极创造富有人情味的环境的良苦用心。

面前山下这座建于20世纪40年代的陈氏老院，也很特别。墙体用东岙顶特有的黑色岩石砌成，四四方方的石块采用"工"字排铺，辅以白色钩边，加上二楼白色墙体，显得很亮眼，屋内天井采光效果很好。这些黑石是当年火山喷发时形成的吗？黑色的石屋，在老屋群里显得很低调，却又与众不同。

　　陈银珍故居也是民国时期典型的民居建筑。听老人家说，陈银珍曾购置"明星"号客轮，经营洞头至温州的航线，是洞头第一个从事海上交通运输的商人。他女儿出嫁时带头移风易俗，不坐轿子出嫁，步行到夫家，为妇女们开了先例。他女婿林环岛烈士，为祖国的解放事业做出了不朽的功勋。村里人才辈出，东岙顶真是人杰地灵的好地方！

　　俗话说"家有一老如一宝"，东岙顶村里有这么多的老石屋、名人，真是村子的一大笔财富啊！

　　走在村子，你会发现村里有不少圆形古井。每一口古井，都有一段历史。如果仔细看，你会发现井沿上有一道道被绳索勒出的很深的槽印。这一条条深深的槽，不仅印证村民对古井深厚的感情，也见证了村子的发展史。过去遇上大旱年景，村民们就在水井边排队轮流打水，有时排队时间要长达一到两天，而每个人轮到时只有两小时取水。为此，也有村民特意去"乌鳗穴"水穴舀水挑水吃。我想，经历过吃水紧张的人们，一定会更懂得水资源的可贵。

　　在村子靠海的路上，看到两座土地庙。很好奇，一个村庄竟有两座土地庙，而且挨得很近，不过10来米。想来，它是人们期盼神灵泛舟护海，心灵寄托的物化。听说，这里的土地庙最早建于清同治年间。

　　来到海边，视野完全不同。在这里，你可以看到仙叠岩景区里著名的观音驯狮，看到隔壁村东岙的沙滩，看到远处的半屏大桥等景致。置身景区，听大海欢唱，看高天流云，赏飞鸟欢鸣，任海风吹过发梢，很是惬意。

在海边，看到一座规模不小但已荒弃的厂房，烟囱高高地
矗立着，很是感慨。据记载，东岙顶自有先民居住开始，便与
水产食品加工相伴。村子里办过各种工厂，如潮水起起落落，
虽很不容易，但也创下不少业绩，得过奖，生意从国内做到
国外。

沿海边栈道上山可来到村里的观景台。在这里，神州第一
屏、蹦极地等景点尽收眼底。附近有个六间半民宿。这里有一片
大草坪，草坪经装饰很有意境，在这里面朝大海，听涛赏月，拍
个照，打下卡，再适合不过。

村里有不少民宿，名字都很好听。一位阿婆说：东岙顶有60
多家民宿，价格都很亲民，旺季往往一房难求。只是自己老记不
住民宿的名字，但只要问"××人的家在哪里"，就能立马说上来。
呵呵，人的记忆真有意思。老人记住的是邻里情，游客记住的是
快乐心。

村里有一条小巷名字很有意思，叫"藤壶古巷"。沿巷子走，
可以看到不少墙上画有和藤壶相关的墙绘。

早年东岙顶村大部分村民以采藤壶为生。藤壶，是生长在岩
石上的甲壳类生物，外壳坚硬锋利，喜欢集体拥簇生长在一起。
村民们常常用专用的铲刀，冒着生命危险，将结实附着在岩石上
的藤壶剥离下来。由于藤壶的外壳坚硬锋利，一不留神，采摘者
就会被划伤。又因为采摘比较耗时，往往会有人在采摘时没能觉
察出水位在悄悄变化。一旦涨潮，海水会迅速淹没采摘者。因
此，面对危险的工作性质形成了一条行业铁纪：采摘者绝不能一
人出行，必须两三人结伴。也因为它的危险性大，在我们洞头农

贸市场里一般人是不和卖藤壶的讨价还价的。

在东岙顶走走逛逛，古老的宅子、漂亮的民宿、朴素的石阶、安静的时光，生出简单的快乐，化为心底一份份独特而绵长的记忆。

2020. 9. 12

发表于 2021. 5. 13《洞头新闻》，于 2022. 9. 17 转载至"温州古道"，题为《温州这个有着绝美风光和人文景观的特色旅游村，值得你一去!》

东岙顶·观景台

网红村东岙

　　记得我小时候，我们有户邻居是东岙人，一提起"东岙"，他总很感慨。那时没有环岛公路，也没有那么多的公交车，很多时候都得靠双脚走出东岙。一个曾经差点被人们遗忘的地方，如今却实现了渔村的华丽蝶变，成了小有名气的网红点。

　　环岛公路边有一堵石墙上书"东岙渔村"，陪衬它的是人们在海边劳作的墙绘，墙绘前设置了艺术化的木格子，看起来很有文艺调调。这便是村庄入口。路边，小矮墙上粉刷着不少萌萌的短句，加上可爱的小色块，让人觉得渔村也文艺！入村路上，画有不少富有生机活力的渔家生活墙绘，让你的想象力随之扩张开来，使你和村庄的距离一下子拉近。

　　仙岩西路一带有不少民宿、餐饮店，在这里凭海临风、聆听涛声、品尝海鲜，很是惬意。家家户户门口打扮一新，连石头墩上也画了可爱的渔家图案，别有一番情趣。

　　漫步沙滩，蔚蓝的天空，碧绿的海水，海浪轻拍，海风轻吹，近处一幢幢石头屋面朝大海，一艘艘渔船停泊海边，远处小岛、飞鸟，海天共一色，构成一幅令人心醉的"画作"。其实，我小时候看到的东岙沙滩并不是这样的。2016年政府投入资金修复沙滩，如今绵柔的沙滩，加上东边的仙叠岩景区，南边的海上第一屏半屏山，西边的国家一级渔港洞头中心渔港，引来不少影视拍摄者，实现了从"黄沙"到"黄金"的蜕变。这里的红石滩很是特别，奇形怪状的礁石，相互交错、星罗棋布，美得放肆、美得神奇，吸引不少婚纱摄影者。

在靠近东岙顶的近海边有一座不起眼的石碑，呈三角锥状，一侧上书"黄岩张振声纪念碑"，另一侧则记录事件缘由。20世纪20年代军阀混战，世道不平，洋面上经常有海盗出没，洞头渔村深受其害。一次多股海盗纠集，水警却迟迟未能出动，于是张振声驾船载10多名兵警出击，压制海盗。在战斗中他腿部中弹，当晚因失血过多而牺牲。为表彰他的功绩，特立此碑。

靠海边有座渔家小石屋很独特，门楣上写着：聚财屋。单层、低矮、瓦片覆盖，瓦片上有防台风的石块压着，墙面则是用就地取材的石头垒砌的"虎皮墙"。石屋不大，有天井，雨水经瓦片凹面可流进天井。呵呵，肥水不流外人田嘛。这设计不仅解决了海岛缺水的现实问题，也表达了老百姓希望把老天爷赐给的财富聚集起来的美好愿望。尽管这样的石屋在早年是再普通不过的，但"聚财"却是百姓生生不息的朴素愿望。据说，《温州两家人》曾在这里拍摄过。

聚财屋隔壁便是秀才居。远远看去，它的山墙极富欧式装饰风格，但布局却是传统的四合院式，小巧中透着文雅之气。特别是从一侧可以直接走到二楼平台，里面方正的天井、木制的廊柱、古朴的瓦当，一下子把你思绪拉到从前。据说秀才居建于

1830 年，清末时这户人家出过一个秀才，还参加过辛亥革命呢。有阵子秀才居还做过药房，当过学校教室。

附近有一条通向山上的石板路，名叫"仙岩东路"。沿途的家庭民宿女主人告诉我，她家正处在东岙与东岙顶两村交界处。她说，东岙自然村因位于洞头渔岙村的东侧，故名。又因在东岙顶村下部，便俗称"东岙底"。记得清光绪《玉环厅志·三盘图》中就有记载东岙地名。早年海盗十分猖狂，经常光顾东岙村，有钱大户便远离海岸，居住到东岙顶。后来平定了匪乱，又因临海岙口交通便利，东岙顶的有钱人家就下山在东岙造厝置业，也便有了现在东岙村里不少的人文景观。她说这条石板路将打造成藤壶古巷，沿它走可以到达东岙顶。早年东岙和东岙顶村以采藤壶为生的村民大多住在小路上方，他们往往冒着生命危险去海边岩石上采藤壶。

折回小路漫步村庄，巷子里相对而立的石头房就像年迈的夫妻，岁月沧桑了面庞，它们却依然彼此眷恋。

在一转角处有一座极其不起眼的观音大士庙，它的普渡节被列入浙江省非物质文化遗产名录呢。说起"普渡节"便想起小时候常听大人讲的"牵攒"，也就是专门为在海上遇难的亡灵超度的一种仪式。一般用竹篾扎成宝塔状，糊上色纸，扎插在地上，家人或朋友用手扶着旋转，以使亡魂从苦海中超脱出来。当有人爬上去的时候，男人女人都疯了似的扑上去牵着攒狂奔，攒则像转飞轮似的。很神奇的是才那么丁点粗的篾条被折腾半天居然不断！不过，现在已很少见"牵攒"了。

巷子里有座仿西欧建筑风格的楼房，在渔村里显得很有个性。据说主人姓洪，早年从事对台运输，在商贸中开了眼界，20世纪 40 年代建了这屋。嗯，眼界决定了视界。

不远处的东岙民俗馆别具一格，里面陈列了渔具、渔网等生产用具，展现了海岛渔民潮起潮落的悲喜生活，以及"向大海讨生活"的精湛手工技巧。

在长势极好的百香果丛旁有一座建于清代末期的长寿宅。门窗上精美的中式图案，配上欧式风格的门套窗套，中西两种风格巧妙结合，彰显出主人开放的思想。据说房主姓卓，当年从福建来洞头和本地人结婚后建了这房子。他享年 103 岁的儿媳曾经住在这。百年老屋加上百岁寿星，自然被叫作"长寿宅"啦。

穿过巷子，在民居中有一座建于清同治二年（1863 年）的陈府庙，纪念的人物和垄头的陈元光纪念馆纪念的是同一人。据《陈氏宗谱》记载，陈姓先祖于 1683 年自福建迁居于此，由此可推断建村已 300 多年了。先辈们从福建移居过来的同时也带来了他们的信仰。据统计，整个洞头陈府庙有 25 座，为弘扬传统文化，在 1999 年它成了县级文物保护单位。

陈府庙左侧是情诗巷，对面便是古朴又厚重的七夕古巷。小时候，特别期盼七夕的到来，因为在洞头，七夕不仅仅是情人节，更是 16 岁以下的孩子节。大人说七仙女不仅会为孩子们施巧，还会护佑孩子们健康成长。这天傍晚，大人们早在家门口架起高高的桌子，摆上豪华的七星亭、丰盛的瓜果饼干、漂亮的七朵小花。如果家有 16 岁的娃，桌上便多了红龟、红圆、巧人儿和一只尾巴上带着几根毛的全鸡。孩子们和大人一起在大门口"合合拜拜"，很是隆重而虔诚。

在陈府庙后面山上有座修建于洞头解放时期的城隍庙。这是洞头唯一的城隍庙。管理员阿婆向我介绍庙里供奉的诸神，只是我记不住也认不出他们，很是遗憾。不过，觉得城隍庙的对联很有特色，内容日常又俏皮，浅显易懂又深刻诫世，富有乡土气息。室内的四副联分别如下：只因你当年算尽机关，难躲过此地追查线索；进来摸摸心头不妨改恶行善，出去行行好事不负点灼烧香；贪欲者阳世官判虽幸免，行奸人阴司法网总难逃；阴报阳报迟报速报终须有报，天知地知人知神知何谓无知。

抽点时间，到东岙走走，感受时光里的美好，领略渔村的蜕变，让海岛人文情怀滋润你心，是种不错的选择。

2020.9.26

发表于 2021.1.21《洞头新闻》

有故事的后垄

后垄，是个很有故事的村庄。

《百岛百村》说早年因村庄坐落在狼形的山岙内，又在中仑村后面，故称"后狼"，后谐音雅化为"后垄"。我曾见过老书上写成"后廊"，平时也看到人们把它写为"后垅"。感觉"后廊"更有故事感，也更有想象空间。在自然村里，原还有一个中仑的后垄自然村，不过它因鼻山尾山体爆破填海，于2009年整体消失。现只有后坑的后垄。

这次出发前，我特意将导航设置成查找"后垄"，没想到它一个劲地要把我引进诚意药业的大门，我不进诚意药业的大门，它便一个劲地提示我"您已偏离目标，请掉头"。导航这一执着的提示，一下子把我的思绪拉到过去。

是啊，早年后垄的中心地段就在现诚意药业这一带。只是这些年后垄发生了翻天覆地的变化。记得邱国鹰先生说过：洞头岛最早的渔港是后垄港。在元代，后垄是浙南沿海重要的商埠，不少渔民在这里对外经商。明清时期，更是繁华，渔船在后垄港口售货，运输船在后垄港口起航，来来往往、川流不息。但是古老的痕迹尘封在时空里，没了动态演绎。比我年长点的不少人，年轻时来过这一带，也看过这一片海，那片海域在他们心里沉淀。而我，只是错过了美好。

沿化工路前行，村里的老房子并不多，主要集中在北侧的山坡上。一位在山脚下种地的 70 来岁的阿婆告诉我，早年她家住在山坡上的四合院老屋内，大概在 50 年前搬到山脚下现在这座石头房，十几年前孩子也搬到新家住，现村里只有几个老人。她说这些年后垄变化太大，后垄的地变平了，海滩变没了，房子变多了，路变宽了，但记忆变没了。

辞别阿婆，沿中普陀寺外围墙边的小台阶上山，山上有几处老屋。不过这里石头房屋顶上不像别处那样压满用来防台风的石块，几乎只是干干脆脆的瓦片，看来早年这里的人们丝毫不用担心大风会把自家瓦片吹走。站在山坡眺望远处，山脚下一派欣欣向荣，一大片经填埋而成的平地上整整齐齐的高楼大厦鳞次栉比，四通八达的水泥路延伸向各地。年轻的你，知道这里曾经是洞头对外贸易的港口吗？你能想象出早年这里繁忙的景象吗？你能感受到"鹊鸟鹊溜溜，阮翁去泉州，泉州好所在，爱去不爱来……"这样的渔家人心声吗？

记得小时候，听过一个与后垄有关的特大号新闻，大致是说：1988 年在后垄村一处山坡下，也就是现如今的诚意药业靠山边烟囱附近的地方，正在施工的工人们一举挖出 50 多件 700 多年前的青瓷器皿，也就是元代龙泉窑外销的瓷器。有菊花纹碗、高足杯、菊花口盏等精美物品。那时，这个号外一下子把我对洞头历史的认识往前拉了一大截！后来大概在 2010 年，其中有两件龙泉窑出产的"菊花纹瓷碗"被收进了温州博物馆，成为至今为止温州"海上瓷路"最具代表性的作品，当然也成为镇馆之宝。再后来，在2014年时，后垄出土的那两件一级文物藏品碗和高足杯，还在北京首都博物馆参加"海上丝绸之路七省联展"呢！

继续沿小路上山，便来到空旷处，这里有一座还没修建好的宝塔，塔尖上贴着的黄金片在阳光下闪闪发光。两位阿公在一旁的农田里翻地。宝塔左右各有一条大路，一条很宽的黄泥土路可到达岭背，另一条水泥路通向后坑村庄。宝塔前方有一座池和宫，门上的对联很精彩，分内联外联共4句。

沿池和宫前的小路下山，向东南方向前行，便来到早年的一化旧址。据记载，1969年洞头县工业局在后垄创办了国营洞头县化工厂，也就是一化，主要以海带为原料，提取精碘和海藻酸钠。如今，工厂大门右前方那一片长满杂草的凹地，便是传说中的后垄水库。早年水库里的水深幽幽的，溺水事件发生过不少，有点吓人。不过，在我记忆中这里曾养过不少鸭子，而且这里产出的鸭蛋特别大个又好吃。后来由于种种原因，水库被填平。

过去化工厂下面有家造船厂，紧挨着的还有一家砖厂。后来砖厂消失了，造船厂也搬迁了，化工厂也变成了红汞厂。那时候，全国难得有几家红汞厂，我们洞头就有一家。听大人说，红汞厂里排出的水都是红得发亮的废水。再后来，大人们说，后垄滩涂上的小虾小蟹海螺之类都不能吃了，有毒。然后没几年，红汞厂关闭了。于是，过去的一切也都尘封在记忆里。许多年后，化工路上多了一座中普陀寺，赭黄色的院墙带出一片祥和之气。

再后来，化工路上又多了一个工业园区。时代的车轮滚滚向前，没有谁可以阻止它，它带给我们太多的惊喜，也带来太多的改变。

后垄水库上这座水泥桥一头连接后垄，一头通向中仓，一旁则是后坑，它将这片土地连接成一个整体，给老百姓带来很大的便利。我不由得想起附近那座古老的后垄石拱桥（过去，从中仓尾山鼻至后坑尾山鼻大约 400 米的山坳统称后垄），便绕道去再次感受。

后垄石拱桥桥身很窄，很短，坡度不大，桥下溪水清澈见底。虽不起眼，它却将后垄、岙内、中仓相连。特别是中仓村，旧时它带来的便利，助力中仓经济发展。

在很久很久以前，后垄这一带曾是一片内海。内海海面很宽，一直到埭口，一年四季风平浪静，涨潮时大小船只安然进入内海，甚至退潮时也可以顺着天然海沟进来。古时，这里设有泊船码头，商贾云集，一片繁荣，是早年"海上丝绸之路"的补给站。这古桥，不仅仅是人们行走的桥，更是生活与商业交往的桥。它承载了几多肩挑背背的渔家汉子，以及那些赶着路扛着犁耙的女子的记忆；它见证了村庄儿女从天真走向成熟，从无知走向渊博，也见证了村民由贫穷走向富裕。村庄的沧桑历史一页页沉淀在石桥深深的记忆里。

山坡上有一座气势宏伟的天后宫。它不像东沙的妈祖宫或沙角的天后宫那样靠近大海而建，而是建在高高的山岭上，面朝大海。听老人说，早年为了保海事平安，后垄村的渔行掌柜提议，各船自愿筹资在海边共建洞头最早的妈祖庙。后来，因为科技园区建设用地需要，它才从海边迁建到山坡上来。

后垄，一个充满传奇色彩的村庄。走进后垄，便对洞头有了另一种认识，真好！

2020. 10. 3

发表于2021. 3. 4《洞头新闻》

后垄·后垄港古址

炮台古韵

东郊行政村的炮台自然村很小很小，满是用石头砌成的虎皮房。房子依山而建筑，错落有致，浓郁的地方历史厚重感充盈在空气中，让人仿佛置身在一个"世外桃源"。不少石块呈现铁红色、赭石色、浅咖色，阳光下，犹如油画一般养眼。

在这里，用石头垒成墙面，铺成路面，显得一点儿也不突兀，反而让人觉得特别平整、牢固。你瞧，这里的石头房和别村的有所不同，它们要么只用大小不一的石块垒砌，石块与石块间用极小的石片塞住，除了泥土粘合外几乎不用其他的物资；要么用差不多大小的石块垒砌而成，加以白色的水泥勾缝线。那一个手指左右宽的勾缝线犹如一条条青筋暴露在外，使房子显得刚劲有力，一如海岛人的性格。

为什么会用石头建房、铺路呢？如果说这是一种特色，倒不如说是"因地制宜"的结果。据资料记载，山头顶隔头一带曾有丰富的花岗岩。洞头地处东海，每年夏天经常要遭遇台风。早年没有钢筋混凝土，房子若不用石头建，就很容易被吹翻。为此，家家户户还在石头房屋顶的瓦上压上无数大小差不多的石块，以

149

防台风吹走瓦片。哈哈，石头也成了防台风的有力武器。

　　石头房在我们老百姓嘴里叫"石头厝"，"厝"是一个古老的名字，在闽南话里，厝是房屋。它表示具体的居住地，比如附近的"后面厝"就用"厝"字来命名村庄。这些石屋，不仅是地方风土人情的载体，更彰显了海岛人民的生存智慧。

　　石头房瓦砾上的青苔、石头缝里开出的野花，特别是那些断壁残垣上的藤蔓，都成了乡间的野趣，成了四季流转嬗变间的风景。风景里，偶尔遇见或白发苍苍或佝偻着背的老人家擦肩而过时露出友善的微笑，以及渐行渐近的背影。

　　在地里干农活的一位阿公说，他家的石头房有 150 年左右的历史了，可惜没有很好地加以保护。阿公指着门上早已风化的对联痕迹，将记忆中的那副对联很流利地用方言背给我听，并将对联的意思解说了一遍，大致是劝后人要立德才能发扬光大。遗憾的是我没能将对联逐字记下。

　　这老房子有 20 来米深，两进。有一段时间曾住 9 户人家。早年屋里有两个天井，这在洞头是很少见的。推开进屋，里面黑乎乎的，但格局早已改变，天井已被填平，木质楼板孤寂地看着时光流逝。老人说，随着家族人员的增加，老屋真的老了，装不下太多的青春，于是大家纷纷搬出去住。曾有文化部门的工作人员来屋里，要了些家具等老物件，让老屋以另一种方式发挥余热。

　　村里有不少用石头垒的部队营房。营房墙体的石块方方正正，勾缝线齐刷刷地突起，就像一个个铁骨铮铮的硬汉。

　　营房附近有两个大水井，其中一个的井沿上用小碎石拼成"建设海岛　保卫海岛"字样。附近还有一个稍小的水井。在没有自来水引进村庄前，村里的生活用水全仗它们。

村里一座座营房、一个个"军界"碑，让你忍不住回想起那个激情荡漾的峥嵘岁月。据传，明万历年间，洞头海岛的海面上经常有倭寇和海盗出没，而且经常上岛掠夺财物、杀人放火。为防不测，在山头顶设置报警用的烟火台，与鹿西、大门、乐清的遥遥相应。可惜，现在山头顶已找不到它的遗迹。不过，山上有建于1980年的电视、通信接收转播中心。由于村庄就在炮台山脚下，人们便叫它"炮台"。

眼前这幢营房曾是部队的食堂所在。那时每逢饭点，部队里哨声一响，战士们便快速集合在食堂餐厅门口，齐声高唱革命歌曲后才开饭。那时战士们和老百姓的关系可好了，大伙你帮我帮你，亲如一家。

眼下，村里常住的村民并不多，老人们的儿女孙辈早就在他处置业了，只有仍舍不得曾在这踏足过的，或要将自己的往后余生托付在这的，才留在村子里。这些老人不是没有对骨肉亲情的眷恋，而是割舍不下这片生养他们的土地，与如呼吸般熟悉自如的家园。

漫步村庄，你会越发感到村里的石头厝总给人一种无形的力量，或者说给人一种坚定，让人找到内心的宁静。

2020. 11. 24

九亩丘惊现时光

说起"九亩丘"这个地名，还真觉有点意思。九亩丘，并不是说这个地方只有九亩田地那么大。过去，附近的风门、苔呇已是人迹罕至的地方，九亩丘更是荒凉地带。听老人说，早年九亩丘并没有人居住，到处野草丛生，不少野狗经常在那出没，这是个"只听见鬼叫，却听不到鸡叫"的地方，所以人们在口头上称它为"狗母窟"。后来人们觉得"狗母窟"用文字表述不够文雅，便用谐音"九亩丘"。

村子并不大。靠近小呇一带还有几户住家，这里的石屋大多用青石建造，仅三四间辅以赤石。多数石屋荒弃着，不少藤蔓爬满门窗，那些缸啊瓮啊散落在门前的地里，偶有北红尾鸲飞过或停歇在菜地里，时光在这里显得悠远而绵长。

前几年，因中心街延伸路段建设需要，村子里约2/3的人家拆了房子搬迁到现在的风门嘉园。如今，宽敞的中心街穿村而过，将九亩丘分成两部分，一边是新房，一边是零星几座石屋。

一座石屋院子里的木瓜长势喜人，男主人说自己种了10多年才有如今的样子，它每年都能结不少果子。这在洞头比较少见。在这户人家不远处有一口水井，井水几乎干涸。水井附近有一条水沟，水沟向东南方向曲折延伸。早年海滩就在水沟以外，靠近水沟内侧，有条小路可以到对面山坡，山坡外是茫茫大海。

我沿着水沟一路前行，水沟里不见流水，也是干涸的。在水沟转弯处有一座庙宇，供北极真武玄天上帝，据说有 140 年左右的历史了。不过，已翻修过多次。

穿过斑马线，我来到村子南面。这里一边是新建的入住率并不高的风门嘉园，一边是杂草丛生的文物保护地块。在川流不息的公路边草丛里找到一块石碑，上面刻着"九亩丘宋元煮盐遗址告示"，严禁人们在遗址内挖沙、施工、游玩、种植庄稼等行为。石碑不大，也不显眼。如果不注意，还真会让它从眼皮底下略过。

来到靠近风门嘉园山丘附近的草丛，见到另一块石碑歪斜在杂草中，但看起来又不像石碑，倒更像用水泥制成的，上面戴着一块蓝牌，就是各村典型的老石屋上能见的那种蓝牌，上面写着"第三次全国文物普查信息点"，除此外，再也找不到其他信息了。这蓝牌以及石碑，让人一头雾水。但记得多年前来看它时，上面依稀有模糊的字迹，好像是"九亩丘遗址"之类的字，那时字迹已模糊，但能勉强辨认。

石碑附近靠山脚处有一座石屋，大门敞开着，绿植爬满窗户，显得有些落寞。石碑旁一弯小路如黄蛇逶迤，两边也同样生长着杂草，也有零星的田地，我沿着小路走，遇见一位阿公。

阿公家门口的田地边缘嵌着两个酒瓮，酒瓮与地里的蔬菜组合在一起，别有一番乡土气息。田地外的水沟从公路那边一路延伸而来，但也不见流水。阿公家的房子是在受保护范围内，不能私自拆建，因为这一带是文物遗址要地。他说早年水沟外便是海滩。呵呵，和刚才那位男主人说的一样。看来，上一辈人对当地的历史都还记忆犹新，只是我们这些后生不知魏晋。

讲到海滩，老人的话匣子打开了。20 世纪 80 年代，在九亩丘发现了宋代冶炼遗址及唐宋土墓葬，出土不少更古老的石器。考古学家说，至少在新石器时代晚期，洞头岛就有人类活动，晋朝开始有了移民。

老人说的这些，我小时候听家里人说过，好像那时大人们还去现场看过呢，可惜那时我没去现场一饱眼福。那时，大人告诉我，隋唐时期，来自福建等地的大批渔民带着家人迁居洞头，进行张网捕捞。过去九亩丘以北到大长坑一带是个海湾，有一片金色的沙滩。两宋时期，九亩丘、铁炉头等地就有人利用海水煎盐，甚至炼铁，开始了早期的工业生产。后来有些沙子被运出去卖了，随着围堤的深入开展，滩涂淤泥渐渐上升，陆地面积逐渐扩大，海湾被填平了。

前些年，在中心街延伸工程基建中发现九亩丘有宋末元初的煮海盐遗址，有盐灶、卤坑、房址等，同时挖掘出大量草木灰和烧制过的土块。这些成了人们追溯洞头岛历史文明的素材。

岁月悠悠，3000 多年前眼前这一片土地，曾经的海湾，该有多少旧事啊！人类已经走过了子孙数代，无论是山川，还是河道，很多已不再是曾经的模样。九亩丘熊熊的窑火早已熄灭；煮海盐遗址被挖掘，又被回填；那些充满文化记忆的石器和陶片，或摆放在博物馆里，或继续凝固在黄土中，默默讲述一个又一个传奇故事。

　　走出遗址片区，在南塘工业园区转了一圈，这里高楼林立，各条生产线忙碌着。九亩丘海创园有不少体验馆，文商并举释放创新活力，给洞头注入时尚文化元素。

　　九亩丘，联结洞头的过去、现在与未来，也创造着洞头独有的海岛文化。文化，是一座城市的独特印记，更是一座城市的根与魂。你愿来感知这份独特的文化吗？

2020. 12. 12

大九厅，小九厅？

在《玉环厅志·舆地志》里记载：（三盘山）山之峰峦九厅山最为耸拔，上置烽候。"九厅山"指的是现在的燕子山。

老人家说，在很久很久以前，燕子山（讲温州方言的三盘人管叫它"水桶擂"）是一座独立的岛屿，与九厅隔水相望。那时的大九厅一带是一片滩涂，涨潮的时候成为一道水门。人们如精卫填海般在两个岛屿最近的地方填上土石，使两个岛屿连在一起。这条围垦就是现在横亘在杨文工业区和大九厅之间的公路，或者说是红绿灯一带。围垦以后，那时的杨文工业区一带还是一片海水，九厅的滩涂则成了一片淤积的陆地。渐渐地，部分原来住九厅（即现在的小九厅）的村民北移，有的干脆就在燕子山脚下建房，形成了新的村落。由于这里面积比原来的九厅来得大，居住的人也比原来的九厅来得多，人们就叫它"大九厅"。

记得《温州古井》一书里介绍九厅村有一口五角井，它就在九厅村村委大楼西南面 50 米处。可我每次上下班经过这个村子，都没注意过这水井，甚至连家访这个村的孩子时，也不曾见过这水井。所以这次行走村庄，一定要细细走，慢慢找，以一睹芳容。

书上说"井壁平面呈圆形，由块石垒砌而成，上有块石突出作踏步，供取水用。井栏平面呈五边形，由五块花岗岩条石合榫而成，井深约 4 米。整体保存较好，仍为当地村民使用"。这样有特色又有历史的水井，在洞头是很难得的，据说它还建于清朝呢。

锁定目标后，开始在村委大楼西南面找寻。在公路边靠近人行道一侧，有一个窨井盖，它旁边两三米处有一口水井，距离村部大概 50 米，不过看起来很新，而且是水泥井栏的。呵呵，这不是我要找的。在离它不到两三米的东边还有一口水井，也是水泥井栏。哈哈，这也不是我的菜。于是继续找寻，凡看到水井，便上前仔仔细细地察看一番。

村子里水井很多，大多是水泥井栏。大九厅村水源丰富，对这一点，附近的内瑾村村民体会最深。早年逢干旱时节，内瑾村村民还特意到大九厅村打水呢。好不容易在村委大楼北面，看到一个不一样的水井：石头砌成高高的井栏，正方形，上面阴刻"春夏秋冬"四字。可惜它很新，而且不是五角井。在玄坛宫后燕子山脚，看到一口打扮一新的水井，雕花的青石板围成井栏，上面还安装了仿古的辘轳，共六边，呵呵，也不是我要找的对象。

如果没记错，温州市第三次全国文物普查应该发生在 2007 年至 2011 年之间。工作人员针对普查成果对部分文化家底进行盘点，后来推出《温州古井》一书。书里应该不会记错地点的。这些年村庄发展很快，老百姓大多建起漂亮的新房，会不会夹在哪个角落，被我略过了？于是重新找寻。前前后后在村子里转了四遍，问了几位老人，都说就在靠近路边的房子旁，可我就是没找到。

终于一位 80 多岁的阿公说他可以带我去看水井。来到村委大楼西南面，在公路边靠近人行道一侧，阿公指着窨井盖（就是我最初所见的那个）说，原先五角井就在这里，后来修路要经过它，被填埋了。天哪，它和公路还差一大截距离，只是靠近人行道嘛！阿公听我这么一说，话匣子打开了。这口井的井水自带一点点咸味，用它烧汤，不用加盐刚好；用它烧开水，夏天出汗后喝，刚好补充盐分。喝惯了、用惯了这井水，总觉得它刚刚好。那年修路，有人提出要保护这口井，让路稍稍拐一下弯，但也有人提议不要这口井，让相关部门赔偿点钱给村里。后来，井被埋了，人们用赔偿的钱在附近两三米处挖了一口新井。

原来，我寻寻觅觅的古井已消逝在时代发展的车轮里，难怪我无处可寻。

村子里公路两侧，是洞头闻名的美食一条街。九厅美食一条街的美食可以说是十分经济实惠的。虽然各家店外表装修一般，但进去了才知道都是美味。海鲜可以亲自挑选，全是家常的烧法，地道的洞头风味。什么花菜泡胶汤、姜茶、鲈鱼豆腐汤、猫耳朵、团结一致、蛏子羹等等，应有尽有。

阿公说这美食一条街，其实还是诚信一条街呢。他指着牛牛海鲜馆，向我娓娓道来：这条美食街吸引了不少居民、游客来九厅品尝海鲜美味，常常贵宾满座，火爆得一座难求。可火爆的情景并非一开始就有。他说原来村里只有一家餐饮店，主要对象是杨文工业区的工人,虽然生意好,但做不大。后来,对面开了一家牛牛海鲜馆。刚开业老板投入很大,不但聘请优秀的厨师,而且自己把关食材。于是,味道鲜美、价格实惠的口碑在民间一传十,十传百。在火爆了两三年后,牛牛老板不再早起去早市"挑精拣瘦",而是朝九晚五地捡些常态的"残羹冷炙"回来,也放弃了要求加薪的优秀厨师,生意渐渐萧条,最后只好转让店铺。转让不久,新牛牛海鲜馆正式营业,新老板大刀阔斧改革,使牛牛海鲜馆又"牛"起来了。于是,好口碑又传开了。不久,沿公路两侧开了不少餐饮店,大家吸取之前的教训,个个诚信经营,便有了"诚信一条街"的美称。哈哈,原来是有故事的美食一条街啊!

继续漫步村子,空气清爽、道路洁净。村里有株古榕树,从远处望去,古树像一把超级大的绿伞,蓬蓬松松遮住一大片天空,看尽世上太多的风尘,将一天一天的故事都化作年轮,伴着悲欢离合的人们。村里高楼林立,新房幢幢漂亮,老屋打扮一新,焕发活力,村民纯朴热情,洋溢在他们脸上的幸福笑容,深深感染着过往的人。

在村里沿客南线朝新码头方向漫步,不时看到小鸟飞过,听到阵阵鸟鸣,彰显另一份美。随着五岛连桥、环岛公路的开通使用,曾经是走出洞头的必经之路的这里,渐渐变得安静下来,不再车水马龙。但山下新兴的杨文工业区正以勃勃的生机发展着。

祝福大九厅,大步向前走出精彩。

2021.1.25

柴 岙

"此山有木就有柴，天下有山就有岙"，柴岙真如楹联所说的是柴火圣地？那就行走柴岙村一探究竟吧。

从柴岙村村部向东边走就来到柴岙自然村。村子不大，这里依山势建了不少新房。在村子最高处的一座石头房前，一位阿婆在大门口晒太阳，我便上前与其聊。阿婆说柴岙村已有100多年历史了，有文字记载的从清咸丰六年（1856年）开始。那时人们房子主要建在靠近海边的山坡上，也就是"柴岙底"，并不是现在的公路边。阿婆的话，让我想起洞头其他村庄也是这样，先民们最初从海上来到洞头，为了生活，一般都把房子建在靠海的山坡。后来随着生活水平的提高，人们建房的位置才发生很微妙的改变。

站在阿婆家门口，视野很开阔，前面远处公路上桐桥村清晰可见，胜利岙耸立在左前方的海面上，海霞主题公园近在咫尺。我不由得想起1950年"七七保卫战"中发生在柴岙村的故事。谈话间得知阿婆年轻时也是一名女民兵，那时只有十几岁，和大家一起参加军民联防活动。女民兵们白天练兵，晚上在海边巡逻，有时参加比赛、演出，当然渔家人的渔家活照样不落下，家里的家务活也不落下，那时女民兵们天天像打了兴奋剂似的，有用不完的劲，使不完的力。

阿婆指着远处胜利岙海边一艘大船告诉我：1960年洞头先锋女子民兵连首任连长汪月霞乘坐这条船，去北京出席全国第一次民兵代表大会，毛主席等老一辈无产阶级革命家接见了汪月霞连长。她从北京回来后，人们便把这极富历史意义的船停靠在胜利岙下，以纪念这事。我耳边仿佛响起"大海边，沙滩上，风吹榕树沙沙响，渔家姑娘在海边，织啊织渔网；高山下，悬崖旁，风卷大海起波浪，渔家姑娘在海边，练啊练刀枪……"这首传唱了几十年的《海霞》影片插曲《渔家姑娘在海边》。电影里的画面，其实就是身边这位阿婆与她同伴们当年的写照。女民兵的精神感染着身边的人，现在"海霞精神"成了洞头精神。我不由得对阿婆肃然起敬。

当我问起"石头公"在哪时，阿婆指着她家左手边山坡上的一簇石头，告诉我由于多种原因，现在"石头公"上少了一块大石头，加上草木茂盛，石头公的造型不像过去那样明显。过去它极像一位面朝东方的老人，人们除了叫它"石头公"外，也叫它"石佛观海"。

我想去看看柴岙底，阿婆便很热心地告诉我路线。正当我在分岔路口犹豫时，没想到，从后面山坡上传来了阿婆的声音，她再次大声告诉我应该怎么走。原来，她不放心我，一直在家门口目送我远去。谢谢您，阿婆，我们的老民兵！

按图索骥，没多久我就来到鲁府王爷宫前。据说民国时期，还在这里办过私塾呢。鲁府王爷宫前有一株大榕树，有百年以上的历史，一部分树枝紧靠地面横向生长，树冠很大。下面的山体很陡，是一大片的杂草地，看不见刚才阿婆说的小路。

附近有一户人家，一位精瘦精瘦的阿婆在门口整理东西，我便上前问她去柴呑底的路怎么走。阿婆很意外地反问我："你真的要去柴呑底?"是的，我想去看看。因为之前只是听说过这个地方，却一直不知道具体在哪，该怎么走。阿婆听我说真的要去柴呑底，便高兴地说："我马上带你去!"哇，真是太荣幸了，可我怎么好意思让阿婆带我去呢? 便和阿婆说只要告诉我路线就可以了。阿婆却说自己正打算走，让我等等她。说着她叫上两个小男孩儿，带上竹耙子、篮子等一起走。

原来，阿婆很早以前答应两个孙子要带他们去柴呑底，但一直没兑现承诺。刚刚孩子还说起这事，今天天气好，现在又正是退潮时间，阿婆不想让孩子扫兴，又遇上我问去柴呑底怎么走，便愉快地决定了。哈哈，我来得太巧了，谢谢您，阿婆!

小路就在大榕树横躺的树枝下，只是太多太多的杂草覆盖着，让人看不见庐山真面目。

在阿婆的指挥下，两男孩儿不时用耙子扒开杂草，露出一条小路。小路很窄，很陡，有一段没一段地用石头铺成，有些泥路很滑，幸好我穿了登山鞋，带了登山杖。尽管阿婆年纪不小，但走得一点不比年轻人差。阿婆说自己年轻的时候一个季度要从海边挑 2000 斤的沙子上山，那时是要计工分的，她一点也不输别人。甚至早年自家盖房子用的石英砂也都是她从海边挑上来的。老一辈的这种吃苦耐劳精神真值得我们后生学习。对了，阿婆说她也是一位老民兵。

山腰处有一条溪沟，偶尔可以看到少量的水从高处挂下来。阿婆说，早年这里的水流很大，溪沟的水直接流进大海，小路就是沿着溪沟建的。那时，大榕树附近就有潺潺溪水流过，不少人家把衣服带到溪沟边洗。

山腰下有一座废弃的石屋，阿婆说那是早年用来放紫菜的，靠近海边还有一座，那是当年用来培育海带的。20世纪50年代，村里成立了洞头本岛第一个渔业生产合作社，后来村里办了几家工厂。现在家家户户生活条件好了，一些人在村里盖了新房，一些人到城里买了新房，这日子越过越红火。

不知不觉中，我们来到柴岙底。这里海滩上的沙子极其细软，海边的岩石奇形怪状，海浪拍打声盈耳，山色娱目，海风入怀，身后连峰叠嶂，眼前海水湛蓝，偶有猛禽飞过……我随身携带的军工刀成了挖牡蛎的好工具，连用过的矿泉水瓶也成了海螺暂时的居住地。一切，那么美好。

柴岙，一个不起眼的村庄，正以它特有的身姿前行。

2021. 2. 2

163

岭　头

小时候就听说岭头有很多部队营房，还有军事坑道、防空洞等，很想走走看看。后来读了《大垄岭散记》，村里发生的故事更是吸引我，曾特意来村里感受它的气息。再后来得知村书记要带领大家利用这些荒废的营房做文章，让军旅文化放光彩，并增加村集体收入，我更是想看看它。

在公路上，远远地便被阿婆家门前晒的咸菜吸引。阿婆说自己和老伴住在这，房前屋后种点菜，方便自己，也可和孩子分享。正在晒的咸菜，是自家种的卷心菜特制的。看着它们，我不由自主地咽了下口水。卷心菜晒的咸菜干，是我的最爱。酸酸的，香香的，咸淡适宜，酸甜润心，回味悠长，特别是炒饭或炒茄子时加点，超级好吃。突然很想念外婆为我晒的那些卷心菜干。哈哈，余光中的乡愁是一枚小小的邮票，席慕蓉的乡愁是一棵没有年轮的树，而我的乡愁却是一把小小的咸菜干。忍不住伸手拿了片品尝起来。嗯，酸爽，带劲！阿婆见我喜欢，一个劲地叫我多吃点。阿婆说她家孩子也喜欢，所以年年晒。哦，小小的咸菜里晒进的是浓浓的温情。

阿婆指着部队营房说，40多年前，她家原在部队营房前面。那时托部队的福，村里早早就有电灯用了。后来孩子大了，才搬出来在这山头建了房子。如今孩子在城里工作，在城里买了房子。可总觉得老石头房坐北朝南，冬暖夏凉，住着舒服，便舍不得把老房子拆了重建，它才得以保留下来。加上这四周还有大片的菜地可以让自己忙活，比起住在城镇里的拘谨，在这里的日子过得舒心自在。是啊，生活中内心感到"舒服"才是真舒服。

　　紧接着，阿婆向下指着不同方位，如数家珍地告诉我，这是炊事房，那是部队礼堂；这是军官和家属住房，那是战士住房；这是粮食仓库，那是养猪场；这是训练场，那是篮球场；这是储煤场，那是水池……阿婆心里充满了回忆。阿婆说，那时一位军嫂生孩子，十几岁大的自己就去帮着照顾"坐月子"。哇，这真是不一般的军民鱼水情。

　　岭头人大多姓"庄"。20世纪80年代，村里青壮年劳动力纷纷以亲属、乡邻关系，一拨又一拨地前往各地从事铝合金门窗安装工作，在打拼中创业。近几年不少人闯出一片新天地。随着洞头发展前景越来越好，部分人陆续返乡再创业，为家乡建设添砖加瓦。这几年在陈素娟书记的带领下，村子发展很快。村里有不少人家把老房子换成小洋楼，各具特色，或富丽堂皇，或清新典雅。房子是村庄的历史活页，这房子的变化，就像村庄的变化一样，总是一步一步来，不同历史时期的房子，抒写不同的历史发展历程。

　　山坡下不远处就是部队营房，营房的构造和老百姓的民房不同，一眼就能区分开来。营房虽不高，但一排一排的，整整齐齐的，很气派、很牢固。青石砌的外墙勾上凸起的石灰，像一条条青筋。屋内没有柱子，只用大圆木构成三角梁，梁下是厚厚的天花板，梁上是一层厚厚的木板，板上的瓦片用石灰牢牢粘住，给人密不透风的安全觉觉。此刻，几个工人正在修葺营房，相信不久的将来，这里将迎来四方游客，给村子带来不一样的精彩。

辞别阿婆继续漫步村子，民房与营房挨得很近。在洞头，部队营房没有铁丝网，也没有任何隔离墙，这恐怕是在别的地方看不到的。这不正是"军民一家亲"的写照吗？那时部队每星期都放一次露天电影，这也成了老百姓精神补给的一刻。小时候，一听说哪里有放露天电影，我便跟着大人去看，什么《地道战》《平原游击队》《小兵张嘎》等。夏天，去的时候拿把蒲扇，扇风又驱蚊；冬天，去之前把自己包裹得严严实实，大衣、围巾、口罩，全副武装。看了这村，又去那村看，百看不厌。过去电影就在部队操场上放映，只有下雨天才在大礼堂放映。村里住在靠东边的人家，房子位置高，拿条板凳坐在大门口就能直接看电影，那真是不一般的爽。

村子低处有一排猪圈，后勤班的老兵天天去那喂猪。饲料就从石头斗里进入猪圈，那些猪被战士们养得白白胖胖的。那时战士们也种地。过去"小米加步枪"，穷得叮当响，不自己种不行，指望地上自动长出粮食、长出蔬菜、长出猪肉是不可能的，必须亲力亲为，垦荒种田、养牛养猪养鸡养鸭，自给自足，边打仗边生产，那可是咱们部队从战争年代传承下来的光荣传统，是独有的"中国特色"。

旁边的一位阿公说，1952年洞头第二次解放，小小的洞头岛处于海防军事前沿，成为有一个师重兵把守的军事要塞。村里驻着一个营的解放军，在这开展"联防、联心、联建、联训、联文"军民联防共建活动，搞得热火朝天，全国闻名。那时，军营里的起床号和熄灯号，是村里人的作息号。清晨，村庄在高亢的起床号中苏醒，集合的口令、晨训的脚步声，伴随着炊烟袅袅而起。一时间，挑水的、种地的、下海的、晨读的，村庄里一派生机勃勃。士兵住房东边有一个果园，里面种有葡萄、枇杷、橘子树等，丰收时战士们还会把水果分给老百姓吃。

20 世纪 80 年代，军队实行精兵简政强军，驻洞头的部队也调走了，便留下空荡荡的营房。如今，村两委以军旅文化为主题开展村庄建设，再次书写精彩。这真是好事。

村子最下面有个水库，也就是后寮水库，两村共建共用。在淡水资源极度缺乏的海岛，能有如此丰沛的水源，是因为村子依着大龙岭吗？我不知道。

岭头，一个名字朴素得不能再朴素的村子，像一本书，吸引你走进它的前世今生，翻阅生活的美好。

2021. 2. 3

寮顶西圹

寮顶西圹，老百姓一般直接叫它"西圹"。

村口的回族文化广场很有特色。公路一侧有个伊斯兰教特有的圆顶休闲亭，另一侧有回族雕像的文化广场。路边的墙上，画有回族居民生产与歌舞的宣传画，一些民居的墙上也有回族元素的墙绘，向人们诠释这个村子特有的回族文化。西圹大多村民的祖先是从福建惠安迁来的，他们大多为郭姓，郭姓人口全部为回族身份，当然其他姓氏中也有回族身份的。1992 年，寮顶获批成为洞头唯一的少数民族村。

漫步村子，你会发现这个既没有海岸资源也没有风景旅游资源的村子，许多村民自家都留有不大不小的一方田地，保持自给自足的耕种习惯，农家风味十足，让你怀疑是不是闯入了陶渊明笔下的田园。

西圹古朴的石头房，结合各民族特色，配上装饰点缀，显得风情十足。在畲族馆门口坐着一位晒太阳的阿婆，阿婆精神矍铄。她告诉我对面的防空洞有两个入口，一个新，一个旧。新的那个已经 60 多年了，是自己结婚那年看着它建的。为建好防空洞，甚至牺牲了一名战士。阿婆说，这几年村里把防空洞开发利用起来，吸引了远近不少客人。

听到防空洞，我来劲了。小时候，经常和同学到各座山上钻防空洞。"钻"是因为，不少防空洞大门口被堵，只留一条小缝，想进去，不得不想办法钻进去。那时几根蜡烛加几个手电筒，一群人钻防空洞玩得很嗨的情景还历历在目，便决定独自走一回防空洞。

西爿的防空洞口布置一新，有军人塑像、捣臼、示意图等。防空洞口不大也不高，它不像南炮台的防空洞那么宽敞。它约1.2米宽，2米高左右，更像是军事坑道。洞内地上铺着碎石子，墙体上水泥浇灌的粗犷痕迹十分明显。据说当年修建这防空洞的水泥还是朝鲜提供的呢。

进入防空洞不久，便有分岔口，一个向左，一个向右，凭直觉我选择了向左继续前行。在长达500多米的坑道两侧，错落分布着各种功能室。如果没数错，这里应该有18个房间配套了各种设施展示。泛黄老旧的67式手榴弹、步枪，经典的军用水杯等，这些昔日陈留下来的老年组合，让人一下子触摸到军味浓厚的"前沿阵地"军营文化。真好！最让人想不到的是这里竟有两个水井，其中一个很大很大，井水十分清澈，打着投射灯，让人眼前一亮。尽管井口敞开着，但四周依然干燥不潮湿。在望不到头的坑道里，头顶灰白的灯带，让人犹如穿越到海岛军民保家卫国、捍卫海防的燃情岁月。坑洼不平的墙壁上不时出现早年的标语，特别是入口处岩壁上还镌刻了"海防战士似猛虎，国防筑城逞英雄；千难万苦无阻挡，海防战士决心强……"这句写于1959

年的标语，加上走在建于 1957 年的军事坑道里，很有穿越历史感。

　　尽管第一次独自一人走防空洞，听着脚下沙沙作响的声音，前不见洞口，后不见洞尾，心里略微有点发毛，但很兴奋。大概走了 20 来分钟吧，便走出防空洞，很意外，迎面而来的是湛蓝的大海和远处垃圾处理场盘旋的公路，以及右前方的居民房，我一下子分不清东西南北，说不出地名，但又觉得似曾相识，心里那个激动、兴奋是好久不曾体验到的。恰巧有两位老人从山下走来，他们告诉我这是东爿底，让我从原路返回，更合适。

　　返回途中再次用心看这些海防文化、空防文化，它们为后人赋予了岁月的文明，真好！当走到最初的分岔口，这回我选择了另一条。没想到，洞很短很短，一会儿就到出口。出口就在最初的入口隔壁，不过二三十米远，真是太意外了。

　　防空洞靠公路边有两口水井。据说 20 世纪 70 年代洞头出现罕见的旱灾，为抗击旱情，回汉两族人民共同挖掘了两口水井，两井同源，犹如民族间的血脉相通，泉水清冽汩汩，好似回汉情谊源源不断，民族团结紧。水井附近有株老树，树冠覆盖面很大，它像巨大的守护神，守护着这片土地上的百姓。

　　防空洞对面的停车场里有个聚心廊，这里有不少村庄文化介绍。值得一提的是，对村庄发展理念做了宣传，这在其他村庄几乎不曾看到。村子围绕"回"字做"三回"文章，即：回族文化、回忆军旅、回报桑梓。在乡贤榜里见到不少熟悉的名字。

　　沿防空洞旁的台阶上去，这里有不少回族古谣。白头鹎不时在枝头跳跃、欢唱，似乎在对这一切给予认可。

在西爿高处，遇到几位阿公围坐着聊天，我也凑了个热闹。他们告诉我，村里郭姓的宗族祠堂就在附近，可惜拆除了。过去，祠堂为四合院造型，是郭氏家族历史留存中心，祭祖的日子洞头几乎所有回族郭姓的代表都聚集在这里敬奉先祖，感受返璞归真的民族文化，那场面就像是电影里放映的那样热闹。

寮顶西爿，这座静谧祥和的花园村庄，处处弥漫民族特色、地方特色，它正展开画卷描绘村民和谐幸福的简单生活，展现村庄的美丽蝶变。

2021. 2. 4

寮顶西爿·防空洞一角

大树脚，好乘凉

一个村庄怎么叫"大树脚"这样的名字？传说过去村庄所在的文峰山上有一大片树林，林中有两株大树，村庄就在有大树的山脚下，因而得名"大树脚"。在洞头，像这样用在地典型植物来取地名的，还有竹子脚、芦竹脚、杨梅脚等。

随着经济发展，现在大树脚自然村与相邻的竹子脚自然村已没有明显的视觉界线，只是以村部为界，村部位于大树脚，村部以东至鼻头儿一带，均为大树脚。

刚出双朴隧道，便被眼前大幅的渔家风情墙绘吸引，上面写着：大长坑欢迎您。榕树下有一渔夫和小娃抬着一条硕大鲜活的鱼的塑像，仿佛在向过往的人们诉说村庄的历史。

先逛鼻头儿一带。路口有座陈府庙，据说洞头县第一届水产中学班就曾办在这座庙里。

这里民房依山脚而建，石头房里夹杂着新建的漂亮高楼。一位 80 岁的阿公在新房外收拾东西。他家旁边有一条曲曲折折的溪沟，沿溪流而上可到炮台。他说在他小的时候，他家后山簸箕山上有一棵朴树，不过现在只剩一个大树桩。朝他指的方向看去，树桩大概一人就能抱住。尽管他一直生活在这，过去经常上山砍柴，但地名里的大树他也不清楚在哪里。问过其他人，也说不知大树的事。

我只是好奇，《百岛百村》里记载村里有一株270多年的榕树和一株260多年的朴树，这样的大树怎么在《天地图·洞头古树地图》里没找到记录，村民也不知？但无论如何，我想，取"大树脚"这个地名，一定不会凭空捏造的。可能在很久很久以前人们建居于大树下，故取名大树脚，后来或许大树被雷电击毁，或许大树毁于某次超强台风，但村名一直沿用至今吧。

阿公说他小的时候，他家一带只有三四间房子，前面是一片滩涂，涨潮时海水直漫上来，带来赶潮的小蟹小虾。后来在1952年左右，解放军战士在这一带驻扎，筑坝围堤、建练兵场，在鼻子头山岗上建了碉堡，有士兵站岗放哨。如今这一带建了不少民房，这里更有九亩丘海创园，它是洞头高端要素不断集聚、创业环境不断优化的工业园区，在一定程度上促进了地方经济转型发展。

碉堡，就在公路边，有三个射击孔，它饱经风霜，现在堡身少了几块石头，看起来不久就会坍塌。过去，这里海边地形高高低低，有山又有石头，海岸线蜿蜒凹凸。作为海防前线的洞头，早年解放军进行声东击西策略是不可少的，碉堡也就星罗棋布地存在于各个村庄靠海的地方。如今硝烟早已远去，碉堡失去了战略意义，逐渐荒废，过往的路人很少去注意它的存在，但碉堡遗址印证着军事要地的重要性，碉堡既是烽火岁月的记忆，也是地方发展的印记，更是历史变换的缩影。真希望有关部门能修缮一下坍塌中的碉堡。

折回村部一带，沿路一溜石头屋鳞次栉比，错落有致。墙上或用白灰勾石缝线，很有张力，甚是好看；或画有墙绘，默默述说当年的生活情况。站在画下，你会深切感受到当年这片土地商贸繁华，人们过着海岛渔家特有的乡野田园生活。

村里老供销合作社的大门紧闭着，但它很显眼。小时候，小朋友们都爱往供销合作社跑。那时，一根针、一条线、一颗糖……几乎任何商品都要到合作社买。那里空气里弥漫着油盐酱醋、糖果的气味。这些气味混杂成一种特有的供销社味道，深深地埋在一代人的心底。高高的柜台把营业员和顾客隔开，每每透过柜台的玻璃，眼馋半天是常有的事。随着社会发展，供销社独一无二的"尊贵"地位悄然淡化，经营模式也无声地变了，更重要的是，它从一个侧面见证百姓生活的变化。

村民活动中心所在处四通八达。隔壁的文化大礼堂开放着，二楼的村史馆虽简洁了点，但可以感受到工作人员的良苦初心。馆内展示不少老物件：煤油灯、磨盘、夜壶、缝纫机等等，这些镌刻着岁月印记、蕴含人生情感的老物件，很容易勾起人们对往昔的回忆。如今平整的马路、漂亮的住宅、宜居的环境，成为当下农村新"标配"。在享受富裕生活的同时，为留住乡村的"根"，激发新一代对家乡的文化认同，"村史馆"便破土而出。这里的每一件物品，都带着先辈们的温度和村庄的文化记忆，表达着乡土文化和民俗风情的独特底蕴，成为人们的精神原乡。不由感慨，生活的旅行不只是看没有见过的风景，也应该看看我们曾经走过的路、曾经的家园。

村里，家家户户屋前屋后种满各色小花及四季果蔬。索溪进村，小桥上不时飞过各色蝴蝶，传来阵阵鸟鸣，颇有田园神韵。

几位妇女正蹲在小溪边洗衣服，边洗边说笑。她们似乎要把清清的溪水洗进衣裳里，让衣裳像水一样柔润起来，心情也像阳光下晒香的衣裳整洁起来。看着她们，不自觉地想起自己读书时和同学们去梨园洗衣服的情景。到小溪边洗衣服，是很开心的一件事。在小溪边，你想怎么玩就怎么玩，爱怎么想就怎么想，洗衣服反而成了次要的事，爱洗不洗，往水里一扔，压块石头不让水冲走，等玩够了，来搓它几下，再从水里捞起，它自己就干净了嘛。

沿小溪折回时，遇见一位阿公。他告诉我，小溪边的大石头上有个仙人脚掌，他小时候最爱玩的就是光着脚丫和仙人脚掌比大小。说着，他就带我去看仙人脚掌。原来，它就藏在刚才我看过的大石头里。哇，真的好像孩子的右脚丫！老人说，现在风化太厉害，他七八岁的时候，这上面的五个脚趾头凹陷的地方更清晰。言谈间，他脸上流露满满的幸福感。

这溪水是从望海楼那边过来的，早年沿着这小溪就能到达山头顶。沿途还有一个仙鼓，长得特像。老人说自己小时候不知去看过多少次、抱过几多回。说着，老人笑了，笑得很纯美。童年总是那么美好，让人怀想。再怎么老的人，也有自己独特的童年。

小溪一侧有几座老房子，很吸引人，特别是"清河郡"很有看头，可惜不知关于它的故事。

大树脚，大树底下好乘凉，日出而作、日落而息是村里老人的共同记忆；抢抓机遇、砥砺前行是新一代村民积极干事的写照。大树脚，向着幸福生活再出发。

2021. 2. 28

小长坑顶

小长坑顶，顾名思义就在小长坑村的上面。

村口横卧的榆树长得枝繁叶茂。这榆树是附近的阿婆她们家祖辈种的，早年的一次超强台风将它从山体上刮倒，林业部门工作人员对这百年以上的古树采取就地保护，用石头在路边砌了一个石墩，来支撑榆树的重心，好让它继续生长。按常理，一般古树都会有古树名牌，不过进村时我没看到它的名牌。阿婆的儿子听后，便主动带我一起去找古树名牌。

路上，文质彬彬的他告诉我，村子里人们大多姓林，现基本上不住在村子里，常住的只有三四位老人。在很多年前他的户口就迁出村子，一直在江苏发展。这次带老母亲回家看看，马上要回江苏。难怪，刚才在路边我看到一辆江苏牌照的小轿车。

在大榆树下，阿婆的儿子指着山坡上的树林，说那里还有四株老树。他说村里的老一辈大多目光长远，思想境界也高。早年要是看到有人到村里砍树，都会制止；很多时候村民还会自发种树；村民自己从不乱丢垃圾，总努力保护村庄的环境。所以这么多年来，村里树木长势喜人，环境卫生也喜人。他说的也是，在村子里，我真的没看到什么垃圾桶，更没看到脏乱的场景。

　　榆树的树干高大，所以过去人们常将去世的亲人安置在山上榆树旁边，以此来分辨埋葬之处。他滔滔不绝地告诉我，在先秦时人们就已广泛栽植榆树，榆树是一种"活命树"——榆树的皮、根、叶、花均可食用，要是遇上荒年，榆树的价值更突出。他说的这些，我似乎在书上见过。其实，"榆"谐音"余"，还象征富裕呢。

　　我们围着大榆树，在它附近找了几遍，都没看到古树名牌。我想，不管它有没有古树名牌，是不是古树，它能受到人们的保护，足以看出人们对它的重视。

　　站在大榆树下，村子一目了然。他指着村里的各幢房子，如数家珍地告诉我，这是谁家、这家主人现在哪供职等。原来，这小小的一个村庄，竟有那么多的能人！这与村里的老一辈大多目光放长远，是不是有直接的关联呢？毕竟家风、村风在很多时候会影响一个人的成长。

　　当我提起在网络上看到的"梦庄"建设计划时，他说村里人大都想把村庄建设得更好，只是理想很丰满，现实有时很骨感。尽管困难多多，但梦想总得有，万一实现了呢？

　　告别阿婆的儿子，继续逛村庄。沿途都是橘子花开的清香。村庄真的很小，处在大长坑水库的东南部，海拔不过 100 米，因坐落在小长坑顶部，故名"小长坑顶"。这里森林覆盖率高，据说属省一级森林保护区。村里不过十五六幢房子，但家家户户院落宽敞。石头房几乎都是二层楼的，其中有两座石木结构的老四合院，门牌很是精美，只是如今早已人去楼空，透出一种荒凉颓败的美感。

在村里最高处有一座五楼层的房子，门柱上写着"梦庄养生休闲会所"，墙上有个牌子，上面写着"温州市自行车运动协会洞头分会"，屋后有一大片草坪。如果在这里举行户外休闲活动还真不错。只是大门紧闭，深在闺中人不知。

遇见一户人家大门敞开着，门前长势喜人的仙人掌树十分吸引人。这仙人掌足有三四米高。仙人掌喜欢强烈的光照，耐炎热，对土壤也没有什么要求，种在门口没人管它，它也不娇情，只管自己不停地生长。一位上了年纪的阿婆在屋里做着家务。她说有一年的超强台风刮断了仙人掌的部分枝干，让它小了三分之一左右，才成了现在的模样。哇，原来它更硕壮。

阿婆告诉我，尽管村子处在山上，但是早年男人们也要出海参加渔业生产，女人们则居家进行农业生产。那时每每收成好的时候，往往也是最辛苦的时候，男人要把渔产品拖回家，就得翻山越岭；女人要把地里的物品挑回家，肩上的担子也不轻，大家各有各的忙。现在，村里的集体渔业早已解散，渔民也转业，责任田大多抛荒。年轻人都向繁华的大都市闯荡去了，只有三四位舍不得这片生养他们的土地的老人留在村里避世而居，过着宁静的日子。

听着老人的话，不由得想，再过若干年，村里的老人都走了，将来的农村会是怎样一幅景象？"梦庄"会实现吗？

逛了一圈，觉得这里还真是一处世外桃源，保持着乡村最初的风貌。数了数，村里大概有 5 个水井，井水都很富足。村里的道路、房屋，所有的一切都与城市形成鲜明的对比，这里对于城市人来讲，绝对是一处风水宝地。当你看着村里的一草一木，心中有再大的压力都会慢慢释放。如果你是一个向往乡村生活的人，这里可以说是一处绝佳境地，来这里只管沉浸在田园风光之中，什么都不必想。这里山海景观兼备，倘若真能引进文化资源，形成独具地方特色的时尚魅力项目，打造成别样"梦庄"，这里何止只有诗与远方的田野！

　　小长坑顶，愿你早日实现新的发展。

2021. 4. 26

小长坑顶·村口

世外小桃源鼻下尾

鼻下尾自然村由三个居住点构成，分别是半山、中组、海脚。

要想去鼻下尾的中组，得从隔头村部往南的山腰走。这里的水泥路真的很窄，要是遇到对面走来一个人，只得侧下身子才能安全通过。这里四周都是茂密的树木，画眉不时猛地从树上飞出，吓你一跳；珠颈斑鸠则出其不意地蹿出，让你倒吸一口冷气；柳莺也来凑热闹，这一路小鸟们让你防不胜防。有段小路长满青苔，地上有不少掉落的松针，加上遮天蔽日的树木，心里有点毛毛的。还好，有时透过树缝，可以清晰地看到远处沙呑沙滩上热闹的情形。然而这条小路，曾经是村民们进出的必经之路。每天小路亲吻着村民的脚步，一个吻印又一个吻印，不厌其烦地迎送往返。

终于听见导航说目的地已到，不觉一阵欣喜。我知道眼前的就是"中组"。据资料记载，早年中组的村民以"许"姓为主，祖籍福建同安。那时，除了渔业生产外，村民也种植番薯等农作物。

见到的第一幢房屋，便是一座荒弃的石头房。屋顶的鱼鳞瓦虽有石块压着，但不少青草还是一个劲地寂寞地疯长出来。门窗敞开着，屋前的洗衣台爬满绿植，大大小小的缸里积着水。紧接着又见到三四幢老屋。一把生了锈的铁锁，锁住了一屋子的春秋。一切像是在安睡，等待有人来唤醒。这是个远去的村庄，它的二次开发会是怎样的呢？

终于看到有人居住的气息了。有几只鸡鸭圈养着，不过见不到主人。在一幢大约建于 20 世纪七八十年代的石屋门口，地上有一摊新鲜的积水，屋檐下有个燕子窝，阳台上晾着衣服。原来有位阿婆在家，刚好遇到阿婆的子女特意来看望老人家，他们还带来几株清香木打算种在院子里。没多久，阿公从北岙的医院买药回来了。空气里一下子弥漫着满满的爱。

他们告诉我，眼下中组只有两户人家长住。大约从 20 世纪90 年代初期北岙小区建成开始，村民就陆续外迁或外出打工，大部分迁到北岙小区、打水鞍新村。他们说，早年捕鱼回来，从沙岙沿着溪沟一路向上，直到山腰，再顺着山腰小路回家。那时时光很长，日子很慢。现在，中组最外面的两幢房子已经租给了开发商，其中一幢成了工作人员休息室，另一幢不久将成为民宿，焕发新生。后续的开发还有待进一步推进。

继续前行，突然眼前一亮，原来一条新建的宽阔的公路将隔头、中组、海脚相连。

海脚，过去以"郭"姓、"施"姓为主，这一带的环境我熟悉。以前我从隔头村部经脚桶石公园入口的西侧，步行到海脚时走过。那时一路是泥地，地上间或铺有小石子。路边矮矮地长着一丛丛紫色的韩信草，那种紫，让人心生爱怜；一片地里长满白色的三叶鬼针草，它们尽自己最大的力量展现风姿，很是壮观。在山路的尽头，也就是岬角鼻仔的尾部，路很陡峭，往左拐个弯就到海脚。

海脚现已二次开发成民宿。这里的石头房保持古朴的本色，加上宽大的玻璃墙、黑灰的铝合窗、典雅的摆设，显得极有情调。船头造型的游泳池，让厌倦了城市的喧嚣和工作疲倦的你，蓦然有一种"静"下来的冲动：立刻关上手机，管他谁是谁，暂时逃离车水马龙，隐入这片懂你的民宿，换个环境享受当下的慢生活，让自己暂时忘却浮世的烦恼，任思绪自由飞扬。

在海脚，晨起，嗅花香芬芳、听鸟语清脆、感海浪拍岸。白天，坐在藤椅里，晒着太阳，捧一本书，喝一杯茶，慢慢打开尘封的情怀。夜里，赏星月清风，与三两好友泡一盏茶，谈笑风生。这一隅天地，温柔了岁月，也惊艳了时光。"大隐隐于市，小隐隐于野"，在这里，演绎别样的禅意生活，体验一份儒雅与淡定，再合适不过了。这里曾举办过肖邦音乐会。尽管这里的民宿有30来个房间，但据说每逢假期总是一房难求。

独自漫步在厚实的、散发着原木香气的栈道上，沐浴着海边的阳光，呼吸着花草的清香，感觉是那么惬意！

栈道的末端有一座升降式观光电梯，与山脚下相通。山脚下大海边，一尊石佛静坐在那细细聆听光阴的故事。站在电梯口回望，此刻，木栈道看起来就像凌空而起的飞桥，如诗如画。若向大海方向望去，视线开阔极了。可以看到梅花礁敞开胸怀笑看来往，大中小三瞿静默在苍茫的大海上，南北策则横卧远方，半屏山活力四射，海面波光粼粼，偶有海鸟飞过。向大山一侧看过来，那一座座民宿则隐入树林，偶尔露出三角形的屋顶，像一幅淡雅的中国山水画，清新自然、意境悠远，令人遐想。

如果不是民宿开发，海脚，早已被人淡忘。多年前，这里没有公路，交通闭塞。渔民捕鱼后，得从山脚下的大海边沿着山间羊肠小道，拖着沉甸甸的丰收的喜悦，一步步爬上坡，才能到家。倘若要走一趟北岙，得爬坡过隔头，走过一个又一个村庄，才能到达县城北岙。曾经，先民们为了生活住在海脚，后来人们为了生活离开海脚，现在更多的游客为了生活来到海脚。这前前后后的"生活"，还真是不同。

不得不佩服开发商独到的创意：一部电梯，一条栈道，赋予海脚新的生命，使它成了环岛公路上一道靓丽的风景。

鼻下尾·民宿

折回山路，从隔头沿石阶向西南方向下山，便来到半山。半山以"冯""陈"姓氏为主。这几年，半山也进行了二次开发。这里的民房每幢以20年15万的价位整体出租给开发商，使村民与开发商双向共赢。经过精心设计、改造，如今这里满眼是苍山绿水、蓝天碧海，是典型的世外小桃源，也是传说中的桃花谷。每年春天，这里都吸引不少游客前来游玩。

半山、中组、海脚，它们就像一颗颗珍珠，既有海的浪漫，又有山的温情，时代把这些散落在山里、海边的纯朴与清新、浪漫与惬意串联起来，使鼻下尾成为一个有机的整体，焕发出新的生机与活力。真好！

2021.5.4

于2022.7.17转载至"温州古道"，题为《鼻下尾——这个"世外小桃源"的地方居然是洞头一个村庄的名字》

寂寞顶寮

此"顶寮"非北岙的"顶寮"，当地村民叫它"顶寮阿"。"阿"这个尾音，在洞头方言里是"小"的意思。可见，山头顶的这个"顶寮"自然村并不大。相传先辈们在山顶搭寮而居，故名。

村子就在山顶上，海拔约 180 米，入口处有一片平地，一位阿婆在翻地。她反反复复的动作似乎在翻开一段段光阴的故事，同时又埋下日升星沉的秘密。她说村里能走的都离开村庄了，现在村里只有几个老人家，早年最多时全村也有 100 多人。我想，随着城镇化发展，其实离开也是必然的结果。只是当有一天，你回来时，发现除了父辈佝偻的身影以及几声沉重的咳嗽声表明村里还有人迹外，这里连个鸡鸭的影子都没有，更不用说陶渊明勾勒的"狗吠深巷中，鸡鸣桑树颠"的田园风光了，那真是别样的寂寞。

村里有两条狗，远远地看见我走近，甩了甩尾巴，怯生生地往后退。也许是平时里狗也寂寞了，安闲惯了，冷清惯了吧。面对空荡荡的村子，你若真的回来，又有谁会与你"把酒话桑麻"呢？

远远地看见村子最北边有幢石头房已是断壁残垣，写满岁月的痕迹。一位精瘦的阿婆正在石屋前翻地。阿婆说这破房子是她爷爷年轻时盖的，自己家就在隔壁。她说早年自己种的番薯、玉米、花菜什么的都会送到北岙去给孩子们吃，但现在自己心脏病严重了，不能长时间消耗体力，所以一小块地得分好几次整，种的也就没那么多了；怕身体吃不消，便不敢再送过去，只能等子女有空才来自取。唉，老人家总那么惦记着子女，可做子女的总是那么忙，有时甚至忙得将老人略过。

阿婆说尽管她家在村子最外边，但她家门口是早年瑞安寮人去北岙的必经之路，只是这二三十年来再也没人经她家门口往来瑞安寮。阿婆说自己年轻时也去过瑞安寮。在我眼里，瑞安寮是个很神秘的地方，充满了传奇，它是我一直想去但由于种种原因一直没去的村庄。阿婆似乎看懂了我的心思，赶紧补充了一句：你一个人千万别去！现在那已经没路可走了。呵呵，等某一天有机会了，我想我还是会去一趟的。

阿婆一边翻地一边和我聊，言语间给人见多识广，深明大义的感觉，于是我忍不住问："你曾是女民兵？"是的，阿婆曾是一名女民兵。其实，山头顶女子民兵连也是很有名的。过去"军民联防，保家卫国"在山头顶搞得热火朝天。据记载，1962 年山头顶女子民兵连炮班参加南京军区比武获一等奖，被授予"优秀民兵班"称号。1963 年连长庄爱秋出席共青团全国代表大会，当选"共青团中央候补委员"，当时女民兵庄爱秋的名字在洞头"军民联防全岛皆兵"中也是叫得响亮的一个。

阿婆说她很小的时候就没了母亲，父亲是个渔民，长时间生活在渔船上，家里弟弟还小，她得照顾他，便常常经过王山头、旧厂，然后去海边捡海螺、挖牡蛎、捉泥螺等。但那时她特别喜欢民兵连，就十分积极地参加民兵训练，为此少不了被村里人数落。于是她把一分钟掰成两分钟用，努力两边都不耽误，不知不觉中做事效率提高了很多。她说，那时根本不知道什么是"辛苦"，只知道要不停地做点自己喜欢的事，让自己充实起来。哎，这不就是朴素的"海霞精神"吗？

老人说，那时民兵人手一把步枪，训练完可以把步枪带回家自己保管。家里有枪，那是真的幸福！同村的一些小孩看见她把步枪扛回家，都眼红了，说长大了也要当民兵。回忆民兵的往事，她满脸幸福。

继续在村里逛逛。看到一个阿婆坐在门口整理豆豆，匾上晒着摆得整整齐齐的龙葵。一旁和我年纪相仿、在洗衣服的女子（也许是她女儿）告诉我，她父亲喜欢晒些中草药给家里备用。是的，中草药还真是个宝。有条件晒点自家种的鱼腥草、金银花之类的，既可营造绿色家居，又可方便日常使用，真是一举两得。

转身时，发现她家门口有一个搪瓷脸盆，上面印着"浙江粮食学校"几个大字。搪瓷脸盆，好亲切的物件啊！早年我读书时学校发的也是搪瓷脸盆，上面也印着校名。呵呵，多么有时代感啊！每一个老物件都有它独特的故事，每一个老物件都承载着生活的变迁，岁月轮回易逝，经典永存。

在转角处看到另一件古董——洗衣棰。赶紧为它拍个照，以纪念那个年代。我相信，现在的年轻人对"洗衣棰"的认识几乎是空白的。可在过去，几乎家家户户都有它。那时人们的衣物多半是纯手工织的粗布。织布用的线是手工纺车纺的棉线，棉线有粗有细，浆洗后又粗又硬。这时候，洗衣棰就派上了用场。人们先把衣物折叠好放到洗衣板或洗衣石上，再用洗衣棰来回翻转捶打衣物。就这样，这些粗硬的衣物渐渐地变得柔软起来，也干净起来。

顶寮，真的很小，没两下子就走完了。但每一条路，都充满悲欢离合的故事；每一块石头，都垒起发家致富的梦想；每一面墙，都见证沧桑变化的历史；每一片瓦，都顶起风调雨顺的蓝天。寂寞顶寮啊，愿你早日拥有属于自己的一片艳阳天。

2021. 5. 20

西山头

西山头，顾名思义它在三盘岛的西部山头。

村子不大，内部道路翻建一新，四通八达，房屋密集，幢幢崭新，别墅林立，石头老屋只是偶尔点缀其间。整个村庄给人绿化、美化、净化都不错的感觉。在我印象中，西山头地理条件不如大岙，村里人口不少，早年路边长满芒草，挨家挨户门前堆放着各式渔具，门口晾晒的衣物和绳子上的鱼干挨得很近很近，以致那些衣物上都有一股渔腥味。大部分人家里黑漆漆的，屋内弥漫着一股独特的海的气味。今昔对比，真是翻天覆地的变化。

漫步村子，看到一户人家屋外有个古老的灶台时，记忆中炊虾皮的画面便浮在眼前。早年，不少人家门口有一个专门用来加工虾皮等海货的灶台。渔民把捕捞来的虾皮放进沸水里，加入适量食盐，煮熟，捞起，沥干，晒干，就成了"炊虾"。每当遇见有人加工炊虾，我便站在旁边看，顺便吃点刚刚捞出锅的虾皮，那种带着鲜，又有点大海的味道的虾皮很带劲。虾皮，对于海边人来说，是最寻常不过的小海味。洞头有好几个海岛盛产虾皮，其中最出名的当数三盘岛。在吃肉如过节的儿时，虾皮是记忆中唯一常伴的"美味"。在紫菜汤里撒上一把虾皮，在白水煮面里丢进一把虾皮，放学回来饥肠辘辘时抓一把虾皮放在嘴巴里……很是美味。每一只虾皮都是纯朴渔民的辛劳收获，它汇集了阳光和海水的精华，与世界分享着大海的鲜香味道。

据说，三盘虾皮过去在北京城都有名。洞头有句俗语：女儿没人娶，三盘换虾皮。意思是：女儿找不到婆家，就嫁到三盘去，至少吃虾皮不必自己买。女儿、女婿会送来。当然，也有人从另一方面对这句话作解说：女儿嫁不出去，如果换成像三盘虾皮那样有名气，就不愁嫁了。呵呵，不管从哪一方面理解，都可以看作是为三盘虾皮做免费"广告"。

记得我小时候，爸爸带我们回老家前，总会说"走，带你去三盘换虾皮"，嗯，三盘的芒种虾的确好吃。那时，我们常常能吃到三盘送来的一级鲜海鲜。

站在西山头最高处四望，视野开阔。横跨在三盘港的三盘大桥上车水马龙，一派生机。1996 年，五岛相连工程开工兴建。三盘大桥是五岛相连工程从洞头往温州方向走的第一座大桥。它一头连接洞头本岛，一头连接三盘岛的西山头。那时，我们几个在三盘工作的姑娘每天一心想下班后回洞头本岛，每当风大浪大轮船停开或开会很迟赶不上轮船时，便相约从大岙沿山间小路经西山头弯弯绕绕到正在施工的三盘大桥，在还不成形的大桥上一路说说笑笑地走向燕子山脚的新码头。

记得那时五岛相连工程建设经费紧张，大家同心为这个"勒紧裤腰带，造福下一代"的工程解囊，机关事业单位人员都从工资里上交建桥资金，老百姓也纷纷捐资。2002 年 5 月，五岛相连工程正式通车，从此千百年来只能踏海出行的洞头人的生活发生巨变。

西山头抓住通车的契机，切实优化产业结构，积极发展配套服务行业，不断提高渔民生活水平。很长一段时间三盘大桥两侧有不少网箱养殖区，网箱上搭建着彩色木屋（养民们生产生活的临时性住所），船过浪翻，屋随浪动，别有一番情调。海洋是养民们的蓝色土地，耕海牧渔，是海洋经济的一个亮点。

记得当年刚听说要在西山头建别墅群，年轻的我们都很好奇，只要有时间就去西山头瞧瞧，想象将来的别墅是怎样的模样。眼前，三盘领海别墅群由独立别墅和酒店式公寓组成，是集度假、休闲、商务多种功能于一体的高级海岛别墅。它保存了海岛特有的原生态环境，良好的地理位置和天然的自然条件使其成为度假、旅游、居住的好处所。住在这样的小岛上，是不是有一种凌驾东海之上、一派悠闲高雅的格局？

沿西山头西北方向的木栈道下山，满目是海天一色的碧蓝，山脚下是骗人岙。我一直不明白为什么会取这样的地名，是否这里曾和冷滩沙、妖人岙、相思岙之类似的？这里的沙滩虽不大，沙子却极细。近处的浪花不时地涌上沙滩，相互追逐嬉戏着、撞击着礁石，发出阵阵欢快声。远处的海浪一个接一个，一排连一排，相互追逐着奔腾着，煞是好看。三盘大桥从这个角度看过去别有一番风情。

骗人岙附近的铜钱岙虽没有漂亮的沙滩，却是个不错的避风港。尤其是 2014 年村里投资了不少钱，重新修建了避风港，使它可以停下 50 艘船只。2000 年前后，铜钱岙的水产品加工处于鼎盛时期。

斗转星移，春去秋来，如今的西山头已不再是原来的小渔村。它是一道时代发展的轨迹，记录着这座岛的过去与现在，描绘着今时今日的荣光。

2021. 7. 16

发表于 2021. 11. 18《洞头新闻》

西山头·别墅群

古渔村小朴

从洞头峡大桥往城区方向走，见到的第一个村庄便是小朴。

村庄取名小朴，不少文字记载和民间口传都说：曾经大朴、小朴两村之间有道突出的山梁，山上种有两棵年岁较长的朴树，朴树一大一小，便为村庄分别取名大朴、小朴。但个人觉得这个解释有点牵强，倒是认为庄明松老师的解释挺有道理的："朴"最初应该是"浦"。"浦"指的是水边或河流入海的地区。从地形上看，大朴、小朴符合这种地理上的解释，它们的村后紧靠着烟墩山，村里都有山溪水流注入大海，村前是广阔的海边滩涂。"大""小"则是以小三盘作为参照点，大朴村近，小朴村远。因为在洞头的语言习惯上，"小"有"偏远"的意思。清光绪六年《玉环厅志·三盘图》上，就有记载"小朴"地名。

远远地就能看到小朴美食一条街。大家普遍认为这里的海鲜排档价格比较公道，食材极其新鲜，服务热情周到。其中"渔宴柴火灶"擅长海鲜药膳，还曾是央视《消费主张》等栏目的选景拍摄点呢。

走进村子，首先看到的是一匹奔跑的白马雕像，石头背景墙上写着：白马古韵花开小朴。弯弯曲曲的羊肠小道顺着山势走，串联起这里的虎皮房，让人丝毫没有走迷宫的感觉。狭窄的巷弄，虎纹的石墙，清澈的石渠，青瓦上压着的石块，石缝中探出头的青苔……散发着远古的气息。

规格各异的房屋，有的低矮得随手一伸就能摸到屋顶的瓦片，有的用厚重的青石砖堆砌成大小不一的雕花窗棂，有的将一方斜斜的阳光纳入天井……它们用不同的形式书写恬淡的安逸，诉说相同的性情——朴素，让人恍然间有种穿越时空的感觉。

一条用块石铺底的水渠穿过村子，几只鸭子悠闲地游荡着，两岸不时有一座石板桥骑在水渠上，岸边垂柳依依，果树争相展示生机，小黄狗懒洋洋地趴在岸边晒着太阳。小桥流水人家，一切都是美好的样子。

水渠边有一块白马文化石碑，上面写着村子的来历。相传，乾隆年间林姓和颜姓祖先从福建永春经平阳至玉环后移民来小朴定居，后来追随者陆续来到，就形成了以林、颜姓氏为主的村落。

村里的颜氏家族从山东而来，有着十分耀眼的历史。据说他们的始祖是孔子七十二贤徒之首颜回的后裔。洞头有民谚说"东岙三只虎，不如小朴三支鲁"，说的就是颜氏家族人才辈出。颜家有座建于 1942 年的石头房，中西合璧的建筑风格，前门的匾额上写着四个字：鲁国旧家。旧家，指上代有勋劳和社会地位的家族。呵呵，小小的偏僻渔村小朴也不乏贵胄之后。

小朴林家在村里有一间颇为考究的木石结构四合院，它建造的时间比"鲁国旧家"还要早上十来年。门台有八卦、瓶子等精美的装饰，额匾上书"一团和气"。

　　有着典型的闽南建筑风格、拥有清一色石头瓦房的小朴村，是洞头保护最早的古村之一。这些石头屋虽然没有前面两家大宅这么气派，但也很有特色。造房子的石块大小不一，色泽深浅不一，形状也不一，它们均建在 20 世纪 70 年代前，有着几十年甚至上百年的历史，面对海风、台风的侵袭，大多安然无恙。

　　2003 年，洞头要重建望海楼时，规划和设计人员站在烟墩山顶四面环顾，发现在北面的山脚下有一座渔村，房屋以黄褐色的石头外墙为基本色调，错落有致地分布开来，在树影婆娑中若隐若现，犹如一座世外桃源。于是政府采纳专家意见，推出政策让这个小渔村以原生态的形式保留下来，便有了它前世与今生不变的容颜。

　　村里有座以村名为名的"小朴宗祠"。虽然村民有不同的姓氏，但互帮互助的纯朴民风让他们亲如兄弟，不分彼此，共祀一座祠堂。

　　村里有座部队营房，部队早年曾在村里开办铜山制药厂。后来部队撤离洞头，制药厂移交地方。于是一个沉寂在海岛的小作坊，经历风风雨雨，在无数次的考验中变身为洞头第一家上市民营企业。"三才者，天地人"，小朴好样的。

　　山坡上有一条大约 1300 米长的木质上山小路——白马古道，一直延伸到望海楼。沿途一会儿是满眼的青葱，一会儿是古色古香的回廊，一会儿又是碧波涟漪，岛礁入眼，让人有种不是一般的"古道西风瘦马"的念想。

　　每逢重大节日，村里都举行走马灯活动。这一天，全村男女老少沉醉在一片欢乐的气氛中。指挥者一声号令，马头引路，敲锣鼓的、舞马灯的、耍腰鼓舞的排成一条长龙，在村里逐户走马灯。所到之处，家家敞开大门放鞭炮迎接马灯队的到来。走马灯是村民庆祝升平盛世，祝愿祖国繁荣昌盛的最好表达方式。据说小朴的走马灯还与当年唐三藏西天取经的故事有关呢。

　　站在高处，看着村子前鳞次栉比的高楼，不禁想起过去。那时小朴村前有一大片的滩涂。海浪拍打着滩涂上的流沙，不仅带来鲜美的滩涂生物，更带来小朴人稳定的生活来源。农耕守滩是小朴人很长时间以来的生产劳作方式。"大朴蛏，小朴蚝"是打小就听大人说的民谚。邻居阿伯是小朴人，他总能根据潮汐的变化，按时回小朴下海去挖牡蛎、捡泥螺，赶海回来总不忘让我们分享他带来的美味。后来因为发展的需要，填海造田、造城，滩涂的面积越来越小。小朴，这个号称"古渔村"的洞头滩涂小

小朴·石厝

197

村，渐渐退出历史的舞台。

如今，高等院校、民办中学、同心公园、城市书房、自来水公司等带有现代气息的建筑走进小朴。小朴村人开启了新的生活模式。面朝大海，春暖花开。

2021.7.22

于 2022.4.28 转载至"温州古道"，题为《温州这个风光秀丽的原生态渔村，有古道有美食，还上过央视选景拍摄点》

走，去小三盘逛逛

"我在小三盘等你，山花捎来春天的消息，我在看牛鞍等你，孔雀衔来山外的传奇。我们与山相依，我们与海比邻，纵然世界有千山万岭，这里才是我们心灵的归依，啊……"这首《小三盘之约》唱的就是小三盘村。

小三盘，位于洞头岛中部，因村周围有簸箕山、贡顶山等三座山，形成中间一个小盆地，在面积上比三盘岛来得小，故名"小三盘"。光绪《玉环厅志·三盘图》中载有该地名。

来到小三盘村，你会看到公路边有座规模不小但已闲置的厂房。那是20世纪八九十年代小三盘村民热爱的鱼粉加工厂。鱼粉是高蛋白质饲料，是家禽等规模化养殖的必需品。那时，每当我远远地路过村庄，就能闻到鱼粉加工过程中散发出的臭气，但是为了生活，村民们不仅能忍受这种气味，甚至还喜欢这种气味。因为这气味在当年是生产力的象征，它能给大伙带来丰厚的经济收入。

近年来，小三盘村全力提升班子凝聚力和战斗力，开启美丽乡村法治建设新篇章。这不，路边有不少政策法治宣传素材，这些红色元素时刻提醒村民全力维护社会秩序，积极参与乡村法治文明建设，营造出村庄蝶变的氛围，呈现出健康良好的发展态势。你瞧，村里的文化礼堂，以打造红色殿堂为特色，整合公共资源，经常开展形式多样的活动，使农村文化礼堂成为村民学法用法的主阵地。如果你站在高处远眺那片曾是辽阔的滩涂区域，你会发现这一带早已道路宽阔，车水马龙，高楼大厦拔地而起，高等院校、民办中学等单位纷纷入驻，一派欣欣向荣的景象。

村民中心一旁的休闲广场很有特色，这是个无障碍公园。我想这样的设计对弱势群体在内的村民定会方便不少，也有助于弱势群体更好地融入社会大家庭。印象中，这里曾是小三盘小学。那时这里有 2 幢房子、8 间教室、1 间办公室，来自附近自然村的孩子们就近在这入学。后来随着校网调整，孩子们都到城关一小去读书了。

漫步村子，看到村里新建了不少富丽堂皇的民房，古老的石头房静立着默默地看着村庄在新时代里的变化。一抬头，远远地就能看到簸箕山上这几年新建的小三盘儿童乐园，它为村集体经济创收做出不小的贡献。这是以生态农园为依托，将儿童娱乐、动植物观赏等元素完美融合，寓学于乐，让孩子们亲近大自然，在快乐中探索和成长的乐园。这里除了有"森林滑道""丛林穿越""呐喊喷泉""一漏到底""网红秋千"等户外拓展外，还有喂养动物、自主骑马等各种特色体验，是满足宝贝们撒野嗨皮的好地方。

村中心地带的驻岛部队营房还在。小三盘的驻军始于 1953年。看着屋面上那大大的红五角星，不禁想起早年部队放映露天电影时的情景来。那时，露天电影是大家了解外面世界的窗口。附近的村民只要知道消息，都会早早地带上小板凳来占位置看电影。电影快放映时，会听到一阵唰唰唰的脚步声。这时一列列战士纵队，整齐划一地从营房方向走来。战士们左手拎个帆布马扎，右手自然摆动，立定后，再一排排地走向划定区域。战士们从出营房到坐定，统一口令，统一动作，非常有画面感。坐下后，昂首、挺胸、双手放膝，没有多余的动作，更不会交头接耳。人们常常为这整齐划一而刮目相看。

记得我大学毕业参加工作前，教育局把我们一批新教师组织起来在小三盘部队里军训了很长一段时间。那时除了高强度的训练外，我们还参观了部队的弹药仓库、车库等，还得知战士们在岛上的任务是搞好军民联防，重点扼守岛上的几个岙口，抓好平时的训练。工作后，多次带孩子们到部队里开展红色研学，体验军旅生活。孩子们总忍不住欢呼士兵们精彩的战术表演，常常因那像被"削"出来、叠得像豆腐块一样的被子情不自禁地惊呼"太神奇了"。

"我在小三盘等你，山花捎来春天的消息"，你愿来小三盘与美好相约不？

2021. 7. 24

看牛鞍，牛?!

看牛鞍是个很小的自然村，它藏在山坳里，背后是高高在上的小三盘一期、二期联建房。外观造型协调统一的联建房，加上配套的活动设施，不但节约了土地资源，而且减少了建设成本，还改善了居住条件，很受村民欢迎。相映衬下，看牛鞍显得有点局促。

看牛鞍以古旧的老石头房为主，辅以少数几幢新房。村民的自建房依山势而建，很有层次感。站在高处远眺，半屏山清晰可见。近处山形两头高、中间低，很有特色。难怪人们传说看牛鞍这地名是这样来的：山坳山形似马鞍，古时草茂水清，附近村民常年赶牛到这里放养。放牛人只要站在高处就能看清牛吃草的场面，便取名"看牛鞍"。

不过，对这地名，我一直很好奇。早年小三盘真有那么多的牛吗？是黄牛，还是水牛？早年的看牛鞍会有牛背鹭陪伴老牛吗？当然，如果运气好的话，现在偶尔也能在看牛鞍遇见一二头牛在附近草地上吃草。其实，从地形上看，看牛鞍两头高、中间低，更像一弯勾，也许早年牛们最爱的地方就在这道"弯弯"

呢。按这思路想，或许它本叫"看牛弯"呢！但是，村子的南边与苔岙接壤，那里水资源丰富，现在还有风门水库长年为工业生产提供用水，想来多年前这里水源一定也不差。像这样有山有草、有溪有流的地方，应该是放牛的首选之地，所以也许它本叫"看牛湾"呢！或者它本叫"看牛安"，那里最早曾是人们安家放牛的所在地呢（福建人叫房子为"安"）。呵呵，"看牛鞍"真是个值得推敲的地名。

看牛鞍，很小。目前本地住户不过十多人。过去，村民除参加渔业生产外，便到山上参加农业生产。他们大多种番薯、豆类、蔬菜，自给自足。据说20世纪70年代前，村民也曾种过小麦、油菜、剑麻等作物。后来，随着改革开放政策的落地，加上半岛工程通车，小三盘村的产业结构发生了变化，看牛鞍的村民也从第一产业转为第三产业，于是不少村民到外地经营、加工电子电器产品等，现在居住在村里的以老人为主。但不管哪个年代，不管生活水平怎样，村子里的男女老少们，为了达成对美好生活的向往，个个都是创新发展的拓荒牛、艰苦奋斗的老黄牛、为民服务的孺子牛，默默地发扬看牛鞍的"牛"精神，书写自己的青春年华。

看牛鞍正前方的山腰处是2014年搬迁来的职教中心。学校建筑宏伟，占地面积不少，据说有53亩多，是洞头主要初、中、高技能型人才培养培训基地。在职教中心到来之前，山坡上的原双朴中学校舍已荒废多年，这一带长年很少有人来往，没有宽敞的水泥路，更没有路名。随着城镇化进程的加快，农村人口大量流入城市，加上校网调整带来的小三盘村小学撤并，村民们已很少听到朗朗的读书声了。职教中心的到来，给村庄带来不少生机与活力，它成了乡村文明的光源。现在，通往职教中心的路有了专属自己的名字：盘池路。取这名，是因为学校地处小三盘，又靠近苔吞的风门水库。整条路就只有 1 号，别无他号。呵呵，看牛鞍的路不一般的牛！

村子一侧有一间小庙：哪吒太子宫。它规模不大，但老人说它年代已久远。左手提火尖枪，臂套乾坤圈，腰围红色混天绫，背负豹皮囊，脚踩风火轮，一副少年英雄模样的哪吒，是不少百姓心目中的保护神。动画电影《哪吒之魔童降世》热映期间，不少省份还争抢哪吒故里呢。我想，看牛鞍的村民也许是想借哪吒神力"牛"转乾坤，祈求生活牛气冲天吧！

只是很好奇：在洞头，也有其他学校附近建有与神话故事人物有关的寺庙，如：海霞中学围墙外有盘古庙、洞一中旁边有齐天大圣庙。这是因为洞头地处东南沿海，过去海岛环境恶劣，加上人们抵抗自然能力低弱，不同地段的人们对各路神灵都恭敬有加，便将信俗文化融入日常，彰显海岛文化的包容性？

尽管看牛鞍很小，但村民逢年过节也都积极参加小三盘的民俗活动，特别是迎马灯的习俗。马灯，就是仿照马的形状，以竹篾为骨架外包纱布而成，分马头、马身两段。马头、马身分别捆缚在扮演者的身前和背后，扮演者走起来能上下左右摆动，像骑马一样好玩。马灯队伍则会在出发前分别给马头、马身点亮电灯（过去是用蜡烛），电灯忽明忽暗，极像马眨眼睛。每次有迎马灯，大家都迫不及待地期盼马灯队早点到自家来，并且早早地在家里陈设祭品，点燃红蜡烛，迎接马灯队伍。到家门口时，伴随锣鼓和乐曲声起，马灯队伍成员不时变化队形表演，或走三角形，或走连环形，来往穿梭，时而摇头摆尾、时而跳跃舞动，很是精彩。古老的走马灯艺术，不仅仅带给村民美好的享受，还带来深深的祝福。

看牛鞍，随着历史的发展、社会的进步，愿你一切牛牛的。

2021. 7. 26

海天佳境打水鞍

打水鞍就在洞一中旁，现又名"海天佳境"。

过去，打水鞍有着特殊的地理位置，村东隔海与洞头村相望，村南隔海与半屏相看。传说村子里有一口古井，虽靠海，但淡水资源十分充足，水质也好，附近渔民经常来这打水以供行船时生活所需。就连外地来往的船只也喜欢到这里取水，以补充生活用水。久而久之，名声在外，大伙都知道这是个"打水"的好去处。现在它成了村里的一景——"水帘洞"。

据杨氏、林氏、苏氏等宗谱记载，打水鞍村的先民在清朝时期就从福建各地来到洞头生活。他们习惯上把房子说成"安"，就像有的地区喜欢把房子说成"厝""厂""寮"一样。"安"的闽南读音为 wa（鼻化音），所以"打水鞍"在方言里就叫"打水安"。安，在字典里本意是房子，从文字学上解释为：家中有女即为"安"（宝盖头是"家"的意思）。按会意字从家从女的结构看，"安"应该是成家后居住的处所。在地名命名中以房子、处所取名的也不少，如瑞安、延安、淳安等，所以个人觉得"打水鞍"如果写成"打水安"更有乡土文化气息。

行走在村子里，或者说小区里，你很难将其与渔村画上等号。平整干净的街道两旁，是一排排崭新的新式住宅楼：红色的房顶，乳白色的外墙；4幢圆形的小高层矗立在小区中央；再往里走，46幢别墅、32幢商品房、16幢安置房等建筑伫立在绿地中，静听大海的歌。不时有珠颈斑鸠、棕背伯劳等小鸟在树头欢唱。艳丽的三角梅、高大的棕榈树、可爱的金鸡菊在微风中摇曳。这就是海天佳境——打水鞍。

过去，打水鞍人出门要经过一条大堤坝到埭口，再到大山脚（现在的小区），然后才能走进北岙街。现在打水鞍公交车班次不少，而且就在大门口。这里小型农贸市场上来自大海的鲜货不少，文化礼堂活动丰富多彩，社区服务中心工作人员热情如初，小区里健身运动场所一应俱全，爱心食堂温暖如家，棋牌室等文化设施齐全，渔民们的新渔村新生活真不一般。站在小区高处环望四周，半屏山和中普陀寺映入眼帘，虽然老村庄的格局已经完全消失，但大海依旧在村子的南边，千百年来海浪一刻不停地拍打着海岸。这就是海天佳境！

村子里"善"文化无处不在。门牌上、灯柱上、草地里、廊道里……一些不被人注意的地方，都有"善"的元素，让村民在休闲娱乐的同时，无声地受到精神的滋养。

面对这个既现代时尚，又温馨的住宅小区，谁能想到，这里原来只是洞头一个偏远又普通的渔家小村——打水鞍村。过去，我们见到的打水鞍并不是现在的模样。那时，它和其他渔村一样，村民长期以来以捕鱼为生。随着渔业资源的衰退，年轻人纷纷走出村庄务工，只剩老人孩子的村子由于疏于打理，"穷、脏、乱"的面貌是它给人最深的印象。低矮的石头房里屈指可数的几件摆设、昏暗的采光是它最真实的写照。

2003年，打水鞍村响应"千村整治，百村示范""村庄整治，建设小康村"的号召，启动旧村改造工程。打水鞍的旧村改造，采用市场化运作模式，以货币补偿和产权调换拆迁安置两种途径进行。从土地出让中获得的资金全部用到了村民安置房的营建上。这样一来村民花少量的钱就能住海天佳境，谁说这不是最幸福的事！

2007年工程完工，平地起高楼，石屋变大厦。从此打水鞍的群众转身从"村民"到"居民"，打水鞍实现从"破旧渔村"到海天佳境的美丽蜕变。村民住上了新房，生产生活开始了翻天覆地的变化，打水鞍村也迎来了一次新的产业发展机遇。

村子后山有座占地约1300平方米的齐天大圣庙。这里树木青翠挺拔，庙旁有个水帘洞，洞内清凉，四周风景秀丽。传说清朝年间，村民欲修建玄天大帝庙，在挖山的过程中，居然挖出了一尊孙悟空石像，于是造了一座齐天大圣庙。因旧村改造需要，齐天大圣庙搬到现在的位置。

打水鞍村的变化，成为温州整村改造的典范。一个曾经残破不堪的小渔村，短短几年，在旧村改造中受益，村民的生活发生了质的飞跃，村民看到了真正的"海天佳境"，更坚定了渔村人民向着"海上花园"的幸福生活继续不断前行的信心！

2021.7.27

风光旖旎的妈祖宫

妈祖宫自然村，原在东沙无名的小山坳里，后因妈祖宫而得名。

在海岛洞头，人们与海相伴、靠海为生，特殊的环境形成了信奉妈祖的独特习俗。据统计，洞头共有妈祖宫庙 23 座（其中独立的有 13 座）。这些妈祖宫有的历史悠久，而有的年代不远；有的规模宏大，有的小且简易；有的称妈祖宫，有的称天后宫；有的专奉妈祖，有的与其他神灵一起供奉……

东沙妈祖宫，又名东沙天后宫。它始建于清乾隆年间，至今已有近 300 年历史，曾多次修缮。宫殿坐北朝南，面对东沙渔港，结构古朴。1997 年被浙江省人民政府列为省级重点文物保护单位。宫中有一副长联把东沙妈祖宫的由来、发展的历史及重建后庙貌一新的景况概括得十分到位。

据说，妈祖宫得以很好地保护，离不开一个人——池云。20世纪 60 年代"文革"时东沙妈祖宫遭受严重破坏。为了保护妈祖金身等文物，池云冒着生命危险把金身藏到北岙娘家的老屋。妈祖宫一度成为东沙海带生产队的仓库，后来成了饲料仓库。

"文革"后期，为了收回妈祖宫，让妈祖金身能重回宫殿，她磨破嘴皮子，饲料厂终于从妈祖宫搬出去。在她的努力下，妈祖宫最终恢复原貌，金身重新安坐圣殿，妈祖文化重放光芒。

如今，每年五月初，村里都会举行一年一度的妈祖平安节，各地游客和当地群众欢聚一堂，不忘初心，共同传承和弘扬妈祖文化，共同构建两岸文化交流，祈求平安和谐。2010年，《洞头妈祖祭典》还被列入国家级非物质文化遗产扩展项目名录中的民俗项目呢。

庙后，村子最左边有一条溪沟从山上下来，淙淙溪水汇入东沙渔港。顺着溪沟可以到达山上的妈祖宫顶自然村，再到水头岩自然村，这是早年村民外出邻村的必经之路。溪沟里，不时有我手掌大小的虾蟆从这块石头下快速爬到那块石头下，然后一眨眼工夫就不见了踪影。路边花丛里凤蝶翩翩起舞，树林里不时飞出一两只受惊的夜鹭，草丛里石雕的海螺、螃蟹等小品静静地守候着这方土地，等待欣赏它的人到来。

寺庙前，两三条的小船搁浅在港湾，是载不动的思念，还是留恋家园的美好？岸边，渔妇趁着天气补着渔网。渔家的生活，总是忙碌于开渔的日子，而闲散的时光，阳光暖暖，风平浪静，晒晒鱼干，剥剥红虾，丰收惬意。

远处，避风港里渔轮整装待发。每年开渔节到来时，村里可热闹了！老渔民在岸边为渔民和每一艘渔船进行了简单而庄重的祈福仪式，祈祷开渔一帆风顺、鱼虾满仓。随着鞭炮声和马达声，渔船慢慢从港口驶出，平静的海面热闹起来，绣有"独占鳌头"字样的"头鬃旗"随风舞动，鲜艳的旗子在船头迎风飘扬，渔船驶过的海面泛起白浪，船上的渔民向着丰收不断前进。

早年，妈祖宫村交通闭塞，新世纪初环岛公路从村前经过，村民进出方便了许多。现在村前环岛公路畅通无阻，人行道特别适合散步。漫步其间，蔚蓝的大海、金色的沙滩、灰色的公路，以及远处山上翠绿的树木让人一扫视觉疲劳。

漫步村子，这是以石头堆砌的海边村庄。石屋依山坡而建，坚固厚实；石路依山势而铺，蜿蜒曲折；路边开满各色小花，很有小小"海上布达拉宫"的感觉。

几户村民开起了民宿。这些民宿大多是别墅式和农家小院式相结合的海景房。带着一天游玩的兴奋与疲惫，晚上在宽敞的阳台上，听着乡村音乐，和亲人、朋友在此喝茶、聊天，分享旅游的快乐，也可自助烧烤，边吃边欣赏美丽的夜景，倾听大海发出

妈祖宫·村口

的涛声，体会居高临下的感觉。入夜，静谧，远离尘嚣，让心灵升华。早晨起来，可以爬山看日出，呼吸天然氧吧带来惬意的享受，倾听山鸟的叫声，看看海鸟的飞翔姿势，让自己与大自然融在一起，一切美好。

不论你来自哪里，当你来到妈祖宫村，你会不自主地放下尘世的纷繁，一种心灵的契合油然而生，备感自在、安心、舒适。忙里偷闲，来吧，寄身山海之间，和风暖阳，粼粼波光，一盏茶，梦里去，胜却人间无数。

2021.8.2

于2022.5.5转载至"温州古道"，题为《温州这个村以"妈祖宫"而得名，风光旖旎，你知道在哪里吗?》

东沙后

东沙后，因村庄位于东沙后面的山沟而得名。不过，当地人一般不叫它"东沙后"，而叫它"东沙顶"。从"顶"字，可知它的海拔相对高些。

东沙后自然村紧挨着东沙，是一个原生态古渔村。村里大部分是依山势而建的石墙瓦房，它们错落有致地分布开来。可能因为地处东沙渔港这个良好的避风港，这里的屋顶不像别的村庄那样铺满密密麻麻的防风石块，而是偶尔象征性地铺一二排石头在屋顶，或者干脆不铺石块，清清爽爽。踏着石阶漫步村庄，有种不自觉地慢下来的感觉，一不小心越界闯入了旧时光，感受岁月和生活的痕迹。

山脚下的东沙渔港曾是洞头非常有名的渔港，靠海吃海，渔民自捕的海产品个个油滑光亮，诱人的大螃蟹、肥美的大黄鱼、鲜活的剑虾……无论是清蒸还是红烧，都成了吃货们饕餮的海鲜盛宴，满足所有关于"大海"滋味的幻想。在自家院子里的树荫下，任凭习习的海风吹拂，一家子围坐在一起，剥着红虾、吃着螃蟹，聊着曾经与将来，慵懒而具诗意地浪费着那值得浪费的时光。

1955 年军民联防在村后山背修筑了一条公路，北岙到鸽尾礁的公共汽车中途停靠站就设在这，从此以后村庄灵动起来了。哪怕是现在，往来北沙片区的车子也都要经过村后这条公路。

记得村后公路边，曾有一家开了很多很多年的小吃店，店面不大，可店老板会做一桌很有特色的海鲜农家烧。因美名远扬，不少远地的客人专程跑到东沙后品尝他的手艺。可惜现在老板不在这里发展了。

小吃店附近有一家小商店，生意兴隆。过去它曾是公交车候车室，也曾是邮电所，这是东沙后最热闹的地段。记忆中，那时邮递员被称为"绿衣使者"，不管到哪里，都会受到人们的热切欢迎。他们有一身绿色的工作服，骑着绿色邮电单车，后架上有印着"人民邮电"四字的绿色邮袋。他们穿梭在乡村的道路上，传递着亲情、友情、爱情，他们将一封封书信、一份份电报、一张张汇款单、一个个包裹送到乡亲们的手里。因此，人们看见邮电绿便觉格外亲切。

那时，邮电所工作人员的工作台很高，宽大的桌子上有一架天平秤、一枚邮戳、一个印泥盒，还有几个红色的印章。天平秤是用来称重的，邮递员掂掂信件感觉会超重时，顺手放在天平秤上，确实超重就加贴邮票。天平秤更多的是用来称包裹的重量，那时给在外的亲人或亲戚朋友寄土特产什么的，都只能通过邮电所寄，哪像现在有那么多家快递公司可供选择，还可上门取件。

工作台一侧伸出的一块木板，也很高，算是服务台，方便寄信人填写信息。服务台上摆着一只拴了线的刀笔，一瓶打开的糨糊，里面还有一把用来封信口和贴邮票的小刷子。邮票相当于现在的付费凭证，不论是寄信还是寄包裹，都要贴上邮票，证明你已经付费了。

每天邮递员在固定的时间打开邮箱取出信件，把所有信件贴有邮票的一面朝上，拿过圆形胶垫，左手拿着信，右手拿着邮戳快速地用力一跺，邮票上就有了当天日期的邮戳。盖上邮戳，不仅可以查看是什么时间从邮电所寄出来的，还能证明这是"有效票据"，防止你下次重复使用同一张邮票。真是一举两得！如今，邮电绿早已被快递小哥代替。

那时遇到有紧急情况，还可以到邮电所里发电报。发电报是以字数来计算费用的，所以需要字斟句酌，用最少的文字把事情说清楚，省钱是硬道理。拟好的电文要写在专用的电文纸上，工作人员通过电话机把对应的电文编码告知电报室。最有意思的是念电文编码：把0说成"洞"，把1念成"幺"，把7念成"拐"，把2念成"两"，阿拉伯数字有了"绰号"，听起来就很有趣。我们宿舍楼里的几个孩子有时也会拿一串数字来玩念电文游戏呢。

如今，智能手机时代，短信、微信、可视电话一触即发，一发即收，电报机早已是"出土文物"啦。但正如普希金说的"一切过去了的，都会成为亲切的怀恋"。因为器具无言，情怀有声。

村子里有个报废汽车回收中心，这里停放着各种各样的老旧车子，成了报废车"停尸场"；一眼望去，"尸"横遍野。但工作人员以保护环境为己任，对车子进行拆解，坚持把变废为宝作为他们的奋斗目标。过去，这里曾是北沙中学。从这里走出不少乡贤，他们奋战在各条战线上，为家乡建设贡献自己的智慧与汗水。现在，回收中心的外墙成了党建宣传阵地，引领过往的人们向上向善向美。

在东沙后，泡上一杯清茶，和着海风，呼吸着"渔村"的味道，很适合找寻诗和远方。近处，山海间的渔家勾勒出迷人的海岛风情；远处，隐约的海岛和一览无余的浅蓝色东海，景色壮丽。偶有渔民乘着渔船经过，几只白鹭在天空自由翱翔。"生活不只眼前的苟且，还有诗和远方的田野。"在这里，每个人都可以找到清纯的梦。

时光不老，岁月如歌，我们无法阻挡仓促流逝的时光，以及跟随它一起逝去的那些过往的故事。唯愿东沙后在新时代里奋力向前，把握幸福与发展……

2021. 8. 6

水井矿故事多

记得有首民谣这样唱：

担水哪里担，
后垄打水湾；
洗衫哪里洗，
后垄水窟底；
创草哪里创，
后垄水井矿；
饲牛哪里饲，
后垄尾山鼻。

整首民谣用排比的手法，描绘出一幅优美的画面，把水源充足、草木茂盛的中仑后垄生活场景一一展现。2003年因重点工程科技园区建设，尾山鼻山体被爆破填海，民谣中的中仑后垄自然村消逝，但民谣中的"水井矿"还在，它就是中仑行政村的"水井矿"。因一条大水沟遇上大落差，形成天然水塘，人们便叫它

"水井矿"，过去偶尔也有人把它写成"水浸圹"。

从化工路过来，山坡上有3幢淡蓝色的联建房，门牌上写着"龙井路"，这里的住户大部分是从中仑后垄自然村搬迁来的。沿联建房旁边的小路进去，便可到水井矿自然村。

村口山坡上有座崭新的中仑妈祖庙。山坡一侧是老百姓俗称的中仑尾，这里散落着不少私坟，另一侧山脚下是上市企业诚意药业公司。

人们都说：有海水的地方，就有华人；有华人的地方，就有妈祖。据石碑上记载，中仑村的妈祖庙最初建于明熹宗天启年间（1622年），比东沙的妈祖庙还来得早，已有近400年历史，是洞头最早的天后宫。那时，后垄尾山鼻在洞头渔港北面，内海三面环山，西隔海靠近打水鞍，是沿海闻名的避风良港，可停泊上千只船舶。特别是浙江、福建、广东的船只纷沓而来，或捕捞作业，或避风修船，或运输贸易，南来北往络绎不绝，渐渐形成商埠、渔行、商店等，便有了"后垄街"的叫法。同时随着福建湄州船只增多，妈祖文化影响加深，人们纷纷前来祈求平安如意，于是天后圣母庙便应运而建。妈祖庙受到过往渔民商贾的祈祷参拜，香火鼎盛一时。

后来，由于科技园区建设，2008年妈祖庙迁建到现在这一带。中仑妈祖庙影响着人们的精神与生活，以它为核心，才有中仑村后来形成的以宫庙建筑、雕刻、文献等有形文化和神话、传说、故事、祭典、民俗、艺术等无形文化为基本内容的民间文化。

水井矿自然村很小很小，现存老房子仅两幢。看着这两幢老石头房，不由得想，早年要是这里的村民找对象，倘若直接告诉对象自己村的准确位置——中仑村后垄尾山鼻水井矿，我想中仑村后面这个"长尾巴"准会吓坏对象。哪怕你家在当年有不错的石头房，有不错的渔业收入，而且你不仅长得帅气十足，还是个潜力股，姑娘听这地名心里难免也会咯噔一下。毕竟光听名字就知道偏远了，尤其是相对繁华的中仑而言，它在中仑最西边，前不着村后不着店的，而且每每到这里，都要走过一片荒凉的中仑尾，怪吓人的。

老房子里除本地一位90多岁的阿婆居住外，其他的出租给新居民住。都说"有井的地方，必定有人家"，靠井水过生活是过去农村的主要方式。在自家附近挖上一口水井，一家子甚至附近的人家吃的用的都是同一口井的水，水井旁总充满人情味，这是过去的常态。可在水井矿村里只看到一口水井，这实在太意外了。

山坡下一侧有条岙内河，这里常年流水不断。山坡上有条人走多了踩出来的小路，可以直接下山到溪边。溪边有不少大块平整的石头，是洗衣服的好地方。只是，现如今大家都安装了自来水，去溪边洗衣的事在洞头已难得一见。过去，倘若真遇上干旱，还可在溪边一眼泉水处守水。守水，是件极耗时的事。水总是极慢极慢地从石缝里渗出来，四周淡绿的苔藓随着泉水流动一跳一跳的，很是好看。只是老半天才积到一瓢水，便赶紧把水舀到桶里。呵呵，真是"积少成多"啊。

在海岛洞头，淡水稀缺而珍贵。水井矿只有一口水井，这也难怪过去人们家里都有好几个水缸。夏日炎炎，热极了，只要把身子往水缸上一贴，哈哈，暑气顿消；累了，靠着水缸，还可盼望着里面能出来一个田螺姑娘……平淡的日子，也有不一样的自得其乐。

　　小路一侧的山坡上有个很不起眼的门球场。里面塑胶场地看起来不错，可惜围墙外草木长势旺盛，它们比我个子高出不少，想必很久没人来光顾了，真有深在闺中人不知的滋味。

　　山坡的另一侧，过去化工路上有个后垄水库。库水深幽幽的，附近有不少村民去那洗衣服。但由于种种原因，后来水库被填上土，没了。

　　站在山坡上四望，早年的内海早已成为历史，现如今一条条道路四通八达，一座座高楼拔地而起，山下的科技园区吸引不少青年才俊和小微企业入驻……当您注目这片蓬勃发展、充满生机和活力的热土，注视正在发生的深刻变化，也就看到了洞头经济和社会发展的未来与希望。这片成长的热土正散发出璀璨夺目的光彩，这里一派欣欣向荣。

2021.8.23

去松柏园看海

　　过去人们叫松柏园自然村为"扒抢"。相传在很久以前，松柏园自然村山上松柏茂密，常有强人出没抢劫钱财，于是老百姓称这一带为"扒抢"。后来人们认为"扒抢"作为地名太直白太土气，于是同音雅化成"北厂"。再后来，有位文化人根据村里山上松柏茂密的特点，建议将村名改成"松柏园"，于是有了现在的村名。

　　在古汉语里"厂"的本义是指"房子"一类的建筑物，如厨、厝、厕等。从这个角度来看，我不知道"北厂"这个村名是不是还可以理解成这样：大北呇是半屏岛最大的村庄，以它为中心，"扒抢"在大北呇北面的山坡上，那里曾有几座草房子，所以人们将大北呇北边山坡上的房子集聚地简称为"北厂"。

　　北厂，在高高的山坡上。房子建得这么高，虽然给生活生产带来不便，但是别有一番安全感。早年从福建来的先辈们刚登上半屏岛时，并没把草房子建在高处，但由于常有海盗等强人从海面上岸为非作歹，为了更好地生存，不得已，大伙只好把房子建在山上。站得高看得远，在山坡上远远地就能看清楚海面上的情况，万一发现有个动静，大家也好提前做准备。人们在山坡上开荒，下山捕鱼，慢慢地日子稳定下来，人口也渐渐地增多，于是形成村落。

眼下，村里房屋十分密集，除几座新翻建的高大的漂亮民宿外，大多是古老的石木结构的海岛特色石头房，其间有四合院，也有民国时期风格的拱门石头屋。这些面向大海或老或新的海景房，迎着海风伴着涛声，将古朴又厚重的渔村与新生的现代文明在时空中交融汇聚，记录下霞光中的波光粼粼，聆听沙滩上串串话语，书写出生动的渔家生活变迁史。

老村部四周是村里房屋最集中的地方。这里有座魏三大王殿，香火十分旺。在海岛半屏山有它，足见人们对美好生活的追求，以及对财富的渴望。

2006 年前半屏山人的日子过得很慢，村民出行都得走水路坐船才能到洞头本岛，要是遇到大风大浪或退潮，就麻烦大了。2006 年 10 月半屏大桥通车。半屏大桥就像一只强有力的大手，紧紧地把半屏拉在手里，从此半屏岛和洞头本岛更亲了，它不再孤悬海上，这给村民出行带来极大的便捷。2009 年半屏岛上开始通公交车，于是半屏开始焕发生机与活力。

老村部所在地有一排石木结构的老房屋，它曾是 20 世纪 70 年代末建的松柏园村小学，1990 年村小并入乡中心小学，校舍成了村委办公室。没了村小，村里少了朗朗的读书声，孩子们只好从山上走路去中心小学上学。后来连中心小学也撤并到大海对面的东屏小学，孩子们便跟随大人漂洋过海到学校附近租房读书。于是，村子沉寂下来，只有老人守着老房子看时光流转。现在村里只有 10 来户老人常住。

如今，如果你问年轻人"北厂"在哪，他们给你的答案往往是"不知道"。因为现在人们一般只叫它"松柏园"，环岛公路路标上写的也是"松柏园"，松柏园行政村也以它为名。虽然松柏园不再只是个自然村的名字，但是它的名气远没有"半屏山景区"响。因为被誉为"神州海上第一屏"的半屏山景区就坐落在松柏园，它的知名度远远盖过了松柏园。

小时候，很盼望跟大人坐船去半屏山玩，特别是从海上看半屏山。这里沿岸断崖峭壁，犹如刀削斧劈，山成半爿，直立千仞，有惟妙惟肖的孔雀开屏、渔翁扬帆、黄金印、虾将岩、黑龙腾海等。在"四屏十八景"中最爱"黑龙腾海"。你瞧，峭壁上显露大片黄色崖石背景，其间夹着一条长约百米的黑色岩脉，其势左高右低，岩脉一端又酷似龙头。远远望去，那姿态就是一条活生生的黑龙正腾跃扑海。这形象实在太逼真了。

小时候每每听到民谣"半屏山，半屏山，一半在大陆，一半在台湾"，知道大陆的这一半就在半屏山的松柏园时，眼前便浮现渺渺茫茫的东海，不由自主地想起与大陆骨肉分离的宝岛台湾也有一座半屏山。它是不是也这样漂亮？在若干年前，它们是否像民间故事里讲的那样曾合体过？是什么力量让它们彼此分离？分离后相似的模样暗示着什么？……呵呵，小时候总爱天马行空胡思乱想。

近年来，松柏园充分发挥山海资源优势，强势推动旅游项目政策落地，"同心小镇"格局不断提升，内涵不断丰富，各产业发展提速加码，半屏山景区更美了。

登上松柏园村断崖式的山脊线，一条连绵起伏的栈道，犹如蛟龙在隐伏沿途树荫中正伺机而动，伴着缕缕海风别有一番意味。遥望远处，祥云瑞气，海天一色；近处海面，海礁静卧，飞鸟轻点，船帆竞渡，令人心旷神怡！2010年，温州—高雄两岸半屏山旅游文化交流活动开幕，两地代表在

松柏园·半屏山景区

迎风屏前海面倾注同源水，在松柏园山顶的盼归亭旁共立同源同根石碑，共种台湾相思树，"九龙文化公园"，更是寓意深切。盼着台湾回归、盼着两岸团圆、盼着国家领土完整，这正是两个半屏山的共同愿望，谁不想大圆满呢？盼归，这是亲人的呼唤。两岸同宗同脉，都是中华儿女，龙的传人，我们盼望着两个半屏山早日两手拉成牢不可破的海疆屏障。

从"扒抢"到"北厂"，从"松柏园"到"同心小镇"，变的只是名字，不变的是村庄的发展、社会的进步、人们的热情，愿AAA级旅游村庄松柏园一如既往开拓进取，欣欣向荣。

2021.9.6

冷清岙，不冷清

冷清岙，顾名思义指的是三面是山一面向海的冷冷清清的地方。是的，过去它就是个冷冷清清的地方。当地老人喜欢用方言叫它"海沿"。公交站点上它的名字叫"海岸边"。如今的冷清岙丝毫看不到"冷清"，看到的却是一片欣欣向荣。

村口长长、打扮一新的海上月堤延伸到海中央，堤坝上蓝色的灯塔与整个周边环境融为一体，在蔚蓝的大海间展现出美丽画面。这里令人"坐卧不安"，吸引着远近众多游客纷至沓来，俨然成为游客不可错过的打卡必经地。

2014 年开始投入使用的这条洞头中心渔港东防浪堤，长 450 米，可容纳 300 艘 60 马力以下的渔船避风。昔日渔民们最怕台风浪，惊涛倒海又翻江，如今筑好防浪堤，水泥砌石坚如钢，骇浪猖狂浑不怕。防浪堤成了渔民们的守护神，这里的村庄也成为名副其实的富足安定之地，成为吸引众多游客的旅游目的地，促进当地经济发展。

沿村里的环岛公路漫步，沿途有不少精致的观光小品，或是高大亮丽的铁艺船，或是飞至高空的金属质地鱼，或是绘有图案立在草地上的小清新路桩，深深吸引你的眼球。最有意思的是公路边木制的花箱，每个花箱都用彩绘默默介绍台湾。这是打造"同心小镇"拉近海峡两岸距离的元素之一。近年，政府充分发挥洞头和台湾地区地缘相近、人缘相亲、语言相同、贸易相通的优势，深入推进洞头与台湾多领域交流合作，同心共建两岸同心同建同享的海上花园。我想，这些优秀的宣传小品是不会过时的，因为它把生活中的每一件小事都说成一个有温度的故事，让你发现生活中的点滴美好。无论时隔多久再去看看，都能够触动你内心深处柔软的地方。

石居广场上有个花园厕所别有一番精彩。它不仅仅有漂亮的建筑外观，绽放的鲜花，还有内部智能化、人性化的设计。只要有人进入，生物感应系统会马上感应到，厕门上会出现"有人"字样。据说这里还有大量的高科技成分让厕所保持干净、环保。在洞头，像这样集"园林化、景观化、智慧化、人性化、市场化"为一体的"花园厕所"还真不少，厕所与洞头海岛特色环境和建筑相协调，实现了人与自然的和谐相融。真好！

石居广场一侧有一座陈府庙。在洞头虽然只有十多万人口，但"陈府庙"不少。这些宗教场所往往有着闽瓯文化、移民文化、姓氏文化的多重积淀。

石居广场及山坡上有不少标有"石居"二字的石头房，它们是这一带的民宿。近年，依托"渔跃·东屏"民宿联盟，村里搭建起渔民转产转业的平台，辖区渔家乐、民宿环境与文化氛围不断浓厚，辖区大部分群众从事旅游相关行业，人均收入提升不少。

现在，冷清岙是"半屏山民宿一条街"的一部分。在这里，环岛公路上的民宿既是踏海寻浪的绝佳住处，也是充满情调的栖息地。有次休养，我特意到村里体验一番半屏山民宿诗意栖居的风情。依山而居，傍海而生，美景与远方，时光与情怀尽在这里。躺在海景房的床上闭着眼，你会听到风吹过山林，树叶摇曳的声音；会听见海浪拍打礁岩的潮水声，像催眠曲一般哄你入睡，享受枕着海浪声入眠的惬意。第二天早上睡到自然醒，会有阿姨在餐厅替你准备好早餐，白粥、虾皮、油条、咸蛋、花生米，看着大海吃着早餐，任由阳光洒在身上，时光悠长起来，疲惫的心灵便也得到宝贵的歇息机会。

在山脚一侧，有一口四方形的早年的水井。当年的海岸线就在它旁边。尽管如今家家户户都早已经用上自来水，但怀旧、节约的情愫依然留在人们心里，不时有老人来打水或洗涤简易物品。

沿山脚拾级而上，发现这一带石屋门牌上的地址居然是"惠民路"。我知道东屏街道有惠民村，但它不在这里。那这里的地址怎会写"惠民路"呢？后来在路边的一块石碑上找到答案。原来 20 世纪 90 年代台胞林茂发先生为方便冷清岙群众出行，促进村庄经济发展，慷慨捐款修建了山间步栈道。人们为感谢他，特取名"惠民路"。如今"两岸同心示范带"正在积极打造中，同为华夏人，两岸一家亲，携手同心共创民族复兴美好未来。

冷清岙不再冷清的秘密，我想，你和我一样，一定已读懂。

2021. 9. 11

于 2022.5.1 转载至"温州古道"，题为《冷清岙竟然不冷清，五一来温州这个网红打卡地一探究竟!》

外埕头

　　外埕头自然村居民大多住在白鹭门一侧，也就是正岙，另有部分住在土地公一侧的山坡上，即内埕头对面。

　　听到"白鹭门"这个地名，你是否和我一样，忍不住浮想联翩？想必这里是白鹭的乐园。白鹭们着一袭洁白的羽裳，宛如天外异客翩翩地来，悠悠地降落，一如跳伞般轻盈。海边，蒲苇青青向天际蔓延，仿佛就为展示和衬托白鹭不化的雪雕。四季因迷人的画卷而忘却了更迭，于是，诗韵与海韵同融合、共交织。你或是听到"白鹭门"这个地名，就想到了厦门？毕竟厦门古时候也叫"白鹭门"嘛，那里远古时就是白鹭栖息之地。那半屏的"白鹭门"又是怎样的呢？

　　从半屏避风港的拦海大坝沿拨浪鼓的山边走去，只见风平浪静的海面上，一座座网箱养殖的渔排边沿站立着一大排一大排的白鹭，几只苍鹭混杂其中，一只只白鹡鸰轻快地飞过。身披白羽的白鹭亭亭玉立，通体雪白，颇有鸟中"高富帅""白净美"的感觉，隔着海水仿佛都能感受到它们的"仙气"。

　　渔排上，动作娴熟的养民在给鱼喂食，这一刻凝固成白鹭们的美好时光，只见它们或上或下或左或右或急或缓、或飞舞或觅食或引吭高歌，渔排成了它们宽阔的舞台，它们是大海的精灵。觅几条小鱼充饥，尝一口人间烟火，舞一曲心中所恋，这简单幸福的场景，着实令人入迷。

其实，过去老一辈当地居民也管白鹭门叫"拨浪鼓"。顾名思义，这是个风浪四起的地方。这里鱼虾贝蟹以及海洋浮游生物非常多，给鱼类提供了丰富的食物。正是这个原因，白鹭、苍鹭等成了这里的主人之一。原来，半屏的"白鹭门"真有白鹭。

记得有本书上说"白鹭门"过去叫"白脑门"，这又是为什么呢？站在岩石上，放眼望去，呇口外便是大瞿、中瞿、北策、南策等岛屿。于是，"门"这个字义，可以很形象地理解为半屏岛与大瞿岛之间的海上水道。正是半屏岛和大瞿岛的屏障作用，不远处的洞头码头才成为很好的避风港。据记载，鸦片战争后，海盗十分猖獗，洞头人民时常遭受杀害。"白鹭门"作为海上交通要道，这里自然少不了海盗，于是这一带白骨遍地，也就有了"白脑门"之称。这地名在《光绪永嘉县志·叙山》里有记载："白脑门系内洋，呇小可暂椗汲水，附近有南策山北策山相望。"后来，"白脑门"谐音美化为"白鹭门"。

空中，不时有白鹭短促稀疏、浑厚奇特的叫声，叫声里略带几缕哀怨。那种发自内心的哀鸣，像一声沉闷的叹息，穿透悲悯之心。高颜值的白鹭为何带着哀愁？是为昔日的灵魂唱着悲歌吗？无人能解它的忧伤，于是它常常独自沉默，沉默成一抹孤影，与落霞相映齐飞。纵然内心装着伤痛，但白鹭留给天空的身影依然绝美且坚强。

白鹭门又怎叫"外埕头"呢？在洞头方言里，大门口外的场地，叫"门口埕"，这有点像温州方言里的"道坦"。白鹭门靠海，家家户户面朝大海，房屋依山而建，开门可见岙口潮起潮落，便叫"外埕头"，这样一来也有别于另一个自然村——内埕头。

不过，外埕头不同于内埕头，这里曾是早年的军事重地。炮台就建在距岙口约 200 米的山坡上，女墙上方设有多个炮眼。据说，清同治年间（1862—1874）由温镇左营游击水师在这一带巡防。坑道外曾蹲着几门榴弹炮，白鹭门对面的铁炉头山上也有几门炮，它俩和仙叠岩的火炮遥相呼应，共同守护洞头渔港。可惜，眼下 3 个坑道都没了生机，有的坑道已经被堵得死死的，有的上了锁，有的虽然洞门开着，但里面堆放着乱七八糟的物品，甚至还有一具羊的白骨。

漫步村子，这里的房子不少，陈府庙焕然一新。几位渔妇在海边空地上有说有笑地展现"织女"模式。只见场地上铺着一堆堆青绿色的破旧的渔网，渔妇把渔网拉直摊开，一会儿用刀具劈开破损的网眼，一会儿飞梭走线将渔网的"伤口"一个个缝合。忙碌间，不忘谈说家常，现场欢声笑语，融成一片。

虽然她们戴着帽子，但常年吹海风、晒烈日，她们的皮肤不免黑里透红。长满老茧的手，由于长时间暴露在外，被晒得黝黑黝黑的，粗糙得不行，丝毫没有女性的柔美。但为了生活、为了家庭，她们把每一个网结都织得牢牢的。织网时的苦与乐，唯有织网者体会得到。

她们说外埕头有三个岙，有人居住的白鹭门最大，最大的岙叫"正岙"。正岙？怎会叫它"正岙"呢？

半屏岛有个村叫"金岙",乍一听,金岙、正岙,两个名字十分相近。金岙在山上,正岙靠近海边;金岙是半屏的政治文化中心,正岙是半屏的岙口;一个大,一个小。小的怎会是"正"?于是,不由想到过去,半屏山最早的移民是永强人,讲温州方言。他们进入半屏岛的首站是否就是白鹭门所在的岙口?后来随着生产发展,人们的居住点渐渐内移,从海边岙口移到山上。但进岛首站依然是白鹭门所在的岙口,于是简称"进岙"。而温州方言里"进"和"正"同音。渐渐地便有了"正岙"一说。不知这样推理"正岙"是否正确。

骗人岙就在附近,传说中的"三鼎金,三鼎银"也在附近,可惜被一工地围墙阻挡着,没能进去一睹芳容,一解疑惑。

小时候,大人们说"三鼎金,三鼎银"是妈祖为民办事的故事。可现在想来,也许这里真有"三鼎金,三鼎银"呢!毕竟白鹭门是古代海上交通要道,这里也是海上丝绸之路的一部分,运上些贵重物品是难免的,发生海事,宝藏沉入大海也是可能的事。故事里的"大潮涨不着,小潮淹三尺",是指在海面上从不同的角度看白岩头所产生的奇妙情景吗?海水轻轻地拍打着礁石,发出一阵阵呢喃,似乎在告诉我答案。可惜我听不懂。

外埕头,让我们一起拨浪,一起和白鹭用修长的双脚支撑起一颗高贵的心,自然洒脱地徜徉在旷野海边,守护家园,共谋幸福。

2021. 12. 22

于 2023. 5. 1 转载至"温州古道",题为《温州这个村有"白鹭门",是白鹭栖息的乐园,也是休闲观光好去处!》

瑞安寮,情未了

瑞安寮,这是行走村庄中最让我心心念念的地方之一。

最早听说瑞安寮这个地名,是小时候听人说瑞安寮有个法力超凡的"灵姑"。灵姑,在洞头是指民间能通灵的女性。生活中,家中有人过世的,会去找灵姑把过世的人的灵魂从地府请出来,通过"灵姑"打通活着的人与阴间的亲人之间的通道,并进行对话,从中得知一些不为人知的事,以解思念之情。人们说,特别是一大早第一个来瑞安寮讲灵姑的,不仅灵魂来得快,而且讲得准。所以过去,不少妇女天没亮就往瑞安寮赶,只为"讲灵姑"。因对未知的事充满好奇,我便记住"瑞安寮"这个地名。

后来得知瑞安寮在山头顶,但听说早在1986年左右,村民就开始陆续外迁,到2002年左右村民全部迁走了,只留下个空村。空村会是怎样一幅景象?那个讲灵姑的灵姑去哪里了呢?我很好奇。农村人为了追求有质量的生活,为了能让日子变好,背井离乡进城打工,会不会等赚上了大钱后,再"衣锦返乡",回老家把老房子改造为豪华的别墅,让古老的村庄变成现代化新农村?……

从此，有悬念的瑞安寮让我有了想去看看它模样的念头。

　　有一次，在翻阅《洞头县地名志》时，看到书里记载："瑞安寮祖先为瑞安人，为逃避人命案到此搭寮定居，后发展成一个自然村。故名瑞安寮。"从周边人们口中得知，事发大约在清朝末期，瑞安一李姓人氏因一起人命案漂洋过海逃到洞头，当年从九仙底一带沿溪流上山，找到一处闭塞的山麓搭间草房隐居起来。从此抓住山的肋骨，把灾难丢给一纸空文，落草不为寇。随着时间的迁移，事件渐渐平息下去，不知男子从哪带来女子，之后爱情重回屋檐，子孙繁衍生息，时间的熔炉将异乡炼成了故乡，这里也便成了村落。因是瑞安人居住点所在，便称"瑞安寮"。这又为瑞安寮增添了神秘色彩，也增强了我去看瑞安寮的念想。

　　后来有人告诉我，瑞安寮就在望海楼附近高高的信号发射塔旁的山谷里。于是每次经过洞头峡大桥，都忍不住远远地多看几眼山上的信号塔，猜想着村庄是在第几个信号塔旁的山谷里，然后天马行空地想象当年先民是怎样从九仙底或王山头沿溪流上山安家落户的。

　　再后来，听说身边有人去过瑞安寮，甚至在那见到民国时的房屋。而且我身边一个熟悉的人的某亲人就是瑞安寮人。于是，我想去瑞安寮看看的念头转化为强烈的行动意愿。

　　有一回，行走东郊行政村的后面厝自然村，村里的老人告诉我沿信号塔方向朝西走，可以到达瑞安寮。于是试探着找找瑞安寮，结果路上只见防空洞，不见瑞安寮。

　　之前行走东郊行政村的顶寮自然村时，听当地阿婆说，早年瑞安寮的村民进进出出都经过她家门口，但阿婆说自己最近一次走瑞安寮已经是十多年前的事了，现在那里荒芜一片，不建议我走。瑞安寮的神秘吸引着我，便一个人沿着山后的苦丁茶树林子走去，想一探瑞安寮。可这里草木旺盛，不见路，只好退回。

听说也有好奇人士前去瑞安寮，结果路上遇见蛇，没走成。又听说选清明节前后去瑞安寮比较不错，因为扫墓的人会把小路清理出来，这样方便去一探究竟。于是盼望清明节快点到来。可因疫情防控，这两年的清明节期间都不能随意进山，瑞安寮之行只好搁浅。

就这样拖了一年又一年，瑞安寮一直没走成。

这次几人相约一起寻访瑞安寮，实属不易。这是个阳光和煦的冬日早上，虽然气温只有5度，风力有8级，但心里暖暖的。

我们一行人带着兵工铲、登山杖等行头从顶寮村的小路向西行，经过一片苦丁茶树林，在长满荒草的山岭口沿下行的方向前进。据说到达一个分岔口，会有两条山路通向村子。沿左边那条路到达的是墓地，那里有古老的台阶，沿着台阶再绕进去就能到村里；沿右边的小路逶迤下行，绕过一小片耕地，再往下走，大约半小时也能到达村庄。可我们走在山顶，往下走的路并不明显。这里到处是齐人高的杂草，兵工铲在挥舞中披荆斩棘。于是，走的人多了，便有了路。但也不知脚下走的是传说中的哪条路。

"小心，这块石头有松动，后面的不要踩它。"

"这里的草下是空心的，记得看清楚，不要踩。"

"前面的树枝上都是刺，要弯腰，小心被扎到。"

……………

就这样，大家相互照应着前行。

不知什么时候，突然听到前面的在喊："看到房子了!"哇，进村庄了! 太令人兴奋了。

眼前，满眼的绿肆无忌惮地围绕房屋蔓延，张扬盎然的生机，给孤寂的断壁残垣增添了些许的落寞。杂乱的枝叶筛落下一米阳光，和眼前空空的房梁、斑驳破旧的墙体、满地破碎的瓦片，以及屋内蓊郁的青藤、苍劲有力的树，形成了时光的上下阕，诉说一种凄凉的繁华景致。荒芜，代言瑞安寮的存在。瑞安寮，多年来，你是寂寞的吧。

灶台上的汤罐锈迹斑斑，小坛子没来得及盖上盖，灶膛里还未烧的柴火静静地待着，位居高高的灶王爷蒙上了一层灰……拭去印花瓷砖上的灰尘，我们似乎看到了多年前灶房里忙碌的景象：在灶王爷的密切注视下，两口大铁锅，烧着柴火，拉着风箱，飘散出的烟火气把整个屋顶熏得暖暖的、黑黑的，甚至油油的。孩子们不知不觉中从灶王爷旁的小联上认识了"上天言好事，下界降吉祥"两行字。瑞安寮，那时的你是幸福的吧。

墙上的电源开关，携带着现代信息怎样在小小的村庄里蔓延，我们不得知。地上掉落的电线，墙上泛黄的水泥灰，和墙脚古老的石墩，以及散乱的坛罐，相互渲染，荒芜有了不一样的力量。瑞安寮，此时的你是无助的吧。

在村子里，我们跨过石桥、踩过溪沟、爬过山坡、踏过田地，寻找传说中的民国风格建筑，想看看遗留在时光里的那道亮丽，屋檐下雕花的窗台，和那些结上瑞安寮的情思。然而在岁月的冲刷下，昔日的美丽已了无痕迹，都被萋萋青草覆盖。远去的瑞安寮在幽暗里继续消失。瑞安寮，此时你的内心是悲凉的吧。

村子里，同根分蘖的邻里，曾经构成了一个世界，10多间房，大大小小，朝着不同的方向依山而建。现在它们把这个世界给了寂静，给了芒草，给了干涸的小溪。它们在等待万物复苏的春天，等待溪水淙淙、鸟语花香的日子，等待从故乡走出的人再来续情思。瑞安寮，那时的你是热情的吧。

突然想起浙江某地也有个远去的村庄，后来那里成了远近闻名的"绿野仙踪"般的童话世界，还红到了外国，人们为了一睹"无人村"的芳容，不惜车船劳顿。瑞安寮，若干年后的你，是否也会以别样的面貌，重现江湖？

瑞安寮，我心心念念的村庄。如果用一个词来概括你，应该选哪个呢？

2021.12.26

于2022.5.9转载至"温州古道"，题为《温州这个祖先来自瑞安的无人村，宛如现实版的"绿野仙踪"，散发着神秘气息!》

一见倾心韭菜呑

　　小时候，每当我听到韭菜呑这个村名，眼前总不由自主地浮现这样一幅画面：村里漫山遍野都是嫩绿嫩绿的野韭菜，远远望去，犹如绿茵满满的地毯。猜想那里的土壤肥沃极了，乌黑的泥土里有好多好多奋力松土的蚯蚓，一年到头，村民都可以一波接一波地割韭菜。莫非因此得村名？

　　半屏岛与洞头本岛近在咫尺，最近处岸距仅 250 米左右。韭菜呑隔洞头港距洞头码头并不远，但在过去，来往都需轮渡。读小学高年级时，我终于有机会去半屏山，第一次见到韭菜呑真实的模样。韭菜呑依山面海，呑口地处偏僻，在冷清呑的北边，比冷清呑还要冷清。村里有一座建于 1966 年的油库，据说是洞头第一座油库。油库被厚实的砖墙围着，围墙内有几人高的油罐，油桶叠起来小山一样高，半屏岛和附近岛屿的渔船来这里加油买油。于是，油库边的码道成了村里最热闹的地方。

　　村里住户极少，整个村庄也不过几幢石头房。村里水源不足，像样的植被只是一些"橡柏儿"（小松树），哪有什么黑土地可以用来种韭菜啊。不过，呑口有个很大很大的沙滩，当地村民叫它"沙轮"。那里的沙子堆积得很厚很厚，踩上去软软的，舒服极了，我们同学几个还在那拍照留影呢。在沙滩的最高处，也就是高出潮间带的地方，由于长年漫不到海水，沙面上长出一些杂草，乍一看，还真有点绿意呢。不知道这和"韭菜岙"的名字是否有关联，但我只知道，现实的韭菜岙颠覆了我的想象，原来韭菜岙没韭菜！

20 世纪 80 年代末，在填海造地、取沙建房、建造码头的影响下，挖车在沙滩上不分日夜地开采，美好的沙滩逐渐远离人们的视野。跨入 21 世纪后，渔业资源萎缩，渔业生产跟不上时代的潮流，和其他渔村一样，韭菜岙也走进了沉默。2003 年，时任浙江省委书记习近平同志对洞头提出"真正把洞头建设成为名副其实的海上花园"战略构想，从此，洞头开启海上花园建设新征程。2006 年，长 955 米的半屏大桥一桥飞架南北，它的通车给当地带来前所未有的方便。紧接着，2007 年半屏岛开始建环岛康庄公路，2009 年开通公交车，半屏岛的旅游开发吸引了各地游客。之后一个接一个的建设，一项接一项的改造，在半屏山落地。

半屏山风景区是远近闻名的很有发展前途的景区，而韭菜岙就在景区内。为了使景区带动当地经济发展，尽管村里村民不多，但村民的生产生活活动在一定程度上不利于景区发展，于是政府启动对整个核心景区内村民的搬迁工作。对于这种造福子孙后代的事，村民坚决不拖后腿，他们积极配合政府工作，主动搬出景区。现在，村里仅有的那几座石头房，也都被改造成富有特色的民宿。石头房大多延续了清代的建筑风格，注重层高和外观审美，有精雕细琢的屋檐、石窗和屋顶排水口，游人们在这里听涛声、看海景、吃海鲜，任海风轻拂，享海韵悠远，其乐融融。如今，不论是白天，还是夜晚，走在韭菜岙，你看到的是欣欣向荣的景象，很难找到村庄过去的影子。

"面朝大海，春暖花开"，就连海子这样浪漫的诗人也深深被大海吸引！韭菜岙身处大海边，漫步村子，或者说漫步韭菜岙景点，你一定会爱上这个沙滩的。韭菜岙沙滩面积约 9 万平方米，它是浙南沿海最大的人工修复沙滩。韭菜岙沙滩海水清澈澄莹，沙滩平缓开阔，沙粒如金，沙质柔软细净，宽坦软美，犹如锦茵设席，人行其上，不濡不陷。海风拂过，一层层细沙打着转儿轻轻飘起。随着海水涌上岸来的小螃蟹、小海螺，也留恋这细软的沙滩而忘了归程。

韭菜岙的夜晚也很美。月夜，婵娟缓移，清风习习，涛声时发，其清穆景色更为诗意盎然。特别是盛夏夜，三五成群在这里，吹着海风，品着美食，欣赏风情摇曳的歌舞，观看变幻莫测的魔术，感慨美轮美奂的烟花与光影的交融，围着篝火载歌载舞，沙滩上到处是欢歌笑语……天空为幕，大海为台，韭菜岙沙滩有你想要的激情一夏、浪漫一夏。

这样的韭菜岙，是村民过去所不敢想的。早年，村民以渔业为主，以农业为辅，生活过得紧巴巴的。在漫长的岁月里，和对岸繁华的洞头渔港相比，韭菜岙是寂寞的。那时对面渔港的渔船进进出出，络绎不绝，过磅交易，讨价还价，热闹非凡；而韭菜岙只是一个冷冷清清的岙。现如今，韭菜岙在旅游旺季时，人潮如流，宾客盈门，成了网红打卡地。这是因为，半屏人以"海岛人敢闯大海"的坚忍和执着，充分利用岛屿独特的地理位置和秀丽风光，让这里成为播种希望的热土，改变村庄和自身的命运。

这些年，松柏园行政村充分利用自身优势资源，盘活闲置地块，以"企业投资+村民投房+村集体投地"的形式，引进项目，形成村企民合作运营新业态，不断提升渔村品味，完美诠释当代"靠海吃海"的致富之道。坐拥半屏山旅游资源外，人们在韭菜岙沙滩公园增添了水上飞人，引进热气球、帆船等海上娱乐项目，推出民俗表演、沙滩音乐等活动，打造海陆两栖游，深受游客喜爱。这里的"海上月堤"，是年轻情侣们必到的网红打卡点；这里的"深夜食堂"更是刺激你的味蕾。这里的"星光经济"，还上榜浙江美丽乡村夜经济精品线呢！

韭菜岙依山一侧，是半屏山风景区入口。如今，游玩半屏山，人们可选择山上栈道游，也可选海上环岛游。景区里标志性景观"百龙广场"的双龙图腾醒目又壮观，双龙腾飞天佑民众，寓意大陆与台湾的浓浓情谊。半屏岛东部像被利斧劈了一半，断崖峭壁，直立千仞，犹如一扇巨大的屏风雄峙海上。它是国内目前最长的海上天然岩雕长廊，被称为"神州海上第一屏"，它挡住狂风巨浪，年年岁岁岁岁年年护卫着洞头岛。

秉持"绿水青山就是金山银山"理念，厚植碧海蓝天的海岛生态底色，创意做"海"字文章，海鲜、海滩、海岸线……韭菜岙从小小的渔农村华丽转型成集"游、吃、住、娱"为一体的网红地，从"白天游"蝶变为"晚上游"，尽管韭菜岙没有韭菜，不能一茬一茬地割韭菜，却能一波一波地接游客，成为城里人向往的乐园，海岛人幸福的家园，真好！祝福你，韭菜岙。

2022.7.9

于 2023.8.2 转载至"温州古道"，题为《温州这处网红打卡地，浙南最大的人工沙滩，你去过吗？》

回不去的贡尾

贡尾村因坐落在山岗尾部，由方言谐音雅化为"贡尾"。自从 2007 年在洞头县大剧院召开岙仔旧村改造动迁大会后，贡尾便开启"乡村蜕变"之旅，只是期间"暂停"模式维持了很长时间。

初见难忘

村庄很小，已无住户。村子沿山势背山面海而建，村里大多是荒弃的石头房。山坡上有很多细细密密的淡水竹。附近的农户就地取材，用竹子搭架，供地里的豆荚往上攀爬。

我被几间老石屋吸引，就朝靠近环岛公路一侧的山坡行走。由于道路施工，山体被人为地削开长长的口子，裸露出大片大片的红壤，似乎在默默诉说现代化的进程无处不在。

远远地，看到一株古朴树附近有一座爬满青藤的石屋，石屋的挡土墙与新开挖的路面约有两米来高的落差。挡土墙已经不完整了。一棵很大很大的树从石屋门口倾倒在落差两米来高的地上。

　　走近，发现斜躺的树干很粗，大概要两人才能围抱住。只见饱经风雨的大树满身皴裂，树皮很厚很厚，一看就有历史沧桑感，想来它的年龄一定不小吧。它将断未断地倒在地上。其中有一处枝干折断后"皮肉分离"，1米多高的一截枝干高高伸向天空。这截树干一端有个空洞，虽已枯朽，但它与地面接触的这部分枝干却绿意盎然，顽强地、茁壮地生长着。其他在地面有接触到泥土的树干，受到土地的滋养，极力汲取营养，长出绿叶，诉说生命的神奇。

　　绕着树转了一圈，发现不远处地上有一石碑，上面刻有"古树名木保护碑：桑　洞头县人民政府2003年7月"字样。哦，原来它是有身份的树，而且是一棵古树，一棵曾被保护的古树！立马对它多了一层敬意。记得《天地图·洞头古树地图》里公布的洞头的三级古树名录里贡尾有4株；全区仅6株古桑树，贡尾占有1株。《百岛百村》里也曾提到岙仔贡尾自然村里有株百年以上的桑树。想来，眼前的它是书上的它啊。得知它的身份，惊喜之余更多的是惊叹与感慨。

　　桑树，在我们学校是大家喜爱的树之一。每逢春天，桑树叶可摘来喂养蚕宝宝；等6月果子成熟了，又可采摘来吃，果味酸甜可口。眼前，阳光照在沧桑的树干上，斑斑点点。但也奇妙，粗壮嶙峋的树干虽已倒下，倔强的枝干却向天空蜿蜒伸展，即便仅仅碰到一点点泥土，也依然昂首挺立长出一片绿意，依然往上保持一棵树的姿态——向上向善。

　　这不由得让我想到这里的村民。早年，村里吃水困难，村民们就自发联合挖水井，共享水源。他们历来讲究"靠海吃海"，

20世纪70年代前期，村里的渔民靠木帆船进行生产，后来开展海水养殖，努力创造美好生活。20世纪90年代初期，贡尾还没有公路，村民每次出门都得步行，需走七八百米以外才有公路。为了更好地出行，大家团结一致，在老支书的带领下，村集体投资修建通村公路。……慢慢地，村民的收入更高了，日子过得更踏实了。

再见甚欢

再次来到贡尾。远远地，看到那棵桑树已远离新开挖的路面，回到两米多高的地方了。它横躺在新砌成的挡土墙上，保持当时摔倒时的姿势。我不知道专业人员具体用什么方法来救治这棵老树的，但看着眼前这棵老桑树高高地横躺在挡土墙上，看起来那姿势还是比较舒适的。也许这就是"就地保持原状保护法"吧。现在，这棵桑树的大部分分枝已经被去除，只留下几个看起来比较强壮的枝干，不少枝干的末端用塑料薄膜样的东西包扎着，也许这样更利于它成长。很多枝丫上新长出不少嫩绿的叶子，很亮眼，也很养眼。原来的那个古树名木石牌依偎在它身边。

对了，如果古树名木牌子能做得再精心些，除树名外再加上些内容，如保护等级、科属、树龄、养护单位，以及相关知识的二维码之类，那多好！

尽管古树依旧悄然无声地在这里过着寂寞的日子，但了解它的人都知道，古树是忙碌的、勤劳的。因为每棵树的每一片叶子都是一个"车间"，它的"氧气制造厂"每时每刻都在不停地运转着，都在向人类贡献一笔诱人的财富。如果每一个人都能像树那样存在于世间，努力地创造价值，无私地付出、奉献，那这世间的"风景"又将会多么美好！

我想，尽管贡尾自然村已消逝，但再过若干年后，这棵古桑树的树干一定又将支撑起巨大的绿色树冠，千百片密密麻麻的绿叶交织在一起，层层叠叠。当再次站在树荫下，你一定会感觉格外舒适和清爽吧，也许你还会听懂它在呢喃些什么。

又见美好

曾提议"筑墙保护"并参与救护古树工作的朋友给我留言："老桑树再也看不到了，被建设的企业给处理了。"为此，我特意又去了趟贡尾。

贡尾自然村没了，古树也没了，但取而代之的是正在新建的新鸿蓝海度假民宿集群。不久的将来，人们可以在这里置身海天之间，奔赴一场浪漫的海上日出，见证大海的浩瀚、云霞的多彩、天空的灵寂；畅享全国独有的2000平方米无边际海上漂流泳池带来的自由与快乐；品尝琳琅满目的洞头特色美食给味蕾的馈赠……

贡尾，再也回不去了；贡尾，正奔赴新生。

写于2019.12，续写于2022.11.29

内埕头

内埕头，好漂亮的小山村啊！

瞧，内埕头像画卷一样向你徐徐展开。敦厚古朴的石头路，弯弯绕绕的石头巷，层层叠叠的石头房，以岭为屏，以山为靠，方正的料石一垒到顶，一座紧挨一座，从山腰到山顶，错落有致，散而不乱。石井、石阶、石磨、石盆随处可见。渔网、渔笼、鱼竿在转弯处朝你微笑。冬日暖阳下，一切都很美好。整个村庄以石阶为纽带，贯穿于立体交错的石头房之间，随地势上下忽隐忽现、蜿蜒曲折，呈现出一种起伏跌宕的美。特别是几株枝叶繁茂的百香果和枝头挂满金黄果子的橘子树在冬日里把村庄装点得生机盎然。

这些石头房几乎都是两层楼，似乎都是同个年代的见证。屋顶齐刷刷地压满大块大块的石头防风，门前一溜的空地。几位阿婆在暖阳里聊天。一只小狗在一旁甩尾巴。在这里，旧时光仿佛从未走远。

这里的生态环境基本上还处于原生态，这里没有商店、没有工厂、没有人来人往、没有城镇的繁杂，这里很安静，也很纯净，这里显得楚楚动人。"人间四月芳菲尽，山寺桃花始盛开"，我想，春天这里定有一派欣欣向荣的景象。那时，你可放下繁杂之事，步入青山绿水、来内埕头、吹海风、看群山、听鸟鸣、闻狗吠，静享人间福地另一种清净与安逸。

沿靠山一侧的古道上山，这里视野开阔，远处大海上几座岛屿清晰入眼，近处海上白鹭飞翔。内埕头和外埕头一样，过去渔业是村民赖以生存的经济来源，农业只作为辅助生产。和半屏其他村庄相比，这里的渔业发展较早。在 20 世纪 50 年代，村民就已掌握各种先进的海上作业方式，拥有各种不同功能的作业船只。20 世纪八九十年代，脑子活络的村民开始办起各种工厂、养殖场，带领大家走向致富路。

这些年在产业发展路上，村民们吃苦耐劳，从"面向大海"到"面向产业"、从"向往美好"到"生活美好"、从"民风淳朴"到"乡风文明"，"春种一粒粟，秋收万颗子"，勤劳促增收，增收助小康。

以前，是一阵接着一阵的鸡鸣将太阳唤出东山，将村民们叫醒，然后投入新的一天的劳作当中。而现在，在村庄里很难听到公鸡嘹亮的打鸣声、母鸡欢快的咯咯声。老人们最盼望的是过年，过年那几天孩子们拖家带口回老家看老人；老人们最伤心的是烟花散尽，春节子女回家不过是又一场沉重的离别，子女们回去后老人又看到黑夜的空洞和冷漠。于是老人们总有一个习惯，喜欢坐在门框里，干望着，一望就是一个半天。唯愿所有离家的子女，在父母有生之际，都能"常回家看看"。

行走村庄，拾起光阴的暗香，石屋、古井、老庙，以及那些花草，亲切又友好，简单又美好。行走，不必在千里之外，信步而去，也好。

2023.1.1

于 2023.1.6 转载至"温州古道"，题为《冬日，行走洞头村庄，简单又美好!》

幸福小廊

　　小廊，处在一条长长的小山沟里。在这里，你会感觉到天格外蓝，空气那么清新。环顾四周，村庄被群山环绕，当你抬头时，你可以看到苍翠的山、流动的云以及飞翔的鸟，这使得这个多彩的世界更加绚丽，犹如一个"世外桃源"。低头时，山沟里溪流时有时无地出现一段，白腹鸫活跃在溪沟旁，为小山村增添不少生机活力。

　　房屋沿溪沟建于两侧，乍一看这里真有点走廊样。难怪叫它"小廊"呢。这里的石头房大多是建于20世纪七八十年代的两层楼石头房，屋顶压满密密的石块；这里的石头房几乎全部于近几年做过修整，就连那座古老的歇山顶式石头房也修整过屋顶和墙体。家家户户石头墙上新勾画的白水泥勾缝十分亮眼，新修缮的屋顶硬挺挺地展示它的精气神，新加装的铝合金门锃亮锃亮地表达它的现代气息。新与旧，传统与现代，在这里相遇。

　　可以感受这个村庄的夜晚是美丽的。夏天蛐蛐的声音就像肖邦演奏的一样，令人在炎热的夜晚能听着琴声入眠。生活在大城市的人们会渴望这样一个天堂，但是生活在乡村的人们为了实现更好的梦想，不得不离开他们的家为生计而奋斗。和别的村庄一样，从20世纪90年代开始，这里留下的大多数是上了年纪的老人。村里的大多数年轻人和中年人已经放弃了他们的农田、渔业，去大城市工作和挣钱，这让整个村庄显得更加宁静而祥和。如果是你，你愿意在这样的环境生活吗？

随着乡村振兴战略的进一步实施，人们脑海中传统的农村形象也将不断地改变，这些只有几个人居住的小山村终将消亡，以此展示历史的进步、社会的发展，这是大势所趋。这些还愿意坚守在小山村的老人，可能是出于对自己老家那种太浓太浓的情怀吧，他们不愿意也不舍得离开这个"根"。

在这片空寂的土地上突然两声狗叫划破长空，那种感觉一下子就涌上心头，也不知道是什么感觉。也许这是最朴素的欢迎仪式吧，欢迎远道而来的客人。小狗长得十分可爱，那声音在这个冬天不知道有多动听，这边的狗叫一声，不远处的狗也回应一声，就这样你一声我一声，奏响了这个小小的村庄最美妙的乐章。

阳光下，几位老阿公各自坐在家门口晒太阳，眺望远方。我不知道他们是否想念在外地打工赚钱的儿女。一只猫偎依在一位阿公身旁，显得特别文静。不知道它是否也会惦念自己的伙伴。

小廊的陈府爷庙在村里特别显眼。在洞头诸岛中陈府庙有20多座，供奉的是唐代开漳先祖陈元光，各座庙都有各自的故事。这不，墙上的石碑记载，庙宇建于清同治年间（1862年），距今已有160年历史了。早年这一带海上生活很不安全，强盗出入频繁，经常出没抢劫，上山扰民。为祈求平安，村民从福建漳州请来陈元光圣像，建庙祭祀。从此外埕头平安无事。于是平时渔民出海之前和归来之后便常进庙祭拜。就这样，一方神灵护一方百姓，保一方平安。

沿山间小路拾级而上，便可到小廊顶。小廊顶有一大片平地，地里长满荒草，田地一侧有一座废弃的部队营房。20世纪50年代，有解放军部队驻扎在这里，直到20世纪70年代撤军。老人们说，那时共有3座营房，另两座营房在前几年的一场大火中消逝了。那时每天早上战士们在这片平地上操练，村里的孩子也跟着在远处像模像样地跑跑跳跳。那时部队里经常放映电影，村民们只要一听说有放映电影，就奔走相告，像过年一样高兴，再忙也要挤出时间紧赶慢赶到山上看电影。那时看电影，完全不同于现在在影院里看，可以选影片、选座位、选场次，再配上爆米花、可乐之类的零食，那时村民们在战士身后或站或蹲或坐，以各种不同的姿势观看电影。那时战士们得携带马扎跑步前往观看，行进时他们把地面跺得很响，口号喊得很响，然后按照明确的位置就座，接着开始练坐姿，拉歌。放映前的拉歌可真是一道亮丽的风景线。那些歌词简单明了，冲击力强，如山呼海啸，似气吞山河，整个空气中弥漫着青春的气息。如果这边的声音盖不住那边，这边就挥舞胳膊，甚至手脚并用，就这样一浪高过一浪，一旁的村民看得热血沸腾。说到这些，老人们似乎一下子年轻了许多。

其实，部队在20世纪70年代撤军后，营房一度成了半屏中学所在地。21世纪初半屏中学也撤并了，后来这里成了工厂。再后来，工厂也没了，这里一片宁静。

小廊，虽然很小，很静，很简单，但一群老人深爱着它。小廊是幸福的。

2023.1.1

于2023.1.7转载至"温州古道"，题为《洞头有个小廊村，很小很静，你去过吗?》

休闲好去处山尾

　　山尾，正如其名，村子就坐落在半屏岛的山尾巴上。尽管村庄很迷你，但这里很可爱。

　　山顶上有个一棵树广场。听着这名字，你是否会展开遐想？

　　整个广场就这么一棵百年朴树。一棵古树，就是一部绿色的史书，是活的历史坐标，是能与人类对话的生命地标。远远望去，这株朴树，树干笔直、曲干虬枝、互相交叉、枝叶浓密，犹如一名士兵站在山岗，守护着这片土地。不仅如此，它更是陪伴和见证几代村民的成长，颇具浓厚的历史感。清风吹抚它的绿发，飞鸟为之翻飞起舞，它快活地沙沙作响，交织成天然乐曲，惬意地展现隐士般淡然、低调的生活气息，娓娓地向人们述说山尾村的故事。对村民们来说，它不仅是一株古树，更像是一名长者。因此，村民视这株古朴树如同珍宝一样加以保护。古树荫庇着村民，村民守护着古树，共同见证生命的力量和村庄的美好。

　　朴树的果实曾是村里孩童自制空气枪的"子弹"。村里的孩子总爱爬到树上，摘一口袋的朴树果实开始分队打野战。随着空气枪发出的一声声啪啪响，你来我往玩得不亦乐乎。现在，当年长的村民再看到这株百年朴树时，总能回想起童年趣事。一棵树，承载村民的记忆和情感，山尾是可爱的。

村民就地取材，用附近的岩石垒砌成墙，搭建成屋，屋顶的瓦片上全压着密密麻麻的小石块，这一切都是为了防御台风。邻里间的小路窄窄的，绕绕的，也是石头铺就的。青山、村落、岩石、海岛相互映衬，高低错落，构建出独具海上风情的石屋，形成了一道优美的渔村风景线。安静与闲适、诗情与画意，以及淡淡的花香在村落间飘荡，"诗和远方"都在脚下，山尾是可爱的。

只是，有阵子这里空荡荡的，只剩下几个老人在家。山尾村民以方姓为主，最初在清朝嘉庆年间从福建迁居而来，他们从事开荒捕鱼。和别的村庄一样，20世纪八九十年代开始，年轻劳动力陆续外出经商、务工。但老一辈重视教育，村里读书有成就的人比较多，我身边不少好老师来自山尾。随着收入水平的提高，以及渔业生产风险大、劳动强度大等原因，许多村民纷纷走出村搬进城，甚至到外地发展。村子渐渐失去了人气。

特别是在半屏大桥还没通车前，村民要想到洞头岛办点事，需步行到大北岙码头坐船，要是受潮水影响，还得走到松柏园村的码头才能坐船。加上2006年半屏岛的红领巾希望小学撤并到洞头岛的东屏小学，为了孩子们读书方便，家长只好选择远离村庄居住。没了孩子的读书声，村子渐渐失去生机。

随着2005年半屏康庄道路完工，以及半屏大桥完工，公交车开通，半屏活了，村庄也活了。近年来，金岙片区以"古村石韵·写意金岙"为建设主题，2019年成功引进海峡云村金岙101项目，从此开始书写石屋变金屋的故事，也为村庄的后期发展写下"脚本"。

　　漫步在山尾，古韵与时尚相融，仿佛时光都停滞下来，村里保留"石阶""石墙""石屋"组景，还原"古井、古树、古村"风貌，打造有氧慢道、露营平台、观海栈道等休闲项目，形成一山一海，一步一景，尽显海岛村庄的魅力。在山顶的半屏气象观测站居高临下，举目远眺，洞头风光尽收眼底。俯瞰山间，若隐若现的小路将错落有致的石屋连成小村庄，又把小村庄联结成行政村。走在这一带的森林公园、有氧慢道和观海栈道，海风从耳边抚过，海鸟从眼前飞过，远处的海上灯塔，近处的海上牧场，身边的阵阵花香，一切舒缓而坦然。一山一海的柔情、一树一叶的灵动、一花一草的多情，无不令你心动。山尾是可爱的。

　　这里有发展中的可爱的山尾，你约不?

2023.1.2

　　于 2023.1.7 转载至"温州古道"，题为《洞头这个有露营平台、观海栈道的可爱小山村，你约不?》

岙 唇

岙唇，坐落在半屏岛山坳里，是个独具风情的江南渔村、海岛传统古村落。有人说，岙唇应该写成"岙墩"，因为过去这里是人们焚烧植物的小土堆，后来建了房子，有了人家，成了村落。现在老一辈人一般叫它"岙唇内"。

一进村口，岙唇便给人一种宛若世外桃源般遗世而独立的感觉。这里没有豪华的房子，只有石头垒建的一座座石头屋；这里没有可爱的玩具，却有让人心动的石阶；这里没有各种萌宠小物，却有飞鸟与花草；这里没有超市货架上的零食，却有随手可摘的果子……

早在清嘉庆年间，从福建迁居来的以甘姓为主的先祖，以及高、郑、王姓等先人来到了这里，并在此以捕鱼为生，一座座石头房子拔地而起，逐渐发展成了一座海岛小渔村。如今这里的石头房非常密集地保存着，加之这里环境秀美，村落卫生相当干净，成了小有名气的民宿村。

漫步岙唇，仿佛走进一个石头构成的彩色童话世界。2013 年金岙行政村被评为省级古村落保护村，岙唇自然成为其一。这里的建筑以石为墙、以石为阶、以石为径，这些石阶从村头至村尾巷陌交错且互连互通，构成整个吞唇的脉络，更是这座村庄历史的文化脉络所在。

这里的石头房简约而不简单，不同颜色的石头在阳光下漫射出矿物的色泽，有红褐色、灰白色、赭黄色、藏青色，各种颜色的石头汇集在一起，让老石头房仿佛自带"滤镜"，美得古朴又夺目。村里众多的石屋中有大有小，大的自带四合院落，小的则仅仅只有一条间，石屋的风格趋于一致，看上去非常朴素，但不失雅趣。为防盗匪，石头房的窗户小而少，房子与房子的间距不宽，有时两边的墙壁触手可及，真有点"牵手房"的感觉。这里的房顶都有不小的石头列队在黑色瓦片上，这是因为地处海岛，若是遇到台风天气的话，可以很好地保护屋顶的瓦片不被强风掀开。成片的石头房让吞唇呈现出一种原始的自然美，又充盈着厚重的历史感，最终积淀出一幅浑然天成的乡村复古油画。

进屋，则是另一番天地。前台小沙发、茶几等摆设都透出现代的洋气，门里门外恍若一步跨过城乡分界。室内可爱的天窗、榻榻米茶台、大大的浴缸等时尚设计元素被大量运用，别具风格又不失酒店的大气。插花、老物件，信手拈来，文艺又不失休闲。在这里，你或许会忍不住想趴在窗前，看海岛山坳里透彻的蓝天，感海风轻抚脸颊的柔和。或许会悠闲地和家人一起在院子里喝茶聊天，尽享家庭之乐。

其实，在半屏岛通车前，吞唇并不是这样的。那时，无论是山尾，还是吞唇，或是路湾等村庄，只要渔民出海打鱼回来，女人们则要在港口整理渔货，然后一群挑鲜女翻山越岭到北岙渔市去卖海鲜。去北岙，得先走一个多小时的山岭到大北岙码头，再坐几分钟的渡船到洞头码头，上岸后继续肩挑海鲜到北岙。一路的艰辛只有她们自己能懂。那时，村里无论是住房，还是道路条件都很差，尤其是水电、路灯、文化广场等基础设施更是落后，直到 1987 年才通电，1994 年才通有线电视，2005 年才有电信网络覆盖，2012 年才通自来水。为追求美好生活，村里的年轻人大多外出打工，只剩下老人在家。村庄的躯体在一步步衰老，如果再没有年轻血液的注入，生活的气息将离开它，茅草和野棘将吞噬它。

幸好近年来，金岙行政村以"生态+文化+产业"的发展理念，融入乡土风情，引进产业项目。特别是自 2019 年引进海峡云村金岙 101 项目以来，对老房屋进行保护性开发，将坍塌破损处修复，再对内部重新进行布局调整，保温隔热处理，和兼具美和舒适的软硬装改造，从此村庄获得新生，石屋变金屋，点石成金，岙唇华丽转身。

沿小路向东边上山，眼前顿然一亮，只为一大片的草坪，以及漂亮的无边泳池。池水碧蓝，边缘即是陡崖，你可以坐在池边的躺椅上，看池水与天空交融、与大海汇合。临近傍晚，天际线被映成一道橘光，这时候来一杯红酒，等待夜幕慢慢降临，听蛐蛐欢歌。草坪则是鸟的乐园。戴胜在草地上悠闲漫步、来回觅食；白鹡鸰则脚尖踮地，小碎步快速向前移动；在枝头"倒挂金钟"的蜡嘴雀时不时望向草坪……一切那么美好。

如果愿意，你可漫步观海栈道，远眺辽阔大海。在观景台上，可随手拍海面上大面积的羊栖菜养殖区域，感受海上牧田的别样风情，看远处的几座岛屿在海天之间的雾霭中或隐或现。

发展中的岙唇，是幸福的，也是美好的。

2023.1.3

于 2023.1.10 转载至"温州古道"，题为《温州这个独具风情的江南渔村，宛若世外桃源，值得一去!》

一起去金呑淘金吧

在浙江、福建等沿海一带称山间平地为"呑"。在洞头有"72 呑"之说，金呑就是这样的"呑"之一。如果你仔细观察金呑地理环境，你会发现这个小小的村庄用上"呑"字真的很贴切。山体到了这里，凹进一大块，在海岛上挡风不阻阳，是个理想的居住地。"呑"字前辍个"金"字，是因为早年从福建迁居到这来"淘金"的先辈以"金"姓为主，故以姓氏命名地名。说实话，"金呑"二字作为地名，念起来挺响亮的。记得 19 世纪中叶，美国西部海岸掀起淘金热，催生了新兴城市圣弗朗西斯科，华人称之为金山（后来又称旧金山），同样也带着"金"字，金字落地，一本万利。半屏的金呑是否也能"点石为金"呢？呵呵，梦想总得有，万一实现了呢？

金呑，是一个闲适、淡然、简单而又不失韵味的小渔村。

村子最高处是洞头区综合实践基地学校，它是在原建于 1997 的半屏山红领巾希望小学的基础上于 2012 年改建而来的，是儿童友好实践的好去处。

学校附近的半屏山影剧院见证了金呑村曾作为半屏公社

（乡）驻地的历史，那时村里有邮电所、影剧院、信用社、粮油站、中心小学和初中，是半屏岛政治、文化和教育的中心。不过，半屏山影剧院现在已是台胞之家。这里配套设施很好，会议室、书吧、餐厅、展厅一应俱全，阳台还可以拍摄半屏山海岸线全景呢。

在金岙设置台胞之家，开展同心村建设，与洞头启动新一轮对台开放政策是密不可分的。

影剧院对面是一家台青驿站。我们知道"心走近了，海峡就是咫尺；心走远了，咫尺也是天涯"。这里为初来乍到洞头的台湾青年创业就业工作开辟新渠道，为解决一些普遍性的问题带来便捷。

自古以来，半屏岛东部有连绵数千米的强海蚀岸带，绝壁如刀削斧劈，天然岩雕造型惟妙惟肖，是我国目前已发现的最长最大的海上天然岩雕，被誉为"神州海上第一屏""海上天然岩雕长廊"。据说，在台湾台南境内也有一个叫"半屏山"的小岛，峭壁横截面与洞头半屏山齿吻非常吻合，宛然就是一座山分成两半。长期传唱的洞头民谣"半屏山，半屏山，一半在洞头，一半在台湾"，道出这个地貌特征的同时也让两地结下不解之缘，唱出两岸同心盼团圆的愿景。洞头作为闽南文化和瓯越文化交汇地，海岛上超过半数人为闽南后裔，祖先来自厦漳泉，操闽南方言，与台湾语言相通、习俗相似、人缘相亲，可谓同根同源。

目前，洞头台胞台属共有1.9万人，改革开放以来，洞头、台湾两地寻根谒祖、探亲访友的人员更是逐年攀升。两地长期走亲往来，民间基础深厚，甚至民间故事《土地公与土地婆》也讲述两地的趣事呢。

近年来，洞头区充分发挥与台湾地缘近、人缘亲、文缘深、商缘广的优势，把两岸融合发展融入海上花园建设，打造同心小镇。2010年签署了《两岸半屏山合作协议》。是年，"乡愁诗人"余光中携夫人与小女儿到访洞头。2016年洞头海峡两岸同心小镇应运而生。2019年引进海峡云村金岙101两岸同心村项目……改造老旧石头厝，注入台湾元素，打造两地青年就业创业平台，在民宿产业、文化旅游、商贸合作、青年创业等领域开展深度合作，把洞头打造成"文创+旅游"的示范基地，成了当下的重点。于是金岙发生一系列变化。

自从2001年半屏撤乡并镇，以及学校撤并，金岙从一个中心村变成了一个偏僻的地方，加上渔业捕捞连续走下坡路，金岙逐渐萧条起来。不少年轻的村民迁居到洞头岛或外地，金岙只留下少部分老人，于是失去了往日的神采。跃过寂寞，自从有了洞头区综合实践基地学校，金岙渐渐舒展开愁眉。城区内中小学生每学期定期到这里开展实践活动，室内特色活动、户外拓展活动、自助型柴火做饭等，大伙在远离城市喧嚣的渔村体验不一样的生活。渐渐地，一些家长在假期带孩子过来玩，一些单位的主题党日活动、春秋游活动等也转移到这里来了。慢慢地，金岙的人气缓过来了。加上近年的同心项目，金岙渐渐成为产业兴旺、生态宜居的新金岙。

漫步村庄，你会发现金岙的保护开发模式和过去的不同，不再是"零敲碎打"的模式，而是采取统一承租、整体打包的形式，对辖区内的石头房进行集中流转，整村开发，凸显村庄风貌的和谐统一。你会发现那些被废弃的曾用来腌制鱼干的坛坛罐罐，转身成了庭院里的装饰物，显得别样可亲可爱。你会发现那些写满岁月沧桑的石头房窗前、门框，都用木条和花丛装饰起来，增添了几许乡土味。你会发现金岙村民一直保留着农耕、烧咸饭、晒鱼干、补渔网等海上田园的生活习惯。你会遇见村里的老者，他们爱干净，也好客，纯朴的脸上洋溢着浅浅的笑，陌生人来此，也能感到一丝温暖和热情。也许，这就是金岙的美，不刻意，不强调，静心感受，才觉美得恰到好处。

如果把在金岙开发民宿也看作是"淘金"，那么祝愿古村山岙点石成金，大声吟诵出两岸同心的大爱！

2023. 1. 5

路湾，弯出金银寨

　　最初听说"路湾"这个村名，脑海里首先浮现的是"弯"字，猜想村子可能就在道路的拐弯处，为方便识别便取名"路弯"。接着出现的是"湾"字，猜想村子可能坐落于海岸凹入陆地的某处，那里便于停船，方便村民进出生产，于是取名"路湾"。再后来，觉得可能是"塆"字，村庄在山沟拐角的某块小平地。去查阅资料，想知道半屏的"路 wan"到底是哪个"wan"，没想到答案不一。

　　"纸上得来终觉浅，绝知此事要躬行。"沿半屏环岛公路一路向东，直至金岙公交站台旁的陈府庙，在道路拐弯处的村庄便是路湾。呵呵，村庄不靠海，不在海岸凹入陆地处，只在山沟拐角的一块小平地，这里刚好是道路的拐弯处，可通往金岙、山尾、岙唇三个自然村。这样一来，村名似乎应该写成"路塆"或"路弯"，但按约定成俗，用"路湾"。

　　村口有一口同心井，井台边一长排的洗衣池很壮观，默默见证村庄的发展史。

　　村里规模最大的建筑是陈府庙。2009 年，村民在旧村部前新建陈府庙。寺庙围绕"一场所一景观一故事"的思路，突出"爱国"主题文化，并把它作为金岙村文化活动中心。每逢十月二十七陈府圣诞，村里可热闹了。

庙后有一家装修一新的同心轩粤菜馆。店门口的小品雕塑，在空间设计上重视借景、留白的运用，以极简的视觉语言将现代美学与复古相融，带给你想进门体验的张力。据说店里的厨师全部来自广东，"时令""新鲜""健康"是同心轩菜品的代名词，人们可在此享受富有创造力的味觉之旅。

粤菜馆的后门有个很有文艺范的迷你水景观。蓝天绿水之间，一座梅花桩，两把高脚椅，一个秋千，加上红花绿草，颇有几分宫崎骏的画风。在这里可静可动可赏。生命在静谧间探索，在绿水间摇曳，那感觉很美妙！

村里大部分民宅保持了清代延续下来的以石头为建材的住宅建筑风格，依山而建，错落有致。家家户户的石头房经精心翻新、打扮，显得活力不减。

和别的村庄一样，在 20 世纪八九十年代不少年轻的村民离开路湾，到外面打拼，村里只留下少部分老人。过去村里不少房屋十分破旧，道路坑坑洼洼，生活垃圾随处可见。2005 年村里的康庄大道完工，加上 2007 年半屏大桥开通，村庄渐渐复苏。

记得 2017 年来村里玩时，这里以"古村石韵·写意金岙"为主题开展花园村庄建设。那时村里不少墙上有 3D 彩绘，彩绘突出渔乡渔味，一派海岛桃源景象。印象特别深的是墙体上的彩绘原汁原味地还原渔民生活情境，洋溢海岛特色的鳗鱼干、乌贼干晾在窗前，充满烟火味的自酿白酒、老酒摆在柜上，彰显高贵

路湾·村口

典雅的丝巾、衣服挂在店前……这些技法娴熟的墙绘作品，简直可以以假乱真。

2019年洞头重点打造金岙101两岸同心村，建设海峡两岸同心小镇，于是路湾受益多多。人们以半屏山特色民俗文化为内核，唤醒村里闲置资源，给古老的石头屋注入文化内涵，同时做好生态环境修护，做到修旧如旧，保持村庄古朴风貌，来改造提升村庄。

如今，古井、古道、鱼干、渔网，散落在小小的村庄里，使村庄洋溢古朴飘逸的韵味。废弃的轮胎、陶罐装点着四季花草。一个个文化宣传栏向游人讲述村庄的内涵，一座座精心改造的民宿别具特色。这里特别适合在钢筋混凝土的樊笼里待久了的人来小憩。现在，村民在家就可以挣钱，渔产品大多靠微信销售，朋友圈就是销售网。有的村民把闲置的石头屋租出去，每年人均可增收 1 万元。

路湾很小、很静谧、很简单，也很有韵味。祝愿路湾在今后紧紧抓住省级未来乡村建设、数智建设机遇，深度把文化旅游产业搬进石头屋，打造多方位浸入式旅游体验，让石头屋成为强村富民的金屋银屋，让海岛人的路湾，弯出金银寨。

2023.1.9

于 2023.1.17 转载至"温州古道"，题为《冬日到洞头，走走这些小而美的村庄，别有韵味!》

淳朴的南岙

南岙，位于洞头半屏岛西部，是个小渔村。南岙村口便是长长的围堤，堤上车来车往，堤外渔港里停泊着几艘渔轮，黑尾鸥、小白鹭在阳光下熠熠生辉，它们时而振翅高飞、时而戏水逐浪，在蔚蓝的海面上翩翩起舞、尽情遨游，好似与浪花竞相追逐，给南岙平添几分生趣。

远远看去，山坡上一处富有年代感的破旧老房子很特别，房前有一大片空地，房屋呈残缺的"7"字形布局，一座用石头铺成的台阶在房子一侧。它不是一般的民房，而是建于1973年的大北岙村小，共有5间教室，1间办公室。这里曾是孩子们梦想起航的地方，这里留下许多村民美好的记忆，这里走出不少各行各业优秀的人士。但是它在1987年便停办了。后来校舍或租给村民居住，或堆放杂物，或办企业用，直至2014年开始闲置。

每次看到被闲置的村小，心里总不是滋味。村小是乡村文明的载体、乡土文化的守护者，也是一部分人童年生活的重要组成部分，是人们心中浓浓的乡愁。在美丽乡村建设过程中，一些承载众人记忆的古树、古屋、古井被人们精心修补、保护起来了，但几乎没看到老校舍有这样的待遇。现在新农村建设提倡"望得见山，看得见水，记得住乡愁"，如果能借助美丽乡村建设，对早年的小学堂进行最大程度的修缮、复原，并搜集相关老旧物件，打造成重温童年学堂记忆的"村小记忆"，以此传承民族优秀传统文化，留住美丽乡村记忆符号，让老一辈人睹物思情、不忘根本，让年轻人忆苦思甜、饮水思源，那么再破旧的校舍也是小山村"记得住乡愁""留得住乡情"的有效载体，也能为乡村文明增添了一道亮丽的风景线。

老村小附近是装修一新的社区服务中心，墙上有不少政策、文化宣传内容。屋顶上有个建于 2018 年的 700 平方米左右的光伏发电板。走进社区服务中心，你会被一堵青砖墙所吸引。墙体上方砌成垛形，墙面正中镶着红五角星及"1966 年"字样，墙内空地上有一口古井。遗憾的是不能修旧如旧，给人一种做作的感觉。不过，这些画面一下子把思绪拉向过往。

过去，这里是半屏乡政府、半屏粮站所在地。如今，"粮站"是一个渐趋陌生的字眼。但在 20 世纪 80 年代以前，"粮站"这个汉语大词典里的普通语汇在农村人眼里却蕴藏着巨大的信息量，它是储备粮食和出售粮食的地方。那时，几乎每个乡镇都有粮站，国家根据每家每户的人口发粮票，整个片区的居民只能在唯一的粮站按规定购粮。记忆中那时每人每月大米 24 斤（读师范时我发到手的似乎不只 24 斤），没有多余可买，更没有浪费的余地，所以那个年代的人都十分勤俭节约。有些家庭因为子女多，可能还吃不饱肚子，就买些便宜的番薯、玉米作为主食，填补口粮。如今，粮站早已人去楼空，排队籴米也成陈年旧事，它的使命已经完成，它将永远留在一代人的记忆中。

　　沿山坡一路向上，还可见战备粮库、陈府圣王庙等。意外发现山坡上芒草丛中有个类似海豚的雕塑，基座上写着"渔业捕捞基地"。说实话，在我的认知范围里，它应该安放在大海边某码头上更合适。当年把"渔业捕捞基地"雕塑设置在山坡上的原因，看来我得好好脑补一下。

　　早年，南岙和大北岙一样，是名副其实的传统"渔业村"。村民祖祖辈辈浪里来雨里去，唯有"向海借力"，从海上讨生活。而如今，大伙走水路抓发展、走陆路谋出路，村民们有了更多"生活方式"和"赚钱门路"，实现从"单打独斗"向"抱团闯深海"的转变，"共富路"越走越宽。

　　漫步南岙，蓝天、清风、石屋、古井……朴素的自然风景在眼前切换。这里远离喧嚣，恬静怡然，处处散发着淳朴的海岛乡村风情，处处流露着渔海牧歌的悠然自在，生活的匆忙在这里变得很慢。

　　走，在这个暖阳里，咱去南岙转转吧。

2023.1.10

　　于2023.1.29转载至"温州古道"，题为《走！兔年春节，去洞头这些小而美的村庄转转吧》

大北岙小而美

　　大北岙坐落的岙口朝北，是半屏岛最大的岙，故名。不过，当地老百姓一般叫它"大岙"，也叫它"二村"。

　　进入村庄，大北岙"环境差""秩序乱""行路难""排污不畅"等长期困扰群众生活的"顽疾"早已成过往，海景民宿街成了热闹的去处，沿路的亮化彩灯、可爱的花坛让大北岙焕发出新的活力，"渔味"飘飘，"花园渔村"画卷徐徐展开。

　　首先见到的便是"半屏同心里·民宿一条街"。在洞头，人们把落地的一间房子称为"一条间"。这一路共有64条间，所以这条街又名"64条间民宿街"。全街共有30多家民宿，床位200余张，装修风格各有特色。半屏岛的西部有渔港、村庄、田园，半屏岛的东部有目前为止国内最长的海上天然岩雕长廊，大北岙在半屏岛中部，人们在大北岙小住，无论是出行，还是吃饭，都十分方便。加上面临渔港，在霞光下，各种马卡龙色系的村屋在波光粼粼的海面映衬下，使大北岙美得宛如一幅油画，令人心醉。在这里面朝大海，可近距离观赏海洋风光，听涛声、看海景、吃海鲜，海风轻拂，惬意悠闲，枕浪而眠，诗意栖居，极受游客青睐。

过去，大北岙并没有这条街。和传统的渔村一样，那时大北岙也是个渔具乱堆放、环境肮脏，空气中弥漫着鱼味的地方。加上海岛平地有限，群众居住局促，村庄给人整体美感很弱。为解决群众住房困难问题，1991年，政府在大北岙村的虎山沿海线进行滩涂围垦，全长320米，主要用作宅基地，这才有了这条街。顺应美丽村庄建设，大伙齐动手共出力，于是村容村貌得到很大改观。

现在，街上的民宿全部由当地渔嫂自主开发和经营，多年来她们不断参加各种培训、学习活动，以提升自身素质和服务质量，因此也成为洞头女性创业的成功典范之一。以前不少村民为谋生背井离乡，现在在家门口就可以赚钱，而且收入还不错。"城里人下来、农村人回来、游客住进来、百姓腰包鼓起来"不再只是梦想，如今，它已成为现实。

大北岙原有多个码头，停靠许多渔船。过去人们去洞头岛，一般都得在大北岙坐船。那时大北岙是半屏岛的政治、文化、经济中心，半屏乡卫生院、县供销社半屏门市部、半屏电信所等应有尽有。如今，尽管半屏大桥的通车让老码头失去活力，但扩大了村民的活动半径，活跃了村民收入渠道。

过去，大北岙以渔业为主导产业，祖祖辈辈靠海吃海，以渔为生。1950年村里建造了第一艘定置船，1955年建造蟹背7号船，1958年成立海带养殖队，1974年成立紫菜养殖队，后来创办制冰厂，成立海洋渔业公司……进入20世纪90年代后期，大北岙的渔业生产跟不上时代潮流，和别的村庄一样，逐渐沉默下来。但现在，渔船不仅仅局限在东海捕捞，有的渔民将海域延伸至南海。他们的船从木壳渔船到钢质双拖渔轮，从仅装有指南针到现在配备雷达、声呐等高科技装备……渔海牧歌，不少村民将赚来的钱"砸"到渔船升级上，实现从传统捕捞到现代化渔业的成功转型。在风浪外，"讨海人"逐渐走上致富之路，从"讨海人"转变为"共富人"。

村里有座土地公庙，每年六月初一，这里热闹不已。似乎每个村庄都有土地公庙。有意思的是，不少土地公庙建在古树边、巨石边。这些古树巨石常常也是村里的风水树、风水石。我想，人们对土地公的崇拜也许最初是建立在自然崇拜的基础上的。因为大地能生长五谷，养育人类，有着无穷的力量，特别是在农耕时代，人们对土地更是崇敬与感恩。土地公保护辖区百姓衣食无缺、福泽无恙、贵人多遇、财源称心，"上天言好事，下地保平安"。谁不想要这样的美好呢？

沿村里的石阶一路上行，便可到达金岙。沿途空气清新，环境幽静，景色宜人，置身其间，再烦躁的心绪也会很快平复下来。站在石阶放眼四望，近处大北岙村的石屋群和远处的大海都尽收眼底。村里的民居依山势而建，或你挨着我我挨着你，或三三两两散落在山坡，一切那么自然那么随性，似乎只可意会，不可言传，无法具体描述它的美，然而它却让人看了内心舒服。

村庄，是中华传统文化的鲜活传承，承载的历史像是一本厚重的书。时间的河流带走无数悲欢离合，沉积下的伦理、规范、习俗，在记忆里物化为一座老屋、一棵古树、一口古井。大北吞，愿你在未来乡村建设中既享受现代化便利又顺应乡村肌理，既融入现代文明又保有历史痕迹，成为人们心中"小而美"的家园。

2023.1.11

于 2023.1.17 转载至"温州古道"，题为《冬日到洞头，走走这些小而美的村庄，别有韵味!》

洞头区北岙街道自然村一览表

序号	行政村	村庄个数	自然村
1	小三盘村	4	小三盘、看牛鞍、岭脚、风打岙
2	大朴村	2	大朴、风巷
3	小朴村	1	小朴
4	东郊村	10	后面厝、炮台、顶寮、过沟顶、西沟、东沟、田头、大坑、面前山、尾坑
5	九仙村	7	九仙、大文岙、小文岙、文岙顶、石岗顶、旧厂、瑞安寮
6	白迭村	3	白迭、风吹岙、小风吹
7	隔头村	10	隔头、白迭岭头、后面山、凸垄顶、凸垄底、脚桶石、岙仔口、鼻下尾、沙岙、蛏埠厂
8	大长坑村	5	大树脚、竹子脚、过沟、长坑顶、鹿坑
9	小长坑村	4	铁炉头、小长坑、小长坑顶、鼻头
10	风门村	3	风门、小岙、九亩丘
11	打水鞍	2	打水鞍、鼻仔尾
12	九厅村	4	大九厅、小九厅、内瑾、屿仔
13	双垄村	5	二垄、二垄顶、三垄、南面山、北面山

续表

序号	行政村	村庄个数	自然村
14	柴岙村	4	柴岙、杨文洞、打水岙、水头岩
15	东沙村	6	东沙、东沙后、吕厝、山后、妈祖宫、妈祖宫顶
16	海霞村	5	桐桥、桐桥脚、胜利岙、后辽、炮台
17	大王殿村	2	大王殿、小东岙
18	鸽尾礁村	1	鸽尾礁
19	西山头村	3	西山头、乌贼岙、长岭岙
20	擂网岙村	1	擂网岙
21	大岙村	1	大岙
22	阜埠岙村	1	阜埠岙
23	下尾村	2	东坑、西坑

洞头区东屏街道自然村一览表

序号	行政村	村庄个数	自然村
1	中仑	3	中仑、水井矿、后垄
2	后坑	5	上后坑、下后坑、后垄、店儿后、树脚
3	洞头	4	渔岙、宫口、岙内、洞头岭
4	惠民	2	前坑寮、惠头
5	后寮	4	顶后寮、下后寮、中甲、山尾
6	寮顶	3	岭头、东爿、西爿
7	岙仔	2	岙仔、贡尾
8	垄头	1	垄头
9	东岙顶	2	东岙顶、大山
10	东岙	2	东岙、大石头
11	南策	3	南屏、北屏、东屏
12	大瞿	5	西坑、蜡烛台门、大坪顶、校场、东坑
13	松柏园	4	松柏园、韭菜岙、冷清岙、小北岙
14	大北岙	2	大北岙、南岙
15	金岙	4	山尾、岙唇、路湾、金岙
16	外埕头	3	小廊、外埕头、内埕头

后　记

在教育教学管理工作中，我发现不少新洞头人的孩子和本地留守儿童，甚至一些老师，对洞头"乃不知有汉，无论魏晋"，也不知"洞头有72岙"。乡土空白，何以支撑爱乡爱国情怀？

自小就爱"野脚"的我利用闲暇时光，走山村，寻古迹，听故事，说人文，探自然，信笔记录，及时与孩子们分享行走村庄的故事，便有了行走村庄的系列小文章。行走村庄，收获的不仅仅是眼中景色，更是内心的美好。

这次能结集付梓，真心感谢一路关爱我、鼓励我的各位。行走中，施立松老师引领我加入海霞女子散文社，为我打开视窗；陈素祯老师为我设立专栏搭建交流平台；庄明松老师、叶元暖老师鼓励我坚持行走中的表达，帮助我解答行走中的疑惑……

当施立松老师告诉我，我的作品将被列入蓝土地文库第九辑出版计划，在高兴之余更多的是压力感。当曹高宇老师通知要请名家写一则序，我想到的第一人选就是邱国鹰老师。小时候经常读邱老师的作品，很早就认识邱老师，但除了当年编写校本课程时和邱老师交往外，平时没什么交集。这次，在新年之际请邱老师帮我写序，他欣然答应，着实让我感动。在此，表示诚挚的谢意。

最初整理集子，我只想给洞头村庄留下印迹，方便"行走洞头"研学的后续开展，于是按行政片区收进北岙街道和东屏街道共126个自然村的行记，近25万字。但后来接到通知，限于版面等原因，必须大量删减。要大刀阔斧删减文稿，真难下手，毕竟那些"肥肉"曾经都是我的五花肉、心头肉、唐僧肉。删文章内容吧，删不了多少字，删了反而会使文章读起来怪怪的；删洞头本岛以外的吧，好像简单多了，但删了三盘、半屏所有的文稿，离目标还很远很远；删整个街道吧，字数上好像有点接近，但手心手背都是肉，删谁都不易……求助各路大师，最后只能打破原来的构想，选择选择再选择、删减删减再删减、忍痛忍痛再忍痛……最终保留41篇北岙街道的文章以及25篇东屏街道的文章。删减后的文章如何排序呢？这又是一个新问题。思来想去，决定按最初的写作时间先后编排。尽管难舍没呈现的村庄，但还好，如今有互联网，有兴趣的读者可以通过互联网阅读到。

感谢所有默默支持我的各位，但限于水平，难免会有不当与不足之处，特别是对村庄历史、文化的挖掘与展示可能还不到位、不精准，恳请行家和读者批评指正。

2023.5.31